신의
2

소설 신의 2

1판 1쇄 발행 2013년 5월 13일 **1판 8쇄 발행** 2019년 8월 27일

지은이 송지나
펴낸이 고세규
편집 김은영 **디자인** 이경희

발행처 김영사
주소 경기도 파주시 문발로 197(문발동) 우편번호 10881
등록 1979년 5월 17일(제406-2003-036호)
주문 및 문의 전화 031)955-3100 **팩스** 031)955-3111
편집부 전화 02)3668-3290 **팩스** 02)745-4827 **전자우편** literature@gimmyoung.com
비채 카페 cafe.naver.com/vichebooks **인스타그램** @drviche
트위터 @vichebook **페이스북** facebook.com/vichebook **카카오톡** @비채책

ⓒ 2013, 송지나, 이 책의 저작권은 저자에게 있습니다.
저자와 출판사의 허락 없이 내용의 일부를 인용하거나 발췌하는 것을 금합니다.

ISBN 978-89-94343-89-1 04810
　　　978-89-94343-90-7(세트)

책값은 뒤표지에 있습니다.
비채는 김영사의 문학 브랜드입니다.

송지나 장편소설

신의 信義

2

비채

저자의 말

내 마음의 씻김굿을 한 기분

드라마 〈신의〉는 끝이 났지만 끝을 낼 수 없는 마음들이 모여서 뭔가 더 만들라고, 더 채워 넣으라고 밀어댔습니다. 그래서 이 책이 만들어졌습니다.

책을 쓰면서 알게 되었습니다.

방송 글을 써온 지 이십여 년. 그동안 잊어버리고 잃어버렸던 글 쓰는 기쁨. 단어 하나하나를 고르고 다듬고, 온전히 글과 직면하는 전율 같은 희열. 눈치를 보거나 한계를 지워주지 않아도 되는 생각의 자유.

한 조각씩 되찾게 되었습니다.

한 권의 책을 끝낸 지금. 이제야 비로소 내 마음의 씻김굿을 한 기분입니다.

괜찮다고.

다 잘될 거라고.

이제 시작이라고.

그래서…….

뭔가를 더 해보라고 밀어주신, 〈신의〉를 아껴주는 분들. 덕분에 시작했습니다.

생각만 하려는 저를 잡아채어주신 김영사 비채분들 덕분에 현실이 되었습니다.

하루하루 당기고 밀어주신 드라마다 여러분. 덕분에 끝냈습니다.

늘 채팅창을 지키며 자료를 찾아준 누리군.

아버님의 장례를 치르는 영안실에서까지 의료 자문을 해준 민경 님.

드라마 〈신의〉에 대한 신의로 표지를 만들어준 하수오 님. 쌤 님.

고맙습니다.

그리고…….

드라마 〈신의〉를 함께했던 배우분들, 스태프분들. 우리의 이야기를 지면에 잡아놓았습니다. 그 지면 위에 그대들이 구현한 세계를 얹었으니 생각날 때면 들어와 노니셔요. 우리…… 잊지는 말아요……라는 메시지입니다.

어떤 경우에도 항상 나의 편이 되어주는 나의 가족에게 끝없는 사랑을 보냅니다.

2012년 12월
송지나

2권 차례

저자의 말	4
1장 무사, 생은 늘 멀었다	9
2장 소년과 소녀, 달빛 아래 만나다	59
3장 적월, 낙엽으로 떨어지다	111
4장 의선, 앞날을 말하다	155
5장 누군가 불렀다, 돌아본다	193
6장 마음에 구멍이 뚫린 자들	235
7장 엇갈리는 연인	295
8장 시작해서는 안 되는 마음	329
9장 왕, 아무도 없다	345
10장 기다리신다, 살아야겠다	369

1장 — 무사, 생은 늘 멀었다

어떤 경우에라도 왕의 방패가 되라고,
죽는 순간에도 왕을 지키며 죽으라고 가르쳤으니까.
허나…… 멈칫하던 마음이 다시 묻는다. 그게 뭐 그리 애달픈가.
사는 것보다 죽는 것이 과연 더 분한 일인가?

 춥다. 뼛속 깊이 냉기가 스며든다. 몸이 흔들린다. 굵은 눈이 섞인 바람이 방향도 없이 세차게 불어대고, 그 바람을 온전히 다 맞으며 서 있어서 그렇다. 바람이 아프다. 눈 조각들이 마치 하나하나 날카로운 얼음 결정인 듯 그를 후려치고 있다.

 이곳은…… 다시 그곳이다. 눈앞에 펼쳐진 것은 또 그 호수다. 끝도 없이 넓은 호수는 가늠할 수 없는 두께로 얼어붙어 있다. 그 얼어붙은 호수 위로 눈보라가 휘몰아친다. 추위에 온몸이 와들와들 떨린다. 눈으로 날려드는 눈을 손으로 막아보려 애쓰다가 그를 보았다. 무한한 호수 위에 한 점처럼 앉아 있는 뒷모습. 아마도 앞에 낚싯대를 드리우고 있겠지. 얼어붙은 호수에 깊은 구멍을 내고. 무엇을 낚으려는 것인가.

그가 돌아본다. 아버지. 눈보라 건너편에서 아버지가 입을 열어 무어라 말한다. 들리지 않아요. 아버지. 안 들려요. 기를 쓰고 바람을 거슬러 걸음을 옮긴다. 아버지에게 가까이 가야 한다. 아버지가 무어라 말씀하신다. 한 걸음 앞으로 옮기면 무자비한 바람에 다시 한 걸음 뒤로 밀린다. 도저히 다가설 수 없는 것일까. 포기하려는 순간 아버지는 바로 앞에 있다. 아버지가 나를 향해 미소 짓는다. 그리운 미소.

"아직 못 찾았느냐?"

아버지가 묻는다. 그리운 목소리. 대답을 하려는데 입가도 머릿속도 얼어붙어 아무 말도 할 수가 없다. 그리고 누군가 부르고 있다.

"대장…… 대장."

최영은 간신히 꿈에서 빠져나왔다. 무거운 손을 들어 얼굴을 쓸어내린다. 흥건하게 땀에 젖어 있다. 꿈에서처럼 실제로 온몸이 와들거리며 떨리고 있다는 것을 느낀다. 열이 더 오르고 있다. 아직 멍한 눈으로 사방을 둘러본다.

우달치 대장인 최영의 개인 방이다. 병영 장교막사의 위층에 자리한 곳으로 원래는 병영의 창고로 쓰이던 공간이다. 환기를 위한 창문이 서쪽으로 하나 나 있을 뿐이어서 대낮에도 어두컴컴한 곳. 칠 년 전, 처음 우달치 부대의 대장으로 부임했을 때 최영은 이곳에 소박한 나무 침상 하나를 들여놓고, 자신의 거처로 삼았다. 앞선 우달치 대장들은 모두 각자의 사택에서 출퇴근을 했노라며 주변에서 떨떠름해했지만 못 들은 척했다.

대대로 물려받은 본가 저택은 부친이 돌아가신 뒤엔 가본 적이 없다. 고모인 최상궁이 사람을 두어 관리를 한다 했으니 어련하겠는가. 그 저택에 딸린 땅이 얼마나 되는지, 노비가 몇이나 되는지 알지도 못했고 관심도 없다. 딱 한 번 고모에게 집과 땅에 관해 말을 꺼낸 적이 있다.

"노비들에게 나눠주면 어떠오."

그러자 고모는 눈 하나 깜짝 안 하고 대답했다.

"네가 처를 데려오면 그 처분은 너의 처에게 맡길 것이야. 그러니 일단 데리고 와."

이후 최영은 고모 앞에서 집 문제는 머릿속으로도 생각하지 않았다.

사실 그에게 공간은 이곳으로 족했다. 대들보가 드러난 천장은 높고, 가르는 벽 따윈 없이 통으로 이루어져 있어서 폐쇄된 곳을 싫어하는 그에게 안성맞춤이었다. 몸을 눕힐 침상 하나와 옷을 걸어둘 대나무 장대 하나면 충분했는데, 텅텅 빈 공간을 보다 못한 부하들이 문갑이며 탁자 등을 들여놓아주었다. 오며 가며 걸리적거리는 것들이 늘어나서 성가셨지만 굳이 치우는 것은 더 성가셔서 그냥 놔두었다.

그래. 여기는 내 방이다.
 누군가 문을 거칠게 흔들어대고 있다.
 "대장, 괜찮으신 겁니까?"
 침상에 기대앉아 깜박 졸았던 모양이다. 왜 눕지 않고 침상 옆 바닥에 앉아 버렸더라. 그래. 지금 난 몸이 좋지 않다. 침상에 누우면 다시 일어날 수 있을까 싶어서 눕지 않았다. 다시 일어나야 했던가? 그래. 지금 나에겐 할 일이 있다. 최영은 차근차근 스스로의 의식을 일깨운다. 그래. 아직은 할 일이 있다.

 안에서 걸려 잠긴 문을 흔들어대며 대장을 부르던 충석은 조바심을 누르지 못하고 문을 부숴 열어야겠다고 결정했다. 하늘에서 오신 의원의 칼에 맞은 대장은 지금 절대 정상이 아니다. 비록 하늘의원이 자비심을 베풀어 임시 목숨은 살려주었다고 하나, 국경지대에서 개경까지 오는 길 내내 대장은 정상이 아니었다. 대체 무슨 생각이신지 대장은 의원에게 진맥을 받으려 하지 않았다. 의원은커녕 부장인 자신에게조차 병세를 숨기려 한다. 비록 대장처럼 내공을 연마한 고수는 아니라 하더라도 충석은 무예를 익히며 잔뼈가 굵었다. 대장의 숨소리만 들어도, 아니 대장이 숨기려는 숨소리까지도 들어 알 수 있다. 대장은 지금 정상이 아니다. 벌써 전에 쓰러졌어야 하는 몸을 간신히 깨워놓은 것이다. 그래서 지금 쓰러져 계신 건가. 저 안에. 혼자서?

막 어깨에 힘을 주어 돌진하려는데 안에서 문이 열렸다. 대장 최영이 예의 차갑게 가라앉은 눈으로 충석을 보며 묻는다.

"준비는?"

그 시선도 목소리도 평소와 다름없다. 그럼 이제 괜찮으신 건가?

"전원 자리 배치시켰습니다."

대답하며 대장의 얼굴을 살피려 했더니 대장은 어느 틈에 충석의 옆을 스쳐 지나간다. 얼굴을 자세히 보여주려 하지 않는 것이다. 대장은 아직 괜찮지가 않은 것이다.

부장인 충석이 자신의 기색을 살필 틈을 주지 않으며 최영은 빠르게 걷는다. 걸어가며 사방을 빈틈없이 살핀다.

서서히 동이 터오고 있는 이른 새벽. 우달치와 같은 근위군 격인 이군(二軍) 중 응양군이 궁 내외의 각 자리를 맡아 번을 서고 순찰을 돌고는 있으나 하나같이 긴장감이라곤 찾아볼 수가 없다. 그래서 원래는 궁 내부 중에도 강안전과 선인전, 주상의 최측근 호위만 맡으면 되는 자신의 부하들을 범위를 넓혀 배치시켰다. 강안전으로 들어서는 입구의 성벽 위에 궁수조를 배치시키고, 각 회랑마다 사각(死角)이 없게 자리를 잡도록 하였다. 당분간은 갑을병정 네 개 조로 이루어진 우달치 부대원들 중 한 조씩 휴식을 취하게 하고, 나머지 세 개 조는 전원 투입해서 밤낮 빈 시간 없이 번을 돌리라 일렀다. 그러나 언제까지 그리할 수 있을까.

 수가 턱없이 부족하다. 회랑을 지나 걸어가며 최영은 미간을 찌푸린다. 어느 틈에 옆으로 붙어 따르고 있던 대만이 최영을 돌아본다. 최영을 보고 있지 않아도 동물처럼 그의 기분을 느끼는 아이다.

 한때는 수백 명을 헤아리던 우달치 부대원은 이제 백 명을 간신히 넘긴다. 그나마 이번 원행에 몇을 잃었다. 최영이 대장을 맡은 이래 꾸준히 우달치 대원 수가 줄어왔다. 대장은, 그만두겠다는 대원은 말리지 않았고 새로 충원을 하는 데는 게을렀다. 그저 남아 있는 대원들을 매일같이 더 혹독하게 훈련시켰다.

 우달치는 주상전하의 최측근에 위치하는 부대인지라, 귀족 가문 자제들 중 무관을 꿈꾸는 이들이 가장 선망하는 자리였다. 그러나 그런 귀족 자제들이라서 최영의 혹독한 훈련을 버티기가 더 어려웠다. 슬금슬금 숫자가 줄어갔고 지망하는 이들은 더 줄었다. 그러는 와중에 남아 있는 우달치들은 점점 무예의 고수가 되어갔다.

 "그래도 수는 많은 게 좋지 않겠습니까? 대장은 정오품 중랑장이십니다. 적어도 오백 명의 부하는 거느리셔야 합니다."

충석이 건의를 했더니 최영이 심드렁하니 대답했다.

"수가 많아지면 눈에 띈다. 눈에 띄면 갖고 싶어하거나, 없애고 싶어하는 이들이 생길 것이고. 그래서 말인데, 어디 가서 제 무예를 자랑질하는 놈이 있으면 바로 퇴출이라 전해. 그리고 한두어 놈 본으로 잡아와서 죽기 직전까지만 패고 내쫓아. 그래야 제대로 기억들 하지."

걷던 최영이 우뚝 서더니 한쪽 지붕 위를 본다. 자리를 잡고 있는 이들의 간격이 너무 멀다. 저 시야의 틈새로 누군가 스며들면 양쪽에서는 발견하지 못할 것이다. 옆을 따르는 충석에게 명한다.

"서쪽 지붕 위에 궁수 셋 더 보강하고."

"예. 서쪽 지붕 위 궁수 셋."

"곤성전은 어떤가?"

"왕비마마는 무각시들이 알아서 지킬 것이니 마음 쓸 것 없다 하셨습니다."

"최상궁의 말씀이겠지. 네놈들이나 잘하라고는 하지 않으시던가?"

"어. 어찌 아셨습니까? 딱 그리 말씀하셨습니다. 그쪽 일이나 제대로 하시게."

최영이 다시 걸어가며 슬쩍 웃는다. 대장의 기분이 한결 좋아진 듯해서 이 틈에 충석이 계속 궁금하던 것을 묻는다.

"한데 대체 무엇을 이리 지키는 것입니까? 설마 고려의 신하라는 자가 고려의 궁궐 안에서 전하와 왕비마마를 감히 해코지하려 들겠습니까?"

"나도 그리 생각하였다. 왕궁까지만 모시면 안전하시겠지 하고. 어제 덕성부원군을 직접 대하기 전까지는 그랬다고."

웬일로 대장은 묻는 말에 선선히 답을 한다. 충석이 내친김에 더 묻는다.

"대해보시니……."

"엄청 무서웠다."

"예?"

충석이 어이가 없어 보자 최영이 다시 멈춰 선다.

"자네도 직접 봤잖아. 그 연회장에서 어명으로 그자의 무릎을 꿇리려 했을 때."

"아, 그거. 분했습니다. 좀 더 밀어붙였으면 그자를……."

"거기서 더 밀어붙였으면 그자는 나 대신 전하를 시살하였을 것이야."

충석의 입이 다물어지지 않는데 최영이 옆의 담장에 몸을 기대서며 명했다. 사담은 끝이라는 듯.

"서쪽 지붕."

"궁수 보강, 하겠습니다."

충석이 달려간 뒤에 최영의 무릎이 순간 꺾이려다가 간신히 버티는 것을 대만이 놓치지 않았다.

"대장."

"안내관을 찾아가라. 전하께 긴히 드릴 말씀이 있는데 언제쯤 뵈러 가면 될지 답을 들어와."

"그…… 그보다 대장. 의원 선생께 좀……."

최영이 엄한 눈으로 돌아보는 바람에 대만이 말을 멈춘다.

"입조심하고."

"……예."

"가."

대만이 내키지 않는 몸짓으로 돌아섰는데 일단 움직이기 시작하자 순식간에 시야에서 사라졌다.

최영이 참았던 숨을 후욱 내쉰다. 몸 안에서 장작이라도 태우는 듯 뜨거운 숨이다. 그래도 정신은 맑다. 이제 얼마 남지 않았다. 최영은 또 미소 짓는다. 이제 곧 이곳을 벗어날 수 있다. 그러나 이내 미소가 사그라진다. 놓아두고 가야 할 부하들이 역시 걸린다.

이제 왕께 그간 알아낸 것을 보고 드려야 한다. 왕께서 어찌 대응하실지 알 수가 없다. 혹여 왕께서는 덕성부원군의 행태를 도전으로 받아들이실 것인가. 그래서 앙심을 품으실 건가? 싸우실 건가? 그리되면 가장 먼저 죽어나가는 것은 우달치 아이들이 될 것이다. 어떤 경우에라도 왕의 방패가 되라고. 죽는 순간에도 왕을 지키며 죽으라고 가르쳤으니까. 허나…… 멈칫하던 마음이 다시 묻는다. 그게 뭐 그리

애달픈가. 사는 것보다 죽는 것이 과연 더 분한 일인가?

꿈에서 아버지는 물으셨다. 아직 찾지 못했느냐? 예, 아버지. 아직 모르겠습니다. 그런데…… 굳이 찾아야 합니까?

그리 멀지 않았다. 곧 그분을 모시고 다시 하늘문을 찾아갈 수 있을 것이다. 가게 되면 안전한 거처를 찾고 믿을 만한 자를 구하여 그분을 맡길 생각이다. 하늘문이란 것이 언제 다시 열릴지 알 수 없으니 그때까지 기다려달라고. 다른 방법을 알지 못하여 여기까지가 내 할 수 있는 전부라고. 그러니 이것으로 놓아주십사고. 원하신다면 내 목숨을 거두어 분을 푸시라고 고개를 숙여 부탁해볼 것이다.

그러고 보니 아직 말하지 못했다. 미안하다고. 하필 그대가 내 눈에 들어온 것이, 한 점 망설임도 없이 그대를 끌고 온 것이, 죽지 말고 끝까지 언약을 지키라 이르신 말씀을 지키지 못하게 될 것이 참으로 미안하다고.

내가 그 말을 하면 그분은 성을 내실까. 혹 우실까?

떠오르는 해가 궁의 담을 넘어 빛을 퍼뜨리기 시작한 이른 아침에, 그 빛을 온몸으로 받으며 궁의 담장에 기대어 최영은 생각해본다. 하늘에서 오신 그분은 뭐라 하실까?

은수는 밤새 뒤척이느라 제대로 자질 못했다.

들끓는 죽처럼 일어나는 오만 생각들을 억지로 눌러놓은

뒤에도 좀처럼 잠이 들어주질 않았다. 아마도 딱딱한 나무 침상 위의 얄팍하고 거친 질감의 요 때문일 것이다. 거금을 들여 장만했던 라텍스 어쩌고 매트리스를 400수 면시트로 감싸 깔아놓은 자신의 침대가 너무나 그리웠다. 새벽에야 간신히 깊은 잠에 빠져들었는데 더기라는 여자아이가 문을 부술 듯이 차서 열고 들어서는 바람에 기겁을 해서 놀라 깼다.

스물 초반? 중반? 혹시 십대?

도무지 나이를 짐작할 수 없는 아이는 은수를 볼 때마다 적의를 드러내곤 했다. 한 마디도 말하는 것을 듣지 못했는데 듣기는 다 듣는 모양이니 청각장애는 아닐 것이다. 아이는 들고온 나무 쟁반을 탁자 위에 거칠게 놓더니 휑 나가버린다. 두 가지 나물에 절임 하나. 그리고 밥. 물 한 사발. 끝이다.

뭐야, 너. 비구니야?

은수는 닫힌 문을 흘긴다. 그래도 의자를 당겨 앉아 젓가락을 들었다. 젓가락이 허공에서 방황한다.

지글지글 구워낸 베이컨이 먹고 싶다. 달걀에 우유 조금, 소금 조금을 넣고 휘릭휘릭 저어서 만든 스크램블을 먹고 싶다. 바삭바삭 구워낸 식빵이 먹고 싶다. 아직 뜨거운 빵 위에 버터를 바르면 사르르 녹겠지. 아아, 커피가 그립다. 너무 그리워서 코끝에 커피 향이 느껴질 지경이다. 얼마 전에 유명하다는 바리스타가 직접 초이스해서 블렌드했다는 커피를 사왔었는데. 드립커피 맛을 익히기 시작했는데. 그래서 드립커피를 위한 도구 일체도 마련했는데. 그걸로 딱 두 번 커피를 내려서 마셔봤는데. 쌉싸름한 맛과 깊은 향이 죽여줬는데.

은수는 나물을 집어 입에 넣고 씹는다. 정체를 알 수 없는 식물의 독한 향이 입속 가득 퍼진다.

"엄마. 나 커피가 마시고 싶어."

은수는 소리 내어 말해본다. 그러지 말걸. 그러는 바람에 눈물이 금세 차오르고 훌쩍일 겨를도 없이 흘러내린다. 울면서 밥을 떠먹고 목이 메어 물을 마신다.

아, 오늘은 토요일 아니면 일요일이겠다. 주말이면 엄마가 전화를 할 것인데. 전화를 안 받으면 걱정하시려나. 워낙 엄마 전화를 잘 씹곤 했으니까 그러려니 하시려나. 대체 얼마나 더 지나야 사람들이 나를 걱정할까. 병원에서는 무단결근을 하고 있는 나를 찾기 시작했겠지. 경찰에 신고했나. 안 되는데. 그럼 엄마가 알게 되는데. 신경이 예민해서 위장병을 달고 사는 엄마. 아버지가 은퇴를 하자마자 시골에 농장을 마련해서 엄마를 데려간 것은 그래서였는데. 엄마 마음 편하라고.

그러나 사실 병원이든 어디든 나를 걱정해서 경찰에까지 신고해줄 사람은 없을 거다. 몇 번쯤 연락해보다 연결이 안 되면 병원에선 그리 생각할 것이다. 어딘가 더 나은 조건을 제시한 병원으로 날랐구나. 그러고는 새로운 월급의사를 찾아 면접을 보겠지.

아아, 씨…… 속으로 욕을 하며 물을 또 마신다. 내 인생이 이렇구나. 내가 그렇게 만들었다. 누군가를 걱정하며 신경 쓰는 것이 싫어서 아무도 나를 걱정하거나 신경 쓰지 않게 살아왔다. 적당히 웃어주고 적당히 농을 해서 웃기며 그냥 그렇게 홀로 살았다.

물 사발을 내려놓다가 문득 멈춘다. 손톱을 들여다본다. 그 사이코에게 납치되어 온 것이 며칠이나 됐지? 손톱이 조금도 자란 거 같지가 않다. 정교한 성형외과 수술을 해야 하는 은수는 수술 장갑에 걸리지 않게 언제나 바싹 깎은 손톱을 유지해왔다. 이틀에 한 번은 손톱 줄로 갈아대곤 했다. 그런데 일주일은 족히 넘어가도록 신경도 못 썼는데 손톱이 그대로다. 스트레스가 심하면 신체조직의 성장도 멈추나? 스트레스와 세포성장의 관계……라고 해서.

"논문이나 써볼까?"

또 소리 내어 말해본다. 그래놓고 혼자 키득 웃는다. 그래, 웃자. 빌어먹을. 향이 독한 나물을 푸지게 집어 들어 입에 쑤셔넣는다.

부엌으로 쓰이는 듯한 흙바닥의 방에서 가마솥의 더운 물과 큰 장독의 물까지 죄다 써버리면서 약식 목욕을 했다. 더기라는 아이가 보면 또 잡아먹을 듯 노려보겠지. "아, 몰라" 하며 젖은 머리를 천으로 감싸고 나오자 한의사 선생이 기다리고 있었다. 이름이 장빈이라고 했지.

"편히 주무셨습니까."

이 사람이 그래도 여기서 만난 인간들 중에 가장 매너가 좋다.

"잘 못 잤어요. 침대는 딱딱하지, 방은 춥지, 이불은 얄팍하지. 사방에서 약냄새는 엄청 나지."

은수가 그다지 매너 없이 대답을 하는데 장빈이 한쪽을 가리켜 보인다. 거기 탁자 위에 옷으로 보이는 것이 한 무더기 놓여 있다.

"뭔데요?"

"대장이 지시를 했습니다. 눈에 띄지 않게 입혀드리라고. 그래서 우리 전의시의 침모에게 그런 옷을 준비하라 일렀습니다."

대장이라면 그 사이코가? 제법이네. 여자에겐 갈아입을 옷이 필요하다는 것도 알고. 은수는 '눈에 띄지 않게'라는 부분은 스킵한다. 덕분에 기분이 좀 누그러져서 옷을 한 아름 들고 방으로 들어가다 보니, 장빈은 거실의 탁자 위에 뭔가를 늘어놓는 중이다. 언뜻 보니 한약재인 듯싶다.

이렇게 몇백 년 전으로 끌려올 줄 알았으면 한의 공부를 할 걸 그랬다. 아니지. 이럴 줄 알았으면 다 집어치우고 물리학 공부를 했어야 했다. 대여섯 가지나 되는 옷 중에 입을 만한 것을 골라내며 은수는 혼자 끄덕인다. 그러게 말이야. 물리학적인 지식을 제대로 갖추고 있었다면 이런 경우 뭘 생각해야 되는지 정도는 생각할 수 있지 않았을까. 고등학교 때 물리 점수는 좋았는데. 낙하할 때의 속도를 계산하는 법은 배웠어도 몇백 년의 시간을 거스르는 공식 따윈 배운 적이 없다.

방 밖에서 듣고 있을 한의 선생에게 목소리를 높여 말을 건다.

"좋아요. 이거 다 꿈이 아니라고 쳐요. 그럼 내가 타임슬립이란 걸 한 건데. 뭐 그럴 수도 있지. 세상엔 내가 못 봤지만 귀신이 있을 수도 있고, 우주선 타고 오락가락하는 우주인도 있을 거고, 그러니 타임슬립도 있을 수 있다 하자고요."

지퍼나 고무줄 대신 끈으로 고정하게 만들어진 옷들은 어디가 앞인지, 어디를 어떻게 집어넣고 조이는지 도통 알 수가 없게 복잡했다. 은수에게 정말로 필요한 것은 새 팬티와 브래지어였지만 그 비슷한 것은 없었다. 가장 단순해 보이는 것으로 골라 입는다.

"내가 알고 싶은 건 오는 길이 있었으면 가는 길도 있게 아닌가. 그리고 나를 데려왔으면 데려가는 방법도 알 것이 아닌가, 그거거든요. 당신네 그 대장이 알고 있겠죠?"

방 밖에서는 대답이 없다.

"다들 말은 무지 정중하게 하면서, 우린 거짓말 같은 거 몰라요, 거짓말이 뭐예요? 이런 얼굴을 하고 있는데 말이죠. 돌려보내주겠다는 말. 믿어도 되는 거예요? 진짜로 돌려보내주는 거 맞아요?"

대충 옷을 걸쳐입고 방을 나온 은수를 보더니 한의사는 고개를 돌려버렸다. 왜. 내 질문이 껄끄러우신가?

"혹시 내가 당신들이 한 짓을 세상에 떠들어댈 거. 그건 절대 걱정 안 하셔도 돼요. 내가 말을 해봤자 아무도 믿을 사람 없거든요. 세미나 하러 간 코엑스에서 납치를 당했다. 그런데 그렇게 끌려간 데가 고려였다. 왕도 있고 왕비도 있고 대장도 있고 지 뭐냐. 내가 고려 궁궐에도 가봤다. 이러면 누가 믿겠냐고요. 안 그래요?"

"드린 옷은 다 어쩌셨습니까?"

"왜요?"

"입고 계신 건 속옷입니다."

은수는 자기 옷을 내려다본다. 뭐래?

"속에 입는 옷. 남에게 보여선 안 되는 옷."

속이 비치나? 어젯밤에 빨아 널은 브래지어가 마르지 않아서 생략하고 입었더니…… 비쳤나 보다. 은수는 순순히 다시 방으로 들어가며 하던 말을 계속한다.

"혹시 내가 물리학자였다면 모르죠. 이거 연구해서 노벨상이라도 타겠다고 환장할 수 있겠지만. 근데 난 아니거든요. 이렇게 시간 공간 다 점프해서 오락가락하는 거 다시는 하고 싶지도 않고, 남에게 알려주고 싶지도 않고. 그러다 정신병자 진단받아 입원하고 싶지도 않고."

뭐가 속옷이고 뭐가 겉옷이라는 거야. 은수는 짜증을 내며 대충 추측을 해서 순서를 정해 다시 입기 시작했다. 겹겹이 치렁치렁. 입다 보니 한의사 선생이 입고 있는 옷과 비슷하다. 자기 옷을 대충 줄여서 내준 거 아냐, 이거?

"내가요. 사람을 좀 볼 줄 아는데요. 여기서…… 그러니까 이 고려에서 내가 본 중에 장선생님이 가장 상식적이고 합리적인 분 같아서 그러는 건데요. 게다가 우린 동종업자 잖아요. 그래서 물어보는 건데요."

어디를 묶으라는 건지 도통 알 수 없는 끈을 두 손에 나누어 잡고, 질질 끌리는 바지 때문에 뒤뚱거리며 방을 나선 은수가 다가서자 장빈은 낮게 한숨을 쉬며 일어섰다. 바지춤을 올려 끈으로 묶어주고, 앞뒤를 거꾸로 입은 겉옷은 바로 잡아준다. 은수는 그렇게 해주는 장빈 앞에 선 채 간절하게 묻는다.

"이 사람들, 진짜 나, 내 세상으로 돌려보내줄까요? 이대로 돌려보내주길 기다려도 될까요? 지금이라도 나, 도망가야 되는 거 아닐까요?"

장빈은 잠시 그런 은수의 눈을 내려다본다. 하늘의 사람들은 다 이런 눈을 갖고 있는 것일까. 이 땅의 여자들이라면 누구나 소원할 만한 티 하나 없이 깨끗한 피부 때문인지 그 커다란 눈은 더욱 흑백이 또렷하게 나뉘어 보인다. 거짓을 말한다 해도 다 드러날 눈이다.

"먼저 여쭙겠습니다. 대장을 참으로 죽일 생각이셨습니까?"

장빈이 흐트러짐 없는 평온한 목소리로 묻는다. 그러나 그 눈길이 자못 엄해서 은수는 멈칫한다.

"아니요."

"아닙니까? 듣기로는 의원께서 대장의 죄를 물어 검을 가슴에 직접 찔러넣으셨다 하던데요."

"그게 아니고요."

은수로서는 단 한 사람, 내 편이라고 느껴지던 장빈이 따져 묻는 것이라 더 서운하다.

"난 그냥 그 순간 그러니까…… 열이 뻗쳐서 성질은 냈는데요. 그렇다고 죽일…… 사람을 죽이는…… 그런 사람이 아니거든요, 내가. 그냥 달려가면 지가 피하겠지 그랬는데, 근데 그 사람이……."

"그 검을 받아들인 겁니까, 스스로?"

"그래요. 그거예요. 지가 검을 이렇게 잡더니 제 손으로 찔러넣는데…… 내가 어떻게 할 수도 없이 완전 순식간에……."

 흥분해서 말을 더듬는 은수 앞에서 장빈은 역시 그런가…… 하고 생각한다. 대장이 하늘에서부터 납치해온 이분과 줄곧 가까이 지내오면서 뭔가 이상하다고 생각했다. 이분은 앙갚음을 하자거나 벌을 주겠다고 누군가의 목숨을 거두는 그런 분이 아니다. 이분이 대장을 살리고자 온 마음을 다하던 모습을 직접 보았고 느꼈다. 제 손으로 죽이려던 자를 그리 간절하게 살리고자 하다니 이상하다고 생각했다.

 "그럼 다시 여쭙겠습니다. 대장이 왜 하늘분의 검을 받아들였다고 생각하십니까?"

 "그게 바로 내가 알고 싶은 거라니까요. 그 인간, 대체 왜 그런 거래요? 지가 지 입으로 그러더라고요. 난 죽었다 깨나도 자길 찌를 수 없다고요. 그럼 뭐야. 자살이라도 하고 싶었다는 거예요? 왜?"

 "언약을 지키지 못했으니까요."

 하늘의 의원이 그 커다란 눈을 깜박이지도 못하고 본다.

 "고려 무사의 언약은 목숨을 담보로 하는 것입니다. 대장이 모셔올 때에 돌려보내드린다 언약하였다면서요."

 "언약……."

 그랬다. 내 눈을 들여다보면서 그 사람이 말했다. 돌려보내주겠다고. 은수는 그 순간의 그의 눈을 기억해냈다. 선뜻 믿지 못하는 나 때문인지 안타까움이 스치던 눈빛.

"한데 대장이 그 언약을 어긴 셈이 되었지요. 비록 주상의 어명 때문이라 해도."

"그래서……."

"그래서 스스로 그 죗값을 치를 생각이었을 겁니다. 담보로 걸었던 목숨으로요."

미쳤다. 그래서 진짜로 죽으려 했다고? 미친 세상에 미친 인간이다. 은수는 입을 벌렸지만 어이가 없어서 말이 안 나온다.

"의원께서 대장을 다시 살리신 것은 그 죗값조차 치르지 못하게 하신 겁니다. 대장에게 정말로 다시 돌려보낼 생각이 있겠냐고 물으셨습니까? 그리 물으시는 것은 대장을 모욕하는 것입니다. 질문에 답이 되었습니까?"

장빈은 하늘의원의 눈동자가 파르르 떨리는 것을 지켜본다. 하늘의원은 더 이상 말이 없더니 주춤거리며 물러나 근처의 의자에 앉는다. 품이 커 보이는 치렁한 옷 때문에 한결 작아 보인다. 하늘의원이 추운 듯 자신의 두 팔을 감싸 안는다. 마음이 추우신 거겠지. 장빈은 옆에 걸쳐두었던 자신의 장옷을 들어 하늘의원의 어깨에 둘러준다. "고마워요" 하고 작게 말하더니 하늘의원은 이내 뭔가 깊은 생각에 잠긴다.

대장. 그대는 대체 어쩌려는 거요? 장빈은 갑갑해진다. 돌려보낼 방법 따위는 모르면서 어쩌자고 언약 먼저 한 거요. 평소 함부로 언약을 하거나 맹세를 하는 이를 보면 치를 떨며 말리거나 비웃던 그대가 아니었소. 하늘에서 온 여인의 무엇 때문에 그대는 목숨까지 걸어버린 것이오? 아니면······.

점점 불안해지는 마음 때문에 약재를 나누던 장빈의 손이 멈춘다. 하늘의원을 돌아본다. 의원은 아직도 저 혼자의 생각에 잠겨 있다. 그칠 줄을 모르는 듯 떠들던 여인은 한번 조용해지자 마치 그림처럼 미동도 하지 않는다.

그런 거요? 대장. 그대는 홀린 거요? 이 땅의 어떤 것에도 마음을 붙이지 못하더니 이 세상 것이 아닌 이를 만나자 그만 마음이 깃털처럼 이 땅에서 떠난 거요? 떠날 구실을 만나 기뻐하고 있는 거요? 이 여인이 그대를 그리 만든 거요?

그 시각, 개경 안에서 최영에 대해 마음을 쓰고 있는 이는 장빈뿐이 아니었다.

덕성부원군 기철은 저택 깊숙이 자리한 자신의 서가에서 양사의 보고를 듣고 있다가 호오······ 하며 되물었다.

"하늘 아래 믿을 자는 오로지 최영, 너뿐이다. 주상께서 분명 그리 말씀하셨단 말인가?"

"궁내 환관 둘 중에 하나는 우리가 심은 아이입니다. 틀림없습니다."

"최영이라……."

처음 본 아이였고 처음 듣는 이름이다.

"아비는 최원직입니다. 사헌규정, 사헌부 간관 등의 벼슬을 지냈습니다. 고려 개국공신인 최준옹의 직계이고요. 조부는 최옹입니다."

"최옹."

최옹이라면 모를 수가 없다. 읽지 않은 책이 없다 하여 박학 통달로 불리던 자다. 충렬왕이 태손시절부터 스승으로 맞아들였고, 즉위 후에는 더욱 총애가 두터워져 하루라도 그의 가르침을 듣지 못하면 불안해하였다 하던가. 재치가 있고 음악을 좋아하는 성품이라고 했다. 고관대작의 자제들이 그의 제자가 되려고 줄을 대며 경쟁했다는 이야기도 기억나고. 그의 집안이라면 왕비를 낼 수 있는 가문 중의 하나다. 놀라운 일이다. 연회장에서 얼핏 눈에 띈 우달치 나부랭이가 고려에서 열 손가락 안에 꼽히는 최고 가문의 자손이었다니.

"서출인가?"

"아닙니다. 가문을 잇는 적자라 들었습니다."

"그런데 왜?"

"예?"

"그런 가문의 직계라는 아이가 어째서 우달치 따위를 하고 있어? 그 시커먼 갑옷을 입고 있는 꼴을 보았지? 대대로 문신으로 이어진 가문에서."

"그것이……."

"알았다. 알았어. 무인의 난 때 참변을 당한 게로군. 그래서 어쩔 수 없이 무인으로 나선 게야. 목숨을 연명하려고."

"그게 그렇지가 않습니다. 무인들이 문신들을 찾아 개 패듯이 도륙을 하고 다닐 때 최원직의 집만은 비켜갔다고 합니다."

"왜?"

"무인들 사이에서 유일하게 존경받는 문신이었답니다. 사헌부의 최관은 건드리지 마라. 그래서 개경 내 모든 문신의 집이 습격을 받을 때 최원직의 집만은 오히려 무인들이 와서 지켜주었다고……."

재미없군. 기철은 급격하게 흥미를 잃는다. 존경을 받는다든가 덕망이 높다든가 하는 인물들은 그의 관심 밖이다. 그런 것들은 하나같이 저들만의 규범 안에 갇혀서 행여나 그 울에서 벗어날까 노심초사하고, 남들 눈에 나는 어찌 비치고 있나 전전긍긍하는 것들이다. 그런 아비 밑에서 자랐다면 뻔하다. 융통성이라고는 찾아볼 수가 없는 옹이나무 같겠지. 불쏘시개로도 쓰기 힘든 것.

"최영이라는 놈이 무인이 된 것에는 다른 이유가 있습니다."

흥미를 잃은 기철이 대꾸를 않자 양사가 한 걸음 더 다가서며 자못 은밀하게 아뢴다.

"어린 시절부터 문치후가 그 자질을 탐내어 직접 찾아와 가르치다가 그 아비가 죽자 바로 데려갔답니다."

문치후?

"문치후라는 자는 적월대(赤月隊)의 대장이었는데……."

그 문치후?

"안다. 그 이름. 내가 알아."

기철의 눈이 반짝인다.

"최영이 그 아이가 문치후의 제자였다고? 그럼 그 아이도 적월대였는가?"

양사가 간특하게 웃는다. 십여 년 넘게 섬겨온 주인의 입맛이 어떠한지 정도는 익히 알고 있다.

"그렇습니다. 어린 나이에 적월대원이 되어 거기서 잔뼈가 굵었고, 최연소 부장이기도 했다 들었습니다."

의자를 박차고 일어선 기철이 방 안을 빠르게 서성이기 시작했다. 이른바 '재미있는 것'이 시작되면 늘 그러했듯이.

"적월대는 다 없어진 줄 알았다. 문치후가 죽은 뒤로 하나도 남지 않은 줄 알았어. 내가 그리 들었어."

"그렇지가 않았습니다. 남은 자들이 더러 있었고, 문치후의 죽음 이후 물밑으로 숨어들었던 것입니다. 최영이 숨은 곳은 우달치였습지요."

"최영이 그놈이……."

"적월대, 그것도 부장이었습니다."

벽을 향해 빠르게 걸어가던 기철이 바로 벽 앞에서 멈춘다. 문치후. 그자를 딱 한 번 만난 적이 있다.

왕의 기우제가 열리던 자리였다. 그게 충혜왕이었던가. 어느 왕인지 따위는 상관없다. 왜 굳이 그런 쓸데없는 자리에 참석했었는지도 잊었다. 아무튼 그 자리에서 무료함 때문에 인내심이 바닥에 다다를 즈음, 뒤쪽이 술렁거렸다. 그리고 거의 동시에 느꼈다. 이것은 범이다. 범 중에서도 백두산 깊은 산중에 기거하는 우두머리 범이다. 으르렁거릴 필요도 없이 존재만으로 다른 뭇짐승들을 제압하는 그 기세다. 기철은 순간 가슴이 세차게 두근거렸다. 그것은…… 두려움이었다.

천천히 돌아보았을 때 그자가 멈추는 듯싶더니 기철을 보았다. 그리고 거의 순식간에 그 느낌이 사라졌다. 방금 전에 느꼈던 것이 착각이었나 싶을 만큼 그자는 그저 평범한 인간의 느낌으로 거기 서 있었다. 그제야 그자의 이마에 둘러 있던, 검은 두건에 새겨진 표식을 보았다. 붉은 초승달이었다. 그쪽에서부터 수런거림이 기철이 있는 곳까지 전해져왔다.

적월대다. 적월대 대장이야. 아…… 적월대의 그분이다.

그자는 두 명의 부하를 양쪽에 거느리고 있었다. 대장과는 달리 그 기운을 갈무리하지 못해서 부하들이 내뿜는 살기는 시퍼렇게 눈에 보일 듯했다. 적어도 수십 명 이상의 사람 목숨을 앗아본 자들이 지니는 살기였다. 그 주변의 사람들이 저도 모르게 자리를 물러서 그들이 서 있는 곳은 둥그렇게 비어 있었다. 단 세 명이었는데, 주상을 호위하여 온 금군 수백 명보다 더 위세가 있었다.

"저들이 말로만 듣던 적월대인가" 하고 자기도 모르게 소리 내어 말했던 모양이다. 옆자리에 있던 누군가가 숨죽인 소리로 일러주었다.

"가운데 있는 자가 적월대의 대장 문치후올시다. 검을 쓰면 검기(劍氣)가 실제 검 길이보다 몇 배나 늘어나 사람을 벤다 합디다. 혼자 왜적 십수 명을 베고도 숨소리 하나 흐트러지지 않는다지요. 여차하면 하늘의 벼락을 불러 적의 중앙에 내리친다지 뭡니까. 절대 허풍이 아니올시다. 직접 눈으로 본 자가 한둘이 아니란 말이외다."

금군의 상장군 하나가 그들에게 다가서더니 뭔가 얘기를 나누었고, 그 바람에 문치후라는 자가 가려져서 기철은 조바심을 내었다. 내 가슴이 떨리도록 두려운 존재라니 이 얼마나 매혹적인가. 참다못한 기철이 그쪽으로 다가가려 했을 때 그자는 볼일을 마쳤는지 몸을 돌려 자리를 떴다. 그에게로 달려가기엔 그와 기철의 사이에 사람이 워낙 많았다. 주상이 제를 진행하는 와중이어서 감히 소리쳐 부를 수도 없었다.

안타까워 신음하는데 가던 문치후가 잠깐 뒤를 돌아보았다. 기철을 보는가 싶더니 그 시선은 기철을 지나쳐 다른 곳으로 갔다. 그럴 수는 없다. 내가 이렇게 애타게 쳐다보는데 어찌 내가 아닌 다른 것을 보는가. 그의 시선이 머물던 곳을 둘러보았지만 무엇을 보는지 찾을 수가 없었다. 다시 돌아보았을 때 적월대의 세 사내는 보이지 않았다.

그 후로 몇 번이나 문치후와의 만남을 가지려고 시도했었다. 그러나 그때마다 중간자는 머리를 저었다.

적월대가 워낙에 은밀히 움직이는지라 어디서 어떻게 연통을 넣어야 할지 알 수가 없다. 그 부대는 아예 정해진 거주지가 없다. 설령 있다 해도 그들 외에는 아는 자가 없다. 특히나 그 대장이란 자는 귀장(鬼將)이라 불리기도 한다. 이 세상이 아닌 저세상에 속하는 자라는 뜻이다. 그러니 괜히 부를 생각을 마라. 서로 사는 세계가 다르다.

지금이라면 왕이라도 움직여서 알아내었겠지만, 그때는 지금만 한 힘이 없었다.

그러다 그가 죽었다는 소식을 들었다. 왕에게 죽임을 당했다 한다. 적월대는 해체되었고, 그에 속한 자들도 다 죽었다 했다.

뭐가 귀장이라는 거야? 내가, 그따위 왕에게 죽을 정도로 형편없는 자에게 마음을 써왔단 말인가. 기철은 며칠 동안이나 기분이 언짢았다. 그러고는 잊었다. 그게 문치후였다.

그 문치후가 자질을 탐내었던 아이라고? 그래서 어린것을 손수 찾아가 가르쳤다고?

기철은 양사를 향해 돌아섰다.

"적월대는 내공을 쓰는 자들로만 이루어져 있다 들었는데."

"그런 이야기가 있었지요. 상세한 내막을 아는 이는 없습니다."

"그 아이도 내공을 쓸까?"

"알아볼까요?"

기철이 두 손을 비빈다. 즐겁다.

"사매를 불러와. 그 아이, 요즘 무료해서 죽어가던데."

무료해서 죽어가던 이는 기철 자신이었다.

원의 황실에 첩자를 심고 사람들을 움직여 누이를 황비로 올릴 때는 참으로 재미있었다. 때맞추어 누이가 황제의 아들까지 낳아주는 바람에 일이 한결 쉬웠다. 걸리는 것들은 은밀히, 혹은 세상에 여봐란듯이 해치웠다. 그 뒤로 고려에서 부원군 자리를 꿰차고, 정동행성을 접수하는 것은 식은 죽 먹기였다. 아부하는 것들은 기철더러 직접 왕의 자리에 오르라 하는데, 왕위에 올라 매일 어전회의를 열며 나랏일을 하는 것은 전혀 재미있어 보이지 않았다. 그저 왕을 제 손 안에 놓아두면 될 일이지, 뭐하러 직접 그 귀찮은 것을 하겠는가.

세상이 점점 재미없어졌다. 만나는 것들은 죄다 기철만 보면 머리를 숙이고 벌벌 떨거나 앞다퉈 아첨을 해댔다. 실제로 그와 무공을 겨누어 이길 자는 찾아볼 수가 없었고, 심지어 바둑을 두어도 호적수가 될 만한 자가 없었다. 무어 갖고 싶은 것이 있어야 열을 내어 머리를 쓰고 싸울 것인데 도통 더 갖고 싶은 것이 없다.

"만약 그 아이가 들은 대로의 아이라면, 내가 가져야겠다."

주인 밑에 자신보다 더 귀여움을 받는 경쟁자가 들어올 것이 두려운 양사가 조심스레 묻는다.

"내공을 가진 아이라면 말씀이십니까?"

기철은 잠깐 생각을 해본다. 내공을 지닌 자가 점점 드물어지고 있다. 스승은 생의 절반을 내공을 지닌 자를 찾아다니며 허송했고, 남은 반은 내공을 익힐 자질을 지닌 자를 찾아 직접 가르치며 보냈다. 그러나 죽어가던 순간에 스승은 말했다.

"어딘가에 있을 텐데. 그에 맞는 내공을 익히고 그에 맞는 기를 쓸 줄 아는 자가 반드시 있을 것인데……."

그리고 눈을 감으며 스승은 중얼거렸다. 마지막 생기가 빠져나가는 숨소리에 섞여 희미한 한마디였지만 기철은 들었다. 스승은 분명 그리 말하며 죽었다.

"분하다."

그렇게나 찾던 이가, 중원을 다 뒤져도 없던 이가 최영 그 아이일 리는 없겠지. 그러나…….

"일단 갖고, 어찌 쓸 것인지는 그다음에 정하겠다."

대만이 알아온 바에 따르면 주상께서는 덕경부(德慶府)에 가려고 준비 중이시란다. 주상의 친모 되시는 대비 홍씨가 계신 곳이다. 귀국하자마자 뵈러 가려 했으나 대비는 준비가 필요하다며 거절했었다. 십 년 만에 귀국한 친아들을 만나는 데 무슨 준비가 필요하다는 건가. 최영은 딱하다는 생각을 잠시 했으나 이내 접었다. 왕실 가족, 저들의 일이다.

"가자."

우달치 대장이 주상의 행차 호위에 늦을 수는 없다. 움직이려는 최영을 대만이 막아서더니 무언가를 내밀었다. 손마디 두 개 정도 길이의 황초였다.

"최…… 최상궁께서 대장께 드리라 하셨습니다. 이 초가 다 탈 동안 조신하게 앉아 어행차의 안전을 기도하시게…… 하셨습니다. 행차의 호위는 부장이……."

최영이 그만 웃으며 초를 받아든다. 역시 매의 눈을 가진 최상궁이시군. 편전에서 일별한 것으로 최영의 몸상태를 알아내고, 내색을 못하는 사정도 짐작하고는 동강 난 초를 보내 그 뜻을 전한 것이다. 운기조식이라도 해라. 그것이겠지.

"그동안 제가 옆을 지키겠습니다."

대만 역시 최상궁의 뜻을 알아차리고 있었다. 대만은 최영과 둘이 있을 때 더듬는 것이 확연히 줄어든다. 거의 정상인처럼 말한다. 최영은 그런 대만의 맹목적인 신뢰가 버겁다. 놓아두고 가야 할 또 하나. 최영은 사방으로 뻗친 대만의 머리칼을 더 헝클이며 이른다.

"너는 가서 함께 움직여. 여차하면 바로 달려와 내가 알게 해."

"그럼 대장은 누가……."

"전의시에 가겠다. 장어의께 부탁하지."

대만의 얼굴이 활짝 밝아지더니 안심했다는 듯 다람쥐처럼 달려간다.

전의시로 가는 길에 최영은 초조한 마음이 들어 저도 모르게 갑갑한 한숨이 쉬어졌다.

당장 알아야 할 것처럼 내막을 알아오라 명을 내리신 주상께서는 이상하게 그 후로 최영을 피하시는 듯하다. 정작 내막을 아는 것이 두려우신가.

열 살을 겨우 넘긴 나이에 원의 볼모로 끌려가 십 년을 지내신 주상이었다. 그사이 고려에서는 몇 번이나 왕이 바뀌었다. 이제 왕이 되어 돌아온 고려. 궁에 도착하기 직전,

개경에서는 참사가 있었다. 선혜정에 고려 중신 스물네 명이 모였는데, 그들이 죄다 불타 죽어버린 것이다. 대체 누가 왜 그러한 만행을 저질렀는지 알아 그 증거를 가져오라는 것이 주상이 내린 명이었다.

사실 누가 그리했는지는 누구라도 다 짐작하는 바이다. 선혜정에서 죽은 중신들은 하나같이 덕성부원군 기철에 저항하던 이들이었다. 덕성부원군에게 반대한다는 것은 목숨을 거는 일이었는데 그들은 그리했다.

희망을 놓지 못하는 분들이셨지, 하고 최영은 기억한다.

몇 번이나 최영을 그들 사이에 끼워넣으려고 청해왔었다. 새 임금은 비록 원에서 자라셨으나 영민한 분이시라 하더라. 새 임금과 함께라면 고려의 자주를 꿈꾸어볼 수 있지 않겠는가. 모르신다면 우리가 가르쳐드리면 된다. 전심을 다하여 가르쳐드리면 성품은 변할 수 있다.

최영은 묵묵히 듣기만 했다. 그리 쉽게 변하는 성품이라면 또 쉽게 변질될 것이겠지요, 라고 생각은 했으나 말은 안 했다.

훌륭한 성품을 가진 왕을 만들어, 그 왕을 모시고 고려의 부흥을 꿈꾸자던 이들이 한날한시에 정자에 갇혀 살해당했다. 그 자리를 조사해본 결과, 아마도 사방에서 한꺼번에 타오른 불길에 갇혀 마지막까지 잠긴 문을 열려 애쓰다가 죽어간 듯했다. 지옥이 따로 없었을 것이다.

그리할 자는 고려 천지에 한 사람밖에 없다. 그것을 증명하는 것이 문제였는데 상대는 잔꾀를 부린답시고 현장에 증거를 남겼다. 현장 조사를 하던 부하대원이 돌 밑에 숨겨진 밀지를 찾아내었다. 두 줄의 글귀가 적혀 있었다. 고려 명문학자 가문 출신으로 부친에게 직접 글을 배웠던 최영은 그 밀지를 읽고 실소를 했다.

이 덫을 덕성부원군 그자가 직접 지시한 거라면, 그자는 듣던 것보다 더 유치하거나 아니면 더 광망한 자다. 전자라면 적당히 구슬리기만 해도 본색을 드러낼 것이고, 후자라면…… 그 정도가 어느 만큼인지 알아야겠다.

그래서 직접 만나러 갔다. 궁에서 귀국하는 새 임금을 맞이해야 할 고려의 대신들이 죄다 덕성부원군의 집에 모여 있었다. 덕성부원군 기철은 새 임금에게 권력의 구심점을 확실히 보여준 것이다. 이 나라의 중신이란 자들은 임금보다는 나를 더 중히 여긴다. 똑똑히 보았느냐?

사실 최영은 그전에도 여러 번 기철을 보았었다. 그저 멀리서만 보았다. 눈도 마주치지 않으려 조심했다. 돌아가신 스승이 기철이란 자에 대해 거론했던 것이 기억에 있었기 때문이다. 스승 문치후는 그렇게 말했었다.

"개경에 내공을 지닌 자가 몇 있다. 그중에 기철이란 자를 유의해라. 기우제 때 딱 한 번 보았는데 그 내공의 깊이가 제법이었다."

"유의하라 하심은……."

"그자가 권력의 위에 있다면 눈에 띄지 마라. 어떤 경우에도 가까이하지 않는 것이 좋다. 자연인이라면 한번쯤 겨뤄보는 것도 좋겠지. 허나 그 경우에도 조심해라. 한 번 지면 이길 때까지 그 분을 견디지 못하는 자들이 종종 있는데 그자의 눈빛은 그랬다."

시간이 이처럼 촉박하지만 않았다면 그자를 제 발로 찾아가는 짓은 결코 하지 않았을 것이다. 어명을 빙자하여 그자의 관심을 끌자, 그자는 어명이 아니라 최영에게 관심을 보였다. 조용히 말씀 올리겠다 청했더니 자신의 서재로 최영을 친히 안내하였다.

선혜정 불탄 자리에서 찾아내었다며 밀지를 내주었다. 기철은 밀지는 제대로 보지도 않고, 밀지를 내어주는 최영에게만 눈길을 주고 있었다. 내공을 들켰는가, 하고 최영은 불안해졌다. 열에 들뜬 몸을 제어하느라 내공의 기운까지 관리할 여력이 없었다.

"이것이 무슨 뜻일지 지혜를 청하러 왔습니다. 누가 왜 이런 것을 적었는지. 이것이 선혜정 불탄 자리에서 나온 것은 무슨 연유인지 덕성부원군 나리라면 헤아리실 것이다 하여 자문을 구하러 왔습니다."

"이름이 무엇이라 했는가?"

하고 기철은 물어왔다.

"두 번씩이나 듣고 기억할 만한 이름이 아니올습니다. 그럼…… 이것의 사본을 베껴놓으시겠습니까? 원본은 전하께 전해 올려야 해서요."

그렇게 말하는 최영을 보고 기철이 웃었다. 언뜻 보기에는 해맑아 보이기까지 하는 웃음이었다.

"그리하지. 사본을 베껴놓고 그 뜻을 해석하여 내가 직접 주상전하께 아뢰도록 하지."

옆에서 모시던 양사라는 자가 먹을 갈아 밀지의 내용을 베끼는 동안 최영은 되도록 시선에서 빗겨나 모로 서 있었다. 그러면서 옆으로 기철의 집요한 시선을 느꼈다. 물러나오기 직전에 기철이 말했다.

"조만간 다시 보게 될 것이네. 우달치 최영."

기철 그자는 최영의 이름을 기억하고 있었다. 최영은 선뜻 뒷목을 스치는 한기를 느꼈다.

전의시에 도착하자 하늘의원을 지키라 배치해놓았던 우달치 덕만이 달려나왔다.

"잘 계십니다. 별일 없고요. 지금 약제실에 계십니다."

덕만이 그쪽으로 안내하려는 것을 최영이 멈추게 하더니 묻는다.

"조반은 드렸느냐?"

"더기가 드렸답니다. 안 남기고 다 드셨다 하고요. 지금 장어의와 함께 계십니다. 약재 얘기를 하시는 듯한데…… 그게 좀 이상합니다."

"무엇이?"

"하늘의원이시고, 화타의 제자이시라면 모르는 게 없어야 하지 않습니까? 한데 옆에서 들어보니까 계속 물어보시는 겁니다. 심지어 섬서가 뭔지도 모르십니다. 두꺼비라 하니까 깜짝 놀라시고요."

"하늘에서 쓰는 말과 우리가 쓰는 말이 많이 다른 듯하더라."

"아아, 그래서 모르셨구나."

"장어의께 내가 왔다 전해."

"들어가보지 않으시고요?"

"이리 나와주십사 청해라. 조용히."

"조용히……입니까? 그니까 하늘의원님 모르시게……?"

덕만이 되묻다가 최영의 차가운 눈에 찔끔하여 돌아선다.

부지런히 약제실로 이동하며 덕만은 속이 상한다. 대장도 참. 그냥 잘못했다고 무조건 비실 것이지. 하늘의 사람에게 그 무슨 자존심을 내세운단 말인가.

지난번에 하늘의원이 우달치 병영을 찾아왔을 때 덕만도 그 자리에 있었다. 의원께서는 민망하기 짝이 없게 아래를 다 드러내놓으신 차림으로 오셨었다. 나중에 돌배는 '천각

지미(天䏜之美)'라는 시를 짓고 옆에 그림까지 그려놓았었다. 부장 충석에게 걸려 빼앗기고 혼쭐이 나긴 했지만. 아무튼 그때 하늘의원께서는 대장에게 불같이 성을 내셨다. 그때 그분이 눈물을 흘리는 것을 보았다고 주장하는 대원도 있다. 관음보살님도 너무나 안타까우시면 울곤 하신다던데. 대장은 그때 무조건 비서야 했다. 부하들 앞이라고 그리 뻐기지 마셔야 했다. 대장이 잘못을 해도 한참 크게 하셨지. 하늘로 돌아가시려는 그분을 강제로 붙잡았잖은가. 그 몸에 함부로 손까지 대면서…… 어휴.

그날 중앙 막사에 두 분만 놓아두고 다 자리를 비켜줬는데, 안에서 두 분이 무슨 이야기를 나눴는지는 모르겠으나 대장이 끝까지 뻣뻣하게 군 것은 틀림없다. 나중에 혼자 나오신 하늘의원께서는 어두운 얼굴이었다. 그때 덕만이 전의시까지 모셔드려서 잘 안다. 그때 하늘의원께서는 덕만에게 그렇게 말씀하셨다.

"당신네 대장, 잘 지켜봐요."

뭘 지켜보라는지는 금방 알 수 있었다. 그 이후로 대장은 밥도 잘 못 먹고, 마치 중병 환자 같은 얼굴이 되어가기 시작했던 것이다. 저주를 받은 게 틀림없다.

아아, 대장. 지금이라도 만나뵙고 고개 숙여 잘못을 비실 것이지. 그게 뭐 그리 어렵다고. 칼에 맞아 죽기 직전에 하늘의원님의 자비로 되살아났던 걸 잊었단 말인가. 나 같으면 매일 아침마다 그분 침소 앞에 무릎 꿇고 엎드려 삼배, 칠 배라도 올리겠다. 하늘의원님의 고운 얼굴을 뵐 수 있다면 백 배라도 문제겠는가?

은수는 아침 내내 약제실에 있었다.

장빈과 함께 해열제나 소독제로 쓸 만한 약재들을 찾고, 그 효능과 이름을 외느라 오랜만에 뇌를 풀가동시키고 있는데 우달치 병사 중의 하나가 들어왔다. 장빈을 문가로 이끌더니 귀엣말을 한다. 장빈이 몇 가지 약재를 빠르게 챙기더니 병사를 따라나서려 한다. 쫓아가 장빈의 소매를 잡아당겼다.

"그 사람이 온 거죠?"

장빈이 빤히 은수를 본다. 아니라는 대답이 없는 걸 보니 맞다.

"나도 가요. 만날래요."

나가려는데 장빈이 슬쩍 그 앞을 가로막았다.

"만나고자 했으면 본인이 직접 왔을 겁니다."

"그건 그쪽 생각이고 난 만나야겠어요. 만나서 할 말이 있다고요."

"그리 전하겠습니다."

장빈은 기어이 은수를 떼어놓고 저 혼자 병사 아이와 가버렸다.

그 사람이 왔다. 대장이라고 불리는 키가 크고 말이 없는 그 사람. 나를 납치해왔고 내가 죽일 뻔한 그 사람. 어쩌면 지금 죽어가고 있을 그 사람. 은수는 십오 초쯤 고민하다가 따라가기로 결정했다. 내내 걱정이 되었다. 이제까지 만났던 환자마다 이렇게나 마음을 썼으면 아마 의사인 은수는 오래전에 말라 죽었을 것이다.

그 사람은 화초원 입구에서 기다리고 있었다.

그를 보는 순간 은수는 저도 모르게 나무 뒤에 숨었다. 걸음이 빠른 장빈과 병사 아이를 몰래 따라오느라고 힘들었다. 거친 숨을 누르며 나무 뒤에 숨어 그를 본다. 밤사이 더욱 얼굴이 안 좋아 보인다. 발열이 시작된 것이 틀림없다. 그 퀭해진 눈이며 검게 죽어가는 얼굴색을 보자 울컥한다.

최영은 장빈이 오는 기척에 돌아서다가 그 뒤의 나무로 숨어드는 하얀 옷자락을 보았다. 미행자인가. 복부의 통증을 참으며 진기를 끌어올려 귀를 기울인다. 무예를 모르는 자의 거친 숨소리다. 그런데…… 그 숨소리가 낯설지가 않다. 그분이다. 가쁜 숨을 내쉬는 걸 보니 달려오셨는가. 잘 걷지도 못하는 분이 왜 또.

다가서면서 장빈이 덕만에게 일렀다.

"약제실에 가보시게. 하늘의원님 혼자 계시게 하지 말고."

돌아서려는 덕만을 최영이 말렸다.

"지금 말고. 좀 이따가."

그분은 장어의도 모르게 뒤를 따라오신 모양이다. 왜…… 나를 보려고? 최영은 감히 그쪽은 돌아보지 못하면서 모든 신경이 그쪽으로 뻗어간다.

은수가 있는 곳에서는 그의 옆모습이 보였다. 아마도 평생 웃어본 적이 없었을 것 같은 그 표정 없는 얼굴을 보며 은수는 점점 화가 끓어오른다. 생각 같아서는 달려가 그의 멱살이라도 잡고 질질 끌어 침대로 데려가고 싶다. 그가 저항하면 구속복이라도 입혀서 침대에 묶어놓고 싶다. 열을 재고 피를 뽑아 검사를 하고 제대로 된 치료를 해주고 싶다.

그런데 내가 왜 이렇게 숨어 있는 거지? 하며 은수는 멈칫한다. 이건 기억하고 싶지 않은 기억 속에 있는 내 모습이다. 아주 예전, 이렇게 숨어서 다른 남자를 보던 때가 있었다. 이후로는 다시 떠올린 적도 없어서 다 잊은 줄 알았는데 그만 선명하게 떠올라버렸다. 그러자 속이 메슥거리기 시작했다. 유은수. 너 왜 이러니.

장빈이 살피는 눈길로 최영을 보고 있었다. 최영이 짐짓 건조한 목소리로 말을 건넨다.

"선혜정에서 있었던 참사에 대해 들으셨습니까?"

"대충 들었습니다."

"그 일로 상의드릴 것이 있어서……."

말이 이어지기를 장빈이 기다리는데, 최영은 그만 마음이 저만치로 빼앗겨 말이 중단된다. 그분의 숨소리가 멈췄다. 숨을 죽이고 무엇을 보고 계시는가. 나를 보러오셨다면 왜 나서지를 않으시는가. 왜 저기 멈춰 서 계시는가. 지금 나를 보고 계신가.

 은수는 누가 자기 머리통을 한 대 후려쳐줬으면 좋겠다고 생각한다. 학부 때 좋아했던 남자가 있었다. 삼 년을 이어간 사랑이었다. 사랑이라고 생각했다. 그래서 온 마음을 다했다. 할 수 있는 모든 것을 다했다. 그가 은수를 피하기 시작했을 때는 이렇게 따라다녔다. 어찌해야 그의 마음을 돌릴 수 있는지 그 방법을 찾아보겠다고 조바심을 내며 이렇게 숨어서 지켜보곤 했다. 그 끝은 대단히 처참했다. 가장 처참했던 부분은 그렇게 끝났는데도, 끝내라고 일방적으로 통보를 받았는데도, 마음이 너무 평안했다는 점이었다. 심지어 홀가분했다. 사랑이란 것이 이런 거였어? 이후로 은수는 한 가지는 확실히 배웠고 다짐했다. 다시는 타인에게 치대지 않겠다. 치댈 정도로 필요한 인간관계란 없으며, 치대지만 않는다면 언제 어떻게 돌아서도 최소한 비참해지진 않으니까.

 은수는 선뜻 몸을 돌렸다. 내가 아무래도 마음이 무지 약해져 있나 보다. 뭐야. 스톡홀름 신드롬이야? 납치범에게 끌리고 있다니. 더러운 기분이 된다. 언젠가 마음이 너무나 스산해 원나잇이라도 할까 하고 찾아갔던 클럽에서 딱 이런 기분이었다. 알지 못하는 사내가 옆에 다가와 앉아 미소를 건넸을 때, 그러면서 그 낯선 손으로 은수의 팔을 쓸어내렸을 때는 하마터면 토할 뻔했다. 그가 굳이 싫었던 게 아니었다. 그렇게 앉아 있는 자신이 견딜 수 없어서 그랬다.

 최영이 참지 못하여 돌아보았을 때 은수는 이미 건물의 각을 돌아가고 있었다. 뒤늦게 최영의 시선을 따라 돌아보았던 장빈과 덕만도 은수의 뒷모습을 발견했다. 최영이 조용히 덕만에게 일렀다.

 "이제 가라. 가서 잘 지켜드려. 전의시에서 벗어나지 않으시게 하고."

 장빈은 자신의 처소로 최영을 안내해갔다. 햇살을 가리며 덧문을 닫더니 바로 최영의 앞에 앉았다.

 "진맥을 하게 해주십시오."

 그러나 최영은 자기 팔목 대신 선혜정에서 찾아낸 밀지를 내보여주었다. 장빈이 못마땅하여 보았더니 최영이 싱긋 웃는다.

 "먼저 이것부터. 선혜정 바닥 돌 아래서 발견한 것입니다."

 장빈이 불빛에 비추어 찬찬히 종이를 살핀다. 종이는 가장자리가 그슬려 있었다.

"무엇이 의심스럽습니까?"

"스물네 명을 태워 죽이고 대들보까지 무너져 내릴 만한 화재였습니다. 아무리 돌 아래 감춰져 있었다 해도 종이 쪼가리가 그 정도만 그슬리고 무사하다는 게 첫째."

"그리고?"

"거기 쓰여 있는 글씨요. 어제 덕성부원군 집에 가서 그 밀지를 베껴 쓰도록 내주었습니다. 그 집의 책사쯤 되는 이가 베껴 쓰던데 글씨체가 아주 비슷했습니다."

장빈이 웃는다.

"허술한 사람들이군요."

최영도 피식 웃는다.

"허술할 뿐 아니라 과장하는 버릇이 있는 게 아닌가 싶어서요. 거기 묻은 피 보입니까?"

장빈이 종이의 몇 군데에 번져 있는 피를 살핀다.

"누군가 참사 현장에서 그 밀지를 다급하게 감추었다는 것을 나타내는 듯 보입니다만. 불타 죽어가는 자가 피를 흘리기도 합니까?"

장빈은 종이를 코에 가까이하여 냄새를 맡아본다. 그러더니 고개를 갸웃한다.

"시험해보고 싶은 것이 있는데, 잠시 이 밀지를 내가 맡아도 되겠습니까?"

"그래주십시오."

최영이 안심한 듯 대답하더니 팔목을 내밀며 실토했다.

"열이 내리지가 않습니다."

장빈이 최영의 양손 맥을 함께 짚는다. 맥보다 그 뜨거움에 먼저 놀랐고, 그 맥이 홍수가 난 듯이 거칠고 빠름에 또한 놀랐다.

"상처 부위에 농이 생겼지요? 언제부텁니까?"

장빈이 묻자 최영은 그저 쳐다보기만 한다.

"하늘의원께서 가장 걱정한 것이 그것이었습니다. 시술한 부위를 보겠습니다."

장빈이 마음이 다급하여 최영의 옷을 걷으려 손을 뻗는데 최영이 그 팔목을 잡았다.

"농이 생기고, 문제가 있다면 어찌 치료할 겁니까?"

"하늘의원께서는 농을 보이는 것은 몸 안에 독균이 퍼지는 증거라 했습니다. 봉합했던 것을 다시 열어 농을 걷어내고……."

"그럼 다시 내 정신을 놓게 하겠군요."

"아침 내내 하늘의원께서 찾으신 약재 중에 그 또한 있습니다. 마취를 시켜 통증을 느끼지 못하게……."

"아직은 안 됩니다."

"허나……."

"운기조식을 해볼 겁니다. 몸 안에 독기가 있다면 한곳으로 몰아놓겠습니다. 어떤 독기라도 이틀 정도는 버틸 수 있을 겁니다."

장빈이 잠시 최영을 본다. 오랜 벗인 최영의 눈빛을 읽는다. 어찌해도 설득할 수 없겠다.

"얼마나 걸리겠습니까?"

"이 초가 다 타기 전에는 끝날 겁니다."

하며 최영이 최상궁에게서 받은 황초를 꺼내 불을 붙여 탁자 위에 놓는다.

"덕성부원군이 나를 눈여겨보았습니다. 분명 궁 안에 그쪽 사람들이 있을 터이고. 그들을 시켜 나를 살펴보라 했을지 모르겠습니다."

장빈이 끄덕였다.

"내가 옆에 있지요."

장빈은 더 시간을 끌지 않고 방을 나갔다. 문을 닫아준다. 장빈은 아마도 그 문밖에 자리를 잡고 앉아 지키기 시작할 것이다.

내공을 연마한 자에게 운기조식은 가장 취약해지는 순간이기도 했다. 운기조식이 깊어지면 오롯이 자신의 내부를 들여다보며 기의 흐름을 따라가느라 외부를 의식하지 못하는 상태가 되는 것이다.

최영은 가부좌를 틀고 앉아 숨쉬기를 시작한다. 열 살 때 처음 뵌 스승 문치후는 그리 말하였다.

"이제부터 숨쉬기를 가르칠 것이다. 아마 일 년은 걸릴

게다. 일 년 동안 바른 숨쉬기를 터득하게 되면 너는 평생 건강한 몸을 지키는 법을 배우게 될 것이야. 혹 바른 숨쉬기를 넘어 내기(內氣)를 운용하는 법을 깨닫게 된다면 넌 내 제자가 될 것이다. 만약에 그 법을 깨닫지 못하더라도 서운해하지 마라. 세상에 그 법을 깨달을 수 있는 자질을 가진 자는 만 명에 하나도 되지 못하니까."

일곱 살 때부터 부친이 모셔온 무예 선생들에게 발차기며 목검 휘두르기를 배웠던 최영은 숨쉬기를 가르친다는 말에 실망했었다. 그러나 곧 숨쉬기의 매력에 빠져들었다. 스승 문치후는 일 년을 기약했었는데 다섯 달째 되던 날, 최영은 숨쉬기 도중 저 혼자 진기를 찾아 움직이는 법을 익혀버렸다. 그저 조식(調息)이 아니라 운기조식(運氣調息)을 해버린 것이다.

한 달에 두 번 정도 찾아와 최영의 진도를 살피던 문치후는 저 혼자 운기를 하는 최영을 보고는 몹시 기뻐했다. 기뻐하던 스승을 기억한다. 그때 스승 옆에는 매희가 있었다. 소리 없이 눈으로 웃곤 하던 매희.

호흡을 고르며 최영은 버릇처럼 매희를 생각한다. 원래 운기를 하기 위해선 모든 잡념을 떨치는 것이 전제인데 언제부터인가 최영은 이 과정에 매희를 떠올렸다. 매희야. 속삭이듯 부르면 반드시 와주었다. 말을 건네어도 대답은 없었지만 옆에 있어주었다. 그러면 안심이 되었고 숨을 따라가는 것이 한결 쉬웠다. 이따금 매희가 그의 손을 잡아 이끄는 것 같은 착각이 들기도 했다. 의식을 넘어 무의식의 깊은 곳까지.

스승이 알았다면 놀라며 혼쭐을 냈을지도 모른다. 사람의 몸 안에는 피가 도는 길이 있는 것처럼 기(氣)가 도는 길이 있다. 사람의 의지와는 상관없이 피가 제 길을 가는 것처럼 기 역시 그러하다. 그러한 기를 사람이 제 의지로 잡아 길을 인도하며 돌리는 일이다. 의식이 더없이 맑게 깨어 있어야 되는 일이었다. 자칫 의식을 놓아버리면 큰일이다. 피가 혈관을 따라 도는 것과는 달리, 눈에 보이지 않는 기는 정교하게 이끌지 않으면 그 길이 어찌 엉키거나 흐트러지게 될지 모른다. 운기조식을 하는 자의 옆에는 반드시 지키는 이가 있어야 하는 것도 그래서였다.

숨을 가늘게 하단전까지 내리다가 헉…… 멈춘다. 통증을 참으며 다시 시도한다. 길게…… 깊게…… 고르게. 통증으로 흩어지려는 기를 부여잡아 다시 돌린다. 아픔으로 온몸이 소리 없는 비명을 지른다.

매희야. 부르자 돌아본다. 언약이란 것. 한 번쯤은 어겨도 되지 않을까. 아흔아홉 번을 지켜오다 한 번을 어기면 그것으로 '언약을 지키지 않는 자'가 되는 것일까? 망설이는 내 마음을 눈치채신 듯 그분이 다시 명하더라. 죽지 마라. 살아서 너의 언약을 지켜라.

매희야. 하늘에서 모셔온 그분은 아무래도 하늘의 도술을 쓰시는 것 같다. 네가 쓰던 채찍처럼 그분이 마음을 휘두르면 나는 그것을 피하지 못하고 번번이 얻어맞고 묶인다. 그렇다고 맞서 싸울 수도 없다. 그분께 내가 지은 죄가 커서. 그러니 도망가는 수밖에는 없구나.

최영은 비오듯 땀을 흘리며 조금씩 조금씩 열을 단전 안에 몰아넣는다. 열 살 이후부터 단련하며 쌓아온 내력으로 열독을 가둬놓을 것이다. 위험하겠지…… 하고 생각하면서도 그렇게 한다. 며칠만 더 버티면 될 것이다.

2장 — 소년과 소녀, 달빛 아래 만나다

이후로 내가 그대를 얼마나 찾았던가.
달빛 아래 보여주었던 그 웃음을 얼마나 그리워했던가.
난 그대의 손에 잠혔던 왼손을 오른손으로 감싸 잡고 잠이 들곤 했다.
행여 그 느낌을 다시 느낄 수 있을까 해서.

 왕과 왕비는 조반도 거르고 왕의 친모, 대비 홍씨가 기거하는 덕경부에 도착했었다.

 왕은 내심 바랐다. 어머니가 조반을 함께하자고 해주지 않을까. 십 년 만에 만나게 된 아들이 먹는 것을 보며 눈물 지으시진 않을까. 내가 고기보다는 생선을 좋아한다는 것을 기억하고 계시다면 생선 접시를 그의 앞으로 밀어 놓아 주시겠지. 나는 울지 말아야겠다. 왕의 체통을 지켜야 하기도 하지만 내가 울면 어머니는 더 걷잡을 수 없이 우실 테니까. 십 년 세월…… 어머니는 많이 늙으셨겠지.

 그러나 대비로부터는 아무 전갈이 없었다. 무엇 때문에 늦는다는 말도, 기다리라는 말도 없었다.

아침 해는 동쪽으로 향한 창문으로 들어와 방 안 깊숙이까지 비추이더니, 그 고도를 높이면서 차츰 방 안 햇살의 면적이 줄어들었다. 방 가운데 나란히 앉아 있던 왕과 왕비도 그늘에 잠겨들었다. 오시(午時)에 접어들고 있었다.

왕은 무엇보다 옆의 왕비 때문에 견딜 수가 없다.

왕을 기다리는 신하가 하나도 없는 편전에서 이미 이 사람에게 보일 치욕은 다 보였다고 생각했다. 그런데 이제 친모마저 아들을 반기지 않는다. 이렇게 하염없이 기다리게 하며 냉대를 한다. 대체 어찌 된 왕이며 아들이기에 이런 대접을 받는가. 묻고 싶을 것이다. 나도 묻고 싶다. 누군가 대답을 해준다면.

그때에 왕비가 말을 했다. 주위를 지키는 자들이 듣지 못할 만큼 낮은 소리여서 왕은 처음에 잘 알아듣지 못했다. 돌아보자 왕비가 다시 말했다.

"제가 있어서입니다."

"무슨 말입니까?"

"대비께서 나오지 않으시는 것은 원의 계집인 제가 있어서입니다."

왕은 선뜻 반박하지 못한다.

어머니 홍씨는 아버지 충숙왕의 연정을 듬뿍 받던 정비였다. 충숙왕은 늘 비의 손을 잡고 궁 안의 이곳저곳 거닐기를 즐겼다고 했다. 혼례를 올린 지 이 년 후에 형인 정(禎)이

태어났다. 왕과 왕비의 신분을 떠나 참으로 행복한 부부였을 것이다. 그러나 재위 기간 내내 왕위 찬탈의 위협을 느꼈던 부친은 원의 공주를 대비로 맞아들여야 했다. 홍씨와 혼인한 지 삼 년이 되던 해였다. 고려왕비의 자리를 꿰차고 고려에 들어온 원나라 영왕의 딸 복국 장공주가 가장 먼저 한 일은 홍씨를 사가로 내어쫓은 일이었다. 이후 장공주의 질투가 얼마나 대단하였는지, 그런 장공주를 충숙왕이 얼마나 증오하였는지, 그 와중에 홍씨가 어떤 수모를 당하였는지는 고려 백성들 사이에 널리 퍼지며 이야깃거리를 만들어내곤 했다.

그런 어머니와 원나라 공주의 이야기를 이 사람도 알고 있구나, 하고 왕은 깨닫는다. 가만히 왕비를 본다. 왕비는 예의 무표정한 얼굴로 자신의 앞, 허공만 바라보고 있다. 또 낮은 소리로 말한다.

"그러니 저는 돌아가 있겠습니다."

왕비가 일어서려 하는데 왕이 숨죽인 소리로 말했다.

"함께."

이어지는 말이 없어서 왕비가 결국 왕을 돌아본다. 왕이 똑바로 왕비를 보고 있었다.

"있어도…… 가도…… 함께할 겁니다."

"제가 없어야 만나뵈실 수 있을 겁니다. 만나뵙고 싶으시잖습니까?"

"만나도 함께 만납니다."

그렇게 말하고 나자 왕은 마음이 후련해졌다.

비록 이처럼 냉대와 수모를 받는 왕이지만 난 그대의 지아비요. 평생 함께할 생각이오. 내 마음은 이러하다 말하였으니 이제부터는 그대가 정하시오. 내 뒤를 따르든지, 돌아서든지.

왕은 눈으로 최상궁을 불렀다. 다가선 최상궁에게 이른다.

"가서 전하게. 매일 아침, 조반을 거르고 왕비와 함께 찾아올 것이니 마음이 내키시는 날, 거친 죽이라도 먹여달라고. 이렇게 말씀 올리고 왕비와 함께 물러갔다고. 그 말도 전하게."

그리고 왕은 훌쩍 일어선다. 그리고 옆의 왕비를 기다리지 않고 먼저 등을 돌려 걸어가기 시작한다. 걸어가며 마음을 졸여 귀를 기울인다. 어쩔 줄 몰라 하는 나인들의 어지러운 속삭임소리. 급히 따라나서는 환관들의 발소리. 그리고 마침내 왕비의 비단 옷자락소리가 들린다. 사각사각. 거리를 맞추느라 재게 들리던 발소리가 어느 정도 가까워지자 거리를 두고 안정이 된다. 왕의 걸음걸이에 맞춰 걷고 있다. 사각사각 비단 치맛자락이 끌리는 소리. 자신을 따라오는 소리. 그제야 왕은 안도의 숨을 내쉰다.

왕은 저만치 앞을 걸어가고 있다. 멈춰 서 기다려주거나 걸음을 늦춰주는 법도 없다. 왕비는 쓸쓸히 왕의 등을 보며 걷는다.

왕이여. 그대는 이미 예전에 잊었겠지만 우리 처음 만난 날, 나는 이처럼 그대의 뒤를 따라 걸었습니다. 내 나이 열한 살. 그대 나이 열두 살. 그때 그날에.

가을 한가위 달이 떠올랐던 밤이었다. 귀족 집의 높은 누각마다 화려한 장식이 매달리고, 주루마다 거리마다 크고 작은 음악회가 열렸다. 밤이 깊도록 도시의 구석구석 생황 소리가 울려 퍼져 마치 구름 위 하늘나라에 온 듯하였다. 아이들은 밤늦도록 소리를 지르며 뛰어다녔고, 야시장에는 사람과 수레들이 길게 늘어서 밤을 새워 불이 훤했다.

유모의 손을 잡고 그 거리를 걸으며 정신을 팔다가 잠깐 그 손을 놓쳤다. 당황하여 두리번거리며 얼마쯤 걸었을까? 누군가 그녀를 낚아챘다. 더럽고 냄새나는 손이 그녀의 입을 틀어막았고, 이내 수레 안에 집어던졌다. 누군가 그녀의 입에 재갈을 물리고 손발을 묶었다. 놀라 흐느끼며 그들이 나누는 말을 들었다. 그들은 그녀가 누군지 몰랐다. 걸친 옷이나 보석으로 봐서는 귀족 집 아이다. 거액을 뜯어낼 수 있을 것이다.

말하지 말아야지, 하고 생각했다. 내가 누군지, 누구의 딸인지 말하지 말아야지. 이런 더러운 왈짜패들의 인질이 되어 가문에 폐를 끼치다니. 차라리 죽는 게 낫다……라고 어린 그녀는 어둠 속에서 벌벌 떨면서 울면서 생각했다. 실제로 비슷하게, 산적들에게 인질로 잡혔다가 풀려났던 친척 언니는 결국 자결했다. 몸을 더럽히고 가문의 명예를 더럽힌 채로 더 이상 살아갈 수 없었던 것이다. 자결이 아니었다는 말도 들렸다. 그 가문의 어른들이 그렇게 만들었다고도 했다. 그녀보다 고작 두 살 위였다.

수레가 굴러가기 시작했다. 간절히 바랐다. 제발…… 죽는 게 그리 오래 걸리지 않았으면 좋겠다고. 죽는 게 너무 많이 아프지 않았으면 좋겠다고.

그러다 갑자기 수레가 무언가에 세차게 부딪히고 뒤집혀질 듯 덜컹이더니 멈췄다. 다른 어떤 수레와 부딪힌 듯했고, 밖에서는 고성이 오갔다. 그때였다. 누군가 어둠 속의 수레 안으로 손을 뻗어와 그녀의 팔을 잡았다. 작게 속삭였다. 알 수 없는 언어였다.

그 손은 그녀의 결박을 풀어주더니 이번에는 그녀의 손을 잡아왔다. 또 알 수 없는 말로 뭐라 했는데, 그 뜻은 알 수 없었지만 그 손이 이끄는 대로 수레를 벗어나 달렸다. 달리면서 보름달 환한 빛 아래 그 손의 주인이 키가 비슷한 소년이란 것을 알았고, 이따금 그녀를 돌아보며 웃는 것을 보았다. 안심하라는 듯이.

이후에도 몇 번이나 그 다리를 떠올렸다. 그 다리 아래,

숨을 헐떡이며 멈춰 선 소년이 웃던 얼굴을 몇백 번 몇천 번 다시 생각하곤 했다. 달려오느라 흐트러진 옷차림에도 불구하고 기품이 흐르던 그 모습. 기둥에 기대서던 그 자세. 웃음기를 띠고 바라보던 눈. 그 길던 속눈썹. 하나하나.

그녀가 그제야 잡혔던 손을 빼내고 뒤로 물러서자 소년이 무어라 물었다. 무슨 말인지 알 수가 없었다. 잠시 후 달려온 그 소년의 시종인 듯한 사내가 통역을 해주었다.

"집이 어디냐 물으십니다."

그녀는 고개를 빳빳이 들고 대답했다. 나의 집이 어딘지 내가 누군지 낯선 자에게는 절대 말하지 않겠다고. "차라리 죽을 생각이다"라고도 말했다. 그러자 소년이 소리 내어 웃었다. 원의 말을 하진 않아도 알아듣기는 다 들었다. 원의 말을 할 줄 알면서도 하지 않았다. 그때의 그 소년은.

그러더니 그녀의 눈을 보며 다시 알 수 없는 말로 말했다. 시종이 통역을 해주었다.

"집이 어딘지는 알 수 있겠냐 물으십니다."

그녀는 주위를 둘러보았다. 눈에 익은 다리였고 거리였다. 고개를 끄덕였더니 다시 물어왔다.

"걸어갈 수 있는 곳인지 물으십니다."

또 끄덕였더니 소년이 웃으며 말했다. 잘 웃었다. 웃으면 보름달보다 더 환했다. 그때의 그 소년은.

"공자님께서 앞서 걸으시겠답니다. 이 동네 근처를 길마다 돌아 걸으실 것인데, 아가씨께선 열두 걸음 뒤를 따라 걸으시다가 집에 가까워지면 그냥 들어가면 된다 하셨습니다. 혹시 무슨 일이 일어나면 크게 소리를 질러라. 그러면 돌아보고 도와주겠다. 아무 소리가 없으면 무사히 집에 들어간 줄 알겠다 하십니다."

그래서 그날 밤, 소년은 시종과 함께 앞서 걷고 그녀는 그 뒤를 따라 걸었다. 그녀가 사는 궁이 있던 곳과는 다른 방향으로 걸어갔지만 그녀는 아무 말 없이 따라 걷기만 했다. 지금처럼 그 등을 보면서. 그 거리가 더 좁혀지지 않게 그러나 너무 멀리 떨어지지 않게 조심하면서. 소년은 언약한 대로 결코 뒤를 돌아보지 않았다.

길 중간에 왕가의 사람들이 공주인 그녀를 발견했고, 소란을 떠는 그들에게 둘러싸였던 잠시, 소년은 인파 속에 모습을 감췄다. 뒤늦게 달려갔지만 어디서도 보이지 않았다.

이후로 내가 그대를 얼마나 찾았던가. 달빛 아래 보여주었던 그 웃음을 얼마나 그리워했던가. 난 그대의 손에 잡혔던 왼손을 오른손으로 감싸 잡고 잠이 들곤 했다. 행여 그 느낌을 다시 느낄 수 있을까 해서.

그러면서 그가 했던 말이 고려의 말이라는 것을 알게 되었다. 처음 어둠 속에서 그녀에게 했던 말도 발음 그대로 기억하고 있다가 그 뜻을 알게 되었다. 소년은 그녀의 손을 잡으며 고려말로 그렇게 말했었다.

"가자."

두 번째 말은 그랬다.

"내가 같이 가줄게."

몇 년의 세월이 흐르고 또 흘렀다.

황제의 생신날, 아버지 위왕(魏王)을 따라 참석했던 대도(大都)의 궁궐 연회에서 그를 보았다. 그녀의 나이 열여섯. 그의 나이 열일곱. 그녀는 한눈에 그를 알아보았는데, 그는 그녀를 전혀 기억하지 못했다. 떨며 휘청거리며 다가선 그녀를 차갑게 일별하더니 그대로 스쳐 지나갔다.

그는 고려국의 왕자, 강릉대군이라 했다. 그리 잘 웃던 소년은 결코 웃지 않는 어른이 되어 있었다.

대만이 곤성전으로부터 전갈을 가지고 왔다. 왕비마마께서 우달치 대장인 최영을 부르셨단다. 한 차례의 운기조식으로 한결 몸이 가벼워진 최영은 내키지 않는 발걸음을 옮긴다.

새로 즉위하신 주상을 모시기 위해 개경에서 출발하여 하룻밤도 제대로 쉬지 않고 달려 원의 강릉에 도착했던 날, 처음 왕비마마를 뵈었다. 나무로 조각을 하여 만들어진 분인가 싶게 표정이 없었다. 그 옆에 나란히 서 계시던 주상과는 우연이라도 시선을 마주치는 것을 보지 못했다.

"혼인하시고 이제까지 단 한 번도 합방을 하지 않으셨답니다. 혼례식을 올리신 지 햇수로 이 년입니다. 이 년 동안 장성한 남녀가 단 한 번도…… 안 했다. 이건 피차 남녀가 아니라 원수이시다…… 이런 말이 되는 것입지요."

어딜 가든 여인에게 인기가 좋아 그만큼 뒷소문에 빠른 돌배가 전한 정보였다. 개경으로 모셔오는 동안 뵌 바로 왕비께서는 까다롭거나 불평이 많은 분은 아니었다. 그렇다고 무감한 분도 아니었다.

야영을 해야 했던 산속, 모두가 잠들었던 깊은 밤, 개울가에 홀로 서 계신 왕비를 뵌 적이 있다. 수행하는 이가 없어서 눈살이 찌푸려졌다. 거리를 두고 지켜 서 있다가 최영은 보았다. 휘영청 달빛 아래 왕비는 울고 계셨다. 어깨를 떨며 소리 죽여 눈물을 흘리던 왕비가 돌아서다 최영을 발견했다. 최영은 황급히 시선을 떨구고 길을 비켜섰다. 그의 앞을 지나가던 왕비는 마치 아무 일도 없었다는 듯 나무의 상으로 돌아가 있었다. 묵묵히 그 뒤를 따랐다. 왕비의 침소인 천막까지 모실 생각이었는데 왕비가 갑자기 걸음을 멈추더니 하문하였다.

"방금 무엇을 보았는가."

최영이 담담하게 대답했다.

"달빛과 개울과 나무를 보았습니다."

"그뿐인가."

"그뿐입니다."

"……고맙다."

원의 공주로 나고 자라신 분이 고려의 말을 이토록 유창하게 하다니. 그리고…… 아랫것에게 고맙다니. 다시 걸음을 옮기는 왕비를 최영은 놀란 마음으로 지켜보았었다. 그때부터 쭉 한 가닥 의심이 마음 구석에 자리하고 있었다.

최상궁이 곤성전 입구에서 기다리고 있다가 최영을 별채로 안내해갔다. 걸으며 최상궁이 짧게 물었다.

"몸은 견딜 만한 게냐?"

"그럼요."

"왕비마마께서 왜 우달치 대장을 부르셨는지……."

"모르겠는데요."

최상궁이 그를 흘기더니 별채의 문을 열었다.

들어서다가 최영은 멈칫한다. 그만큼 별채 내부는 은밀해 보였다. 창문에는 두터운 발이 드리워져 있었고, 방 한가운데 놓인 탁자에는 다과상이 차려져 있었다. 최상궁이 등 뒤로 문을 닫더니 문 앞을 지켜 섰다. 최상궁 외에는 아무도 지키는 자가 없다. 참지 못하고 최상궁에게 묻는다.

"무각시들이 제대로 지키고 있다면서요. 왜 이리 휑해요."

"명이 그리하셨다. 은밀히 만나시겠다고. 네놈을."

최영을 보는 최상궁의 시선이 곱지가 않다.

왕은 하늘에서 온 의원을 기다리고 있었다.

조일신의 끝없는 청을 물리치지 못하는 척, 하늘의원을 부르라 명하였다. 조일신은 이미 천혈이 있던 국경 마을을 떠나오던 때부터 틈만 나면 청을 올리고 있던 터였다.

"하늘의원은 전하께서 가지신 가장 큰 무기입니다. 어찌 보면 유일하게 가지신 무기올습니다. 어찌하여 쓰지 않으십니까?"

더 일찍 하늘의원을 부르지 않은 것은 우달치 대장, 최영의 얼굴이 어른거려서였다. 왕비만 살려주면 반드시 돌려보내드리겠다고 하늘의원께 언약했다던 대장. 그의 언약을 어명으로 어기게 하였다. 아직도 대장은 그 언약에 매어 있는 모양이다. 그런 하늘의원을 무기로 사용하자고? 아무래도 마음 편한 일이 아니다.

그러나 왕은 다급했다. 고려 왕궁에서 유일하게 기댈 수 있으리라 여겼던 대비마저 그를 냉대하고 있다. 지푸라기라도 잡아야 할 판이다. 이건 대장, 그대의 잘못이다, 라고 왕은 합리화를 한다. 그대는 곧 나를 떠나겠다고 하지 않았는가. 근위대장마저 없는 왕인 내가 어찌해야 한단 말인가?

"하늘의원을 무기로 쓰자…… 어떤 무기로 어떻게 쓰자는 말이오?"

왕의 물음에 조일신은 입에 침을 발라가며 열변을 토했다.

"우선은 그 가진 기술을 알아야 할 것입니다. 그저 사람을 살리는 의술만을 가지신 것인지, 아니면 하늘의 도술도 부리시는지."

"도술 같은 건 모르신다면 어쩌려고."

"아셔야 합니다. 모르신다면 가르쳐드리기라도 해야 됩니다."

"뭐요?"

"하늘의 도술 따위는 만들면 됩니다. 전하."

왕은 어이가 없었지만 그래도 일말의 기대하는 마음이 있었다.

정말 하늘에서 오신 분이란 것은 왕의 두 눈으로 똑똑히 보았다. 이 땅에서는 본 적이 없는 옷을 입고, 이 땅에서는 들은 적이 없는 말을 한다. 그 머리칼은 아침노을처럼 붉었으며, 왕인 자신을 대하면서도 전혀 주눅 들지 않았다. 마치 땅의 왕 따위는 모래밭에 섞여 있는 자갈돌 정도인 것처럼.

요란한 소리에 왕이 돌아보았다. 하늘의원이 들어서고 있다. 보라. 왕을 알현하는 자리에서도 저처럼 분방자재한 분이 아닌가.

은수는 정신이 번쩍 드는 기분이었다. 왕이 보자고 한다기에 안내하는 이를 따라오는 길에 갑자기 머릿속에 전구가 하나 켜진 것 같았다. 길고 긴 복도에는 벽면마다 그림과 글씨가 걸려 있고 코너마다 장식품들이 늘어져 있었는데, 그중에 자기 하나가 눈에 확 들어왔다.

가만 있어봐. 지금이 고려라며. 그럼 저 푸른색 자기는 뭐?

그래서 안내하는 남자에게 열을 내어 질문을 하고 있던 중이었다.

"그러니까 아까 그게 고려청자 맞죠? 고려 시대에 만들어진 푸른색 자기니까 고려청자 맞네. 이런 거 얼마쯤 해요? 아직까지는 이게 골동품이 아니니까 시장에 가면 쉽게 살 수 있겠죠? 근데 여기 시장은 어디 있어요? 가까워요? 걸어갈 수 있나?"

돌아갈 때 이런 거 몇 점 가져가면 내 병원 하나 개업할 수 있는 거 아닐까? 머릿속이 급히 돌아가는 중이어서 기다리던 청년이 말을 걸어왔을 때는 미처 사태 파악이 안 되고 있었다.

"마음에 드십니까?"

"아, 안녕하세요."

밝게 한 손을 들어 인사하다가 그제야 그가 왕이었다는 사실이 떠올랐다. 그럼 설마 바닥에 무릎 꿇고 절해야 되는 거야? 사극 드라마에서 보던 것처럼? 이 새파랗게 어린애한테 내가 그런 짓은 못하겠는데…….

"저기. 왕이시라고 들었는데 제가 어떻게 절을 해야 되는지 그런 걸 잘 몰라서……."

청년이…… 그러니까 왕이 슬쩍 웃었다.

"저도 하늘나라 분은 처음 뵈서 어찌 예를 차려야 되는지 잘 모르겠습니다. 피차 편하게 하심이 어떨지……."

이 왕, 마음에 드는데. 은수는 안심을 하고 앞에 보이는 의자를 끌어 앉는다.

"그래요. 그런 게 좋아요. 앉으세요. 앉아서 얘기해요. 여긴 어찌나 넓은지 걸어오느라고 아주 팔자에 없는 운동을 했네요."

떠들다 보니 뭔가 분위기가 심상치 않다. 왕의 뒤에 서 있던 중년의 사내가 거품을 물기 직전의 얼굴을 하고 있다. 저 아저씨는 처음 볼 때부터 마음에 안 들었다. 그자가 뭐라 하려는 것을 왕이 손을 들어 막으며 은수의 앞에 앉는다.

"궁에 도착하자마자 심란한 일들이 이어져서 제대로 보살펴드리질 못했습니다. 침소는 편하신지요?"

가만있어봐. 은수의 머릿속이 굴러간다. 아직 백 퍼센트 믿어지지는 않지만 지금 내가 고려라는 곳으로 타임슬립해서 와 있다 치고, 내 눈앞에 있는 이 청년이 진짜 고려의 왕이라 치고, 그리고 이 사람들이 계속 나를 하늘에서 온 분이라고 믿는다 하면? 그럼 일단은 이 장단에 맞춰줘도 되지 않을까? 하늘나라 분에게 함부로 대하지는 않을 거잖아. 한번 떠볼까?

"제가…… 불평하는 스타일은 아닌데요. 뭐 물어보시니까. 음식이 좀 싱겁고요. 고춧가루가 아직 없는 건 이해하는데 그래도 너무 싱거워요. 우리 집이 남쪽 출신이거든요. 그리고 방이 좀 춥고요. 이불이 너무 얇아요. 덮는 거 까는 거 다. 그리고 뜨거운 물 좀 넉넉히 써가면서 목욕을 하고 싶은데 그게 가능하려나……."

왕이 은수의 옆에 서 있던 자를 쳐다본다. 은수를 안내해 왔던 자다. 그자가 왕의 시선 하나에 바로 머리를 조아리며 대답한다.

"조처하겠습니다."

이거 괜찮은데? 그때 왕이란 청년이 은수를 불렀다.

"하늘에서 오신 분."

그래. 하늘에서 온 걸로 하고.

"네. 말씀하세요."

"긴히 청할 것이 있습니다. 들어주시겠습니까?"

왕비는 손을 뻗어 탁자 건너 자리를 가리켰다.

방의 이쪽 끝에 충분한 거리를 두고 우뚝 서 있던 최영은 점점 난처한 기분이 된다. 왕비께서는 지금 일개 우달치더러 한 탁자에 마주 보고 앉으라 청하시는 건가? 최영은 슬그머니 시선을 돌려 최상궁을 본다. 도움을 청하는 것이었는데 최상궁은 아무것도 보이지 않는다는 표정으로 방 안의 가구처럼 서 있다. 왕비는 아직도 손을 거두지 않고 있다. 왕비는 똑바로 최영을 보고 있다.

 최영은 다가서 가리킨 의자에 앉았다. 이 모습은…… 좋지 않다. 누군가 본다면 충분히 해괴한 이야기를 지어낼 수 있겠다. 그런데 왕비는 다관을 들어 손수 차를 따르더니 그 찻잔을 최영에게 내민다. 잠깐 망설이다 두 손으로 받아드는데 왕비가 기습처럼 물었다.

 "누구이던가, 나를 죽이고 싶어한 자는?"
 "주상전하의 명에 따라 조사 중입니다."
 "전부 다인가?"
 미처 대답을 못 올린다. 묻는 뜻을 헤아리지 못하겠다.
 "나를 죽이고 싶어하는 자. 고려 백성 전부인가?"
 최영이 감히 얼굴을 마주 보지 못하고 찻잔만 내려다보고 있는데 왕비는 계속 묻는다.
 "내가 원의 사람으로 고려의 왕비가 되었기 때문인가? 그런가?"
 "알아지는 것이 있으면 전하께 보고를 올릴 것입니다. 왕비마마께서 아셔야 할 것이 있으면 주상전하께서 친히 알려주실 것이니……"
 "알려주지 않으실 거. 그대도 알지 않는가."
 냉랭한 목소리로 왕비는 그렇게 말한다.
 "그러니 그대가 고하라. 내가 물었다."
 최영이 천천히 고개를 든다. 무엄하지만 왕비의 눈을 바로 본다. 속을 읽고 싶다.

"먼저 한 가지 여쭤도 되겠습니까?"

"듣고 있다."

"고려말은 언제 배우셨습니까?"

직격으로 던지는 최영의 질문에 왕비가 노하여 노려본다. 최영은 흔들림 없이 그 노함을 받으며 더 보탠다.

"원나라 공주님께서 전하와 혼례를 치른 것은 이 년 전. 이 년 만에 배우시기에는 너무나 훌륭한 우리말이어서 여쭙습니다."

얼음처럼 냉랭하던 왕비의 목소리가 떨려나온다.

"원나라 사람에게 고려의 일을 말하기가 꺼려진다는 뜻인가?"

"주제넘었습니다. 질문 거두겠습니다."

라고 대답했으나 최영은 계속 왕비를 보고 있다.

의심스러웠다. 이 년 전, 왕비의 부친인 위왕 볼로드 테무르는 어째서 그 딸을 고려국의 왕자에게 주었을까. 혼인을 결정하던 때는 먼저 왕인 경창군이 즉위한 지 얼마 되지 않은 때였다. 강릉대군 아래 있던 자들도 죄다 새로운 왕에게 넘어가던 시기, 이제 고려의 왕이 될 길은 정녕 없어진 듯 보이던 힘없는 왕자에게 왜 딸을 주었을까. 혹여 오랫동안 준비해왔던 것은 아닌가. 어린 딸에게 고려말을 배우게 하여 고려 왕실에 들어가게 한 것인가. 당시 열두 살의 나이로 즉위했던 선왕은 단 이 년 만에 폐위되었다. 그 일에 입김을 넣은 것은 아닌가. 혹여 고려국을 갖고 싶었는가? 한번 시작된 의심은 끝없이 이어졌다.

왕비는 한동안 최영을 보고 있다가 조용히 입을 열었다.

"팔 년이다."

팔 년?

"팔 년 전, 한 사람을 보았다. 고려 사람이었다. 그에게 말을 건네보려고, 중간에 전하는 사람 없이 내가 직접 말을 건네고 그 말을 들어보려고 배우기 시작했다. 답이 되었는가?"

그렇게 말하는 왕비의 눈은 정직했다. 그리고 스치는 것은 아픔인가? 최영은 고개를 숙여 보이는 것으로 답을 대신한다. 왕비가 다시 묻는다.

"그럼 이제 그대 차례. 나의 정직함에 그대의 정직함으로 답하라. 누가 어째서 나를 죽이고 싶어하는가."

의선(醫仙)? 의술의 신선? 선녀?

"이 나라의 의선이 되어주십시오."

라고 왕이 말했다.

"그게 뭔데요?"

왕이 대답하려는 것을 은수는 손을 들어 막는다.

"아니 그게 뭐든…… 저기요, 임금님. 저는 돌아가야 되거든요."

"압니다. 허나……."

"저 납치되어 온 거 아시죠?"

"압니다."

"제가 임금님 부인, 그러니까 왕비님의 목숨을 구한 것도 아시죠?"

"예."

"그거 조금이라도 고맙게 생각해준다면. 저…… 돌려보내주세요."

은수는 되도록 애처로운 표정을 짓는다. 여자로 사회생활을 하다 보면 싫어도 배우게 되는 몇 가지 표정이 있는 법이다. 왕의 얼굴에 난처함이 떠오른다. 내친김에 좀 더 나가볼까.

"돌아가는 길에 고려청자나 그림 몇 점 들고 갈 수 있다면 오케이. 그걸로 다 퉁칠게요. 아…… 이런 단어는 잘 모르시죠. 그러니까 지금 하늘나라에서는 저를 찾느라고 난리가 났을 거예요. 제가 여기 있다는 걸 알게 되면 이거 문제가 심각해지죠."

알게 된다면 정말 심각해질 거다. 지구상의 모든 물리학자들이 죄다 달려들걸.

"그러니 제가 청자나 그림…… 이런 거 몇 점 갖고 가서 말을 잘해볼게요. 납치되었던 것이 아니라 왕진을 갔던 것이다. 봐라. 이게 진료비로 받아온 거다. 뭐 이렇게……."

말을 하다 보니 점점 말이 엉켜갔다. 역시 난 창작을 하는 문과 쪽에는 소질이 없어. 그때 마음에 들지 않는 중년이 끼어들었다.

"어떻게 돌아가시려고요?"

"그야 왔던 길로 다시……."

"그 하늘문은 닫혔습니다."

"닫혔으면 다시 열면 되잖아요."

"그 문이 언제 다시 열릴지는 아무도 모릅니다. 사람 힘으로 열리는 것도 아니고요. 여는 법 아십니까?"

"내가 어떻게 알아요."

"그럼 어딜 어찌 가시겠단 말입니까. 못 가십니다."

이 늙은이가 뭐래는 거야. 은수는 열이 확 오른다.

"그럼 안 되죠. 아니 무슨 말을 그렇게 막 던지세요? 그 사람 불러줘요. 나 납치해온 사람. 계급이 대장인가? 그 사람이 어떻게든 나 돌려보내준다 했으니까 그 인간하고 얘기하겠어요."

그 사람이 돌려보내준다 했으니 그래줄 것이라고, 눈앞에 있는 이 새파란 왕이나 마음에 들지 않는 늙은이가 방해만 하지 않는다면 그리할 것이라고 은수는 어쩐지 믿고 있다. 이 자리, 마음에 안 든다. 왕이 부른다고 네에, 하고 달려오는 게 아니었다.

그런데 왕이 간절한 얼굴로 말해왔다.

"의선. 이 나라는 백 년에 가까운 지난날 원의 간섭하에 살고 있습니다."

"제가 역사는 잘 모르고요. 그리고 의선인지 그거 하겠다고 한 적 없고요."

"백성들은 해마다 뼈를 말리고 피를 짜내어 원에 조공을 바치느라 사는 게 사는 것이 아닙니다. 한데 백성을 보호해야 하는 윗것들은 그 원의 세력에 빌붙어 백성의 고혈을 빠는 것에 앞장을 서고 있다 하니……."

"제가 원래 정치에 관심이 없어요. 정치하시는 분들이 대개 말씀은 훌륭하게 하시지만 다 그 나물에 그 밥이랄까. 이 비유는 알아들으시겠죠?"

옆에서 늙은이의 얼굴이 붉게 달아오르는 것을 느끼면서도 은수는 할 말을 한다. 세상은 언제나 강자에게 약하고 약자에게 강했다. 그리고 대개 강함은 솔직함에서 나왔다. 거짓말은 비겁함에서 나오는 거고, 비겁한 거짓말은 늘 들켰다. 그래서 은수는 거짓말이나 마음에 없는 말을 지어내느라고 머리 굴리는 것은 시간낭비며 헛짓이라고 생각한다.

"백성이 어떻고 국민이 어떻고 내가 어떻게 해줘야 하고…… 말씀은 다 그렇게들 하시는데, 결국 어떻게 하면 내가 좀 더 높은 자리에 올라갈 수 있나. 어떻게 하면 그 높은 자리를 더 오래 유지할 수 있나. 그게 제일 중요한 거잖아요. 정치하는 분들에게 백성은 그냥 세금만 잘 내주면 되는 존재 아니에요?"

저 늙은이 저러다 쓰러지겠다. 혈압 체크를 해봐야 하는 거 아닐까. 늙은이는 입만 뻐끔거리며 말이 안 나올 정도로 열받고 있는 모양인데, 젊은 왕은 오히려 차분해졌다.

"하늘에서는 우리를 그렇게 보고 계시는 겁니까?"

아, 또 하늘…… 은수는 저도 모르게 한숨이 나오다가 멈칫한다. 젊은 왕의 얼굴이 하염없이 쓸쓸해 보인다. 쓸쓸한 눈으로 왕이 미소 지었다.

"가끔 궁금했었습니다. 하늘은 누구의 하늘일까. 이 작고 힘없는 나라 따위는 관심이 없는 걸까. 그렇다면 하늘에서 오신 분께서는 이 작은 나라의 왕이 이런 부탁을 하는 것은 성가시겠군요."

"고려가 작긴 왜 작아요."

하고 은수는 저도 모르게 편을 든다. 어쨌든 은수는 고려에서 이어진 나라 대한민국의 사람이니까. 월드컵 때는 애국가만 들어도 목이 메곤 했으니까.

"이 나라가 나중에 얼마나 대단해지는데요. 지금 좀 형편이 안 좋은 모양인데 그러지 마세요. 땅 넓이가 좀 작고 크고 그런 거 별문제 안 돼요. 좀만 더 있으면 세상에서 이 나라의 제품을 안 쓰는 나라는 없게 될 거니까."

은수가 위로를 한답시고 내놓은 말에 먼저 달려든 것은 늙은이였다.

"나중 일을 아십니까?"

"뭐 안다기보다……."

"얼마나 뒤의 일까지 아십니까?"

　은수는 잠깐 머뭇거린다. 그러고 보니 지금이 대체 고려의 언제란 얘기야?

"지금이 몇 년도인가요?"

"몇 년도라면?"

"아, 아직 서기력이 없겠구나. 음…… 지금 저쪽이 원나라라고 하셨지요? 그럼…… 임금님 시호가 충…… 뭐로 되지 않나요?"

　젊은 왕이 흥미로운지 눈을 반짝이며 대답한다.

"저의 바로 선대 왕이었던 경창군은 아직 시호를 받지 못했고. 그 전의 선왕께서 충목을 받으셨으며, 그 앞은 제 형이었던 충혜. 그리고……."

　은수는 뇌 속에서 먼지 먹고 있던 고등학교 때의 국사 지식을 들춰낸다. 고려 왕실 계보는 제대로 외우고 있었는데…… 멜로디를 붙여 흥얼거리기 시작한다.

"태혜정광 경성목……."

　젊은 왕과 늙은이가 아연해서 보는 것을 일단 무시하고 집중한다.

"현덕정문 순선헌…… 숙예…… 응응…… 충…… 충렬선숙 혜목정공…… 그러니까 충렬. 충선. 충숙. 충혜. 충목. 충정. 공민…… 이 중에 어느 왕이세요?"

늙은이가 떨면서 물었다.

"충혜선왕. 충목선왕. 그다음이 충정. 그다음이 공민이라 하셨습니까?"

"맞아요. 공민왕."

늙은이가 흥분하기 시작했다. 하이 톤이 되어서 젊은 왕에게 떠든다.

"경창대군께서 충정이 되시고 전하께서는 공민이 되신답니다. 들으셨습니까? 충자가 붙지 않습니다. 원나라에 충성하라는 충자가 없답니다. 전하."

은수의 머리가 잠시 멈췄다가 다시 돌기 시작했다. 공민……왕이라고? 눈앞에 앉아 있는 이 젊은 왕이? 그렇다면…… 그 왕비는 노국공주겠네? 맙소사. 이게 진짜라면 이거 완전 대박.

그쯤에서 그쳤어야 했다. 흥분하는 바람에 은수는 그 순간 자제를 못했다. 그래서 떠들어댔다.

"저 공민왕 사당에 가봤거든요. 거기 임금님하고 왕비님 초상화가 있었어요. 근데 완전 안 닮았어요. 아, 뭐야. 실제가 훨 잘생기셨어요."

늙은이가 침을 튀기며 묻는다.

"하늘에 우리 전하 사당이 있단 말입니까?"

"마포구에 가면 있어요. 거기 임금님께서 직접 그린 그림도 있거든요. 임금님 그림 잘 그리시죠?"

그 말에 조일신이 숨넘어가는 소리를 한다.

"하늘에서는 다 아십니다. 다아 아시어요."

왕이 조심스레 묻는다.

"제 그림이 있다는 겁니까? 하늘에?"

"그…… 말 타고 사냥하는 그림이요. 사람이 말 위에 앉아서 뒤를 이렇게 돌아보는 그림인데……."

왕과 조일신의 시선이 마주친다. 왕이 즐겨 반복하여 그리는 그림이다.

"뭐 진품은 아니고 모사품이겠지만. 아 그리고 그 사당에 최영 장군 사당도 같이 있어요. 두 분 아주 친하셨나 봐요. 혹시 아세요? 아직 못 만나셨나?"

그 말에 왕과 늙은이가 함께 숨을 멈추었다. 왕이 되묻는다.

"최영 장군이요?"

"네. 최영……."

"우달치 대장 최영 말입니까?"

그 말에 드디어 은수의 입이 다물어졌다. 뭐? 우달치 대장……이라면 날 납치해온 그 사이코? 그자가 최영이라고? 황금 보기를 돌같이 할 때 그 최영? 나를 들쳐 메고 나를 끌어안고 나를 그 눈으로 바라보았던 그자가? 내가 칼을 들고 달려가 찔러넣었던 그 남자가 국사 책에 나오는 최영 장군이라고? 그러고 보니 어디선가 그자가 제 이름을 말했던 거 같다. 난 아무개라 합니다. 그게…… 최영이었어?

은수의 머릿속이 하얗게 바래갔다. 이제 한계야. 더 이상은 내 이성으로 감당할 수가 없어. 그리고 다음 순간 버릇처럼 소망했다. 제발 이 모든 게 꿈이기를…… 이제 눈을 뜨면 내 방 내 침대 위이기를…… 제발.

최영은 자세를 가다듬어 고하기 시작했다.

"신 일개 무관이라 정치는 잘 모릅니다. 모르는 대로 추측을 하여 올리겠습니다."

왕비는 고요히 경청한다. 필요 없는 말은 신음조차 내지 않으시는 분이다. 오랜 세월 감정을 삭이고 묻어버리며 살아오신 분이다, 라고 최영은 가늠한다.

"일전의 습격은 왕비마마를 겨냥하긴 했으나 그 목적은 전하이실 거라 생각됩니다. 주상전하께 왕비마마는 원나라의 힘을 상징하시는 분. 그러니 왕비마마의 시해에 성공하면 전하는 그 날개를 잃게 되실 것이고, 자신의 손 안에 떨어질 것이다. 그리 셈하였을 것입니다."

"기황후의 오라비. 그자인가?"

최영은 의외라서 왕비를 본다. 이분은 정치도 아시는 분이다.

"고려 천지에 그럴 만한 자는 그 외에는 생각나지 않습니다."

"그자의 힘은 강대하여 폭풍과 같고, 전하의 힘은 미약한 것이 그 앞의 촛불 같다던데."

"그리 얘기하는 자들이 있을 것입니다."

대답하다가 최영은 멈칫한다. 왕비가 빤히 최영을 보는데 그 눈에 슬픔이 가득했다. 감정 따위는 드러내지 않는 분이라고 방금 전에 생각했었는데.

"그대는 이제까지 얼마나 많은 왕의 우달치였는가?"

"……그런 것은 세지 않습니다."

"기황후의 오라비. 그자가 우리를 죽이고 왕이 되면 그대는 또 그자를 위해 우달치가 되겠지?"

최영이 언뜻 대답을 못한다.

"그자를 위해 밤을 지새워 번을 서고, 목숨을 내걸어 그자의 적과 싸우겠지. 이제까지 섬겨온 왕들을 위해 그리했던 것처럼."

"그 전에 죽지 않는다면…… 그럴 것입니다."

다음 순간 최영은 하마터면 벌떡 일어설 뻔했다. 어느 틈에 왕비가 탁자 건너로 손을 뻗어 최영의 이마를 짚은 것이다. 감히 몸을 빼지 못하며 최영이 다급히 부른다.

"마마."

"그래서 죽으려는 건가?"

견디지 못하고 최영이 몸을 뒤로 물리는데 왕비는 몸을 일으켜 그만큼 따라온다. 최영의 이마를 짚은 손을 떨구지 않은 채.

"원치 않는 자들을 위해 목숨을 거는 것에 지쳐서 지레 죽을 생각인가?"

"손을……."

"이처럼 불덩이 같은데 치료를 받지 않는다 들었다."

"거두어주십시오."

최영의 뜨거운 이마에 얹혀진 손처럼 서늘한 목소리로 왕비가 명했다.

"죽지 마라. 그대 왕비의 명이다."

이제 신시(申時)로 접어드는 시간. 어느새 해는 서쪽으로 넘어가고 있다.

주상이 계시는 강안전을 향해 빠르게 걸어가며, 최영은 심란한 생각들에 골똘해 있느라고 처음에는 미처 알아차리지 못했다. 이윽고 주위의 모습들이 눈에 들어오기 시작했다. 궁 안의 나인들은 물론이고 보초를 서는 금군들까지 삼

삼오오 모여 뭔가를 숙덕이고 있다. 놀라움과 흥분의 공기가 궁 안 곳곳을 떠돌고 있다.

저만치 오늘의 오후 번을 책임져야 할 조장 주석이 부하들을 데리고 떠들고 있는 것이 보였다. 주석과 아이들은 이야기에 정신이 팔려서 최영이 다가서는 것도 모르고 있다가 뒤늦게 황급히 예를 올렸다. 조용히 손짓으로 주석을 불렀다.

"뭐냐?"

"뭐가 뭘……."

최영의 험상궂은 눈초리에 주석이 더 뭉개지 못하고 대답한다.

"자꾸 물어보러들 와서 말입니다. 하늘에서 왔다는 분을 진짜 느네 우달치들이 하늘에서 모시고 왔느냐. 두 눈으로 똑똑히 봤느냐. 그래서 제가 애들에게……."

주석은 말을 끝내지 못했다. 최영이 주석의 무릎 뒤를 후려 차 꿇리더니 그 머리통을 잡아 땅에 박으며 묻는다.

"느이들 입단속하라 했지. 누구야? 처음 떠들어댄 놈."

주석이 땅에 짓눌려 죽을 맛으로 고한다.

"우리가 아닙니다. 내전입니다."

"어째?"

"내전의 환관들이 나서서 떠들어댔습니다. 전 그저 애들에게 말대꾸하지 말라고……."

최영이 주위를 둘러본다. 겁이 나서 우물거리던 다른 우달치들이 최영의 시선을 받자 하나둘 나서며 말을 보탠다.

"궁 안에 소문이 쫙 퍼졌습니다."

"주상께서 직접 의선이라 칭하셨다고…… 앞으로 그리 알고 모시라는 명도 내리시고……."

"지금쯤이면 개경 변두리까지 말이 퍼졌을 겁니다. 의선께선 의술뿐 아니고요. 하늘의 눈도 가지셨답니다. 앞날의 일을 다 보고 아신다는 겁니다. 그래서……."

마지막 보고를 하던 자도 말을 끝마치지 못했다. 이미 최영이 저만치 달려가고 있었던 것이다.

달리며 최영은 저도 모르게 욕을 내뱉는다. 그분이 위험하다.

권력이란 게 좋긴 좋구나. 은수는 입을 벌리고 구경 중이다.

왕과의 이야기를 끝내고 돌아왔더니 이미 전의시의 약초원 구석에 자리한 작은 집에는 궁에서 일하는 복장의 사람들 십수 명이 들이닥쳐 북적이고 있었다. 부엌 옆에 따로 목욕실을 만드는 공사를 이미 시작했는가 하면 그 작은 집 안에 화려한 가구들을 줄줄이 들이고 있다. 청자를 탐내던 은수의 말을 기억했는지 그림과 자기류의 장식품도 많았다.

무슨 별궁으로 모시겠다는 것을 간신히 거절했다. 한의 선생이 옆에 없는 것이 불안하기도 했지만, 금방 떠날 것이라고 스스로 믿고 있는 중이라서 그랬다. 그 한의 선생은, 낯선 사람들이 들이닥치자 히스테리 증세를 보이기 시작한 더기를 데리고 어딘가로 가버렸다.

어정쩡하게 마당에 선 채 두께가 족히 이십 센티미터는 되어보이는 비단 요와 이불이 집 안으로 들어가는 것을 보면서 은수는 다시 한 번 명치끝이 뒤틀리는 기분을 느낀다. 아까부터 멀미를 하는 것처럼 속이 메슥거리고 있다. 두통이 다시 시작되려는 것 같다. 그럴 만도 하지. 아까부터 은수의 머릿속은 지나치게 오버클럭한 시피유(CPU)처럼 연기를 내며 가동 중이다.

뇌세포의 일부는 빈약한 국사 지식 중에 고려 말기 부분을 되짚어내느라 용을 쓰는 중이었고, 다른 일부는 물리학 기초부터 SF영화며 드라마까지 섭렵하는 중이다. 〈백 투 더 퓨처〉에 〈스타게이트〉의 장면들이 양자물리 공식에 합쳐지고 평행우주론까지 번져나가는 와중에 공민왕, 우왕, 이성계 같은 이름들이 줄줄이 겹쳐진다. 그 사이사이 고려청자의 가격은 얼마나 될까 같은 질문도 끼어든다.

그래서 눈앞에 그가 불쑥 나타났을 때, 은수는 저도 모르게 비명을 지를 뻔했다. 어쩌면 비명의 앞부분은 소리를 내며 입 밖으로 나왔을지 모르겠다. 키가 큰 그는 놀라 주저

앉을 뻔한 은수를 못마땅한 듯이 내려다보다가 말했다.

"지금 떠나겠습니다."

그러더니 대답은 들을 필요도 없다는 듯이 먼저 걷는다. 은수는 도무지 움직여지지가 않아서 그냥 서서 보고만 있었다. 그러자 그가 다시 돌아오더니 은수의 등에 그 큰 손을 얹는다. 어머…… 놀랄 새도 없이 그가 은수를 밀어 걷기 시작했다.

"저기요. 잠깐만요."

은수가 옆으로 비켜서며 멈추려 했으나 그의 손길이 교묘히 방향을 달리하며 미는 바람에 그대로 밀려나간다. 밀려가며 은수가 못 참고 묻는다.

"성함이 최영…… 맞아요?"

"맞습니다."

무뚝뚝하게 대답을 해준다.

"주변에 다른 최영은 없어요? 그러니까 궁 안에…… 좀 높은 사람 중에 최영이라는 이름을 가진 분, 또 없는 거예요?"

"없습니다."

그럼 이 사람이 국사 책에 나오는 그 최영 장군이 맞다. 지금 그 최영 장군이 은수에게 말하고 있다.

"저는 당장 움직일 수가 없습니다. 믿을 만한 놈을 몇 붙여드리겠습니다."

"붙이다니…… 뭘……?"

"먼저 출발하십시오. 가능하면 하루 이틀 내에 따라가겠습니다."

"그러니까 날 보고 지금 당장 떠나라고요?"

"여긴 이제 위험합니다. 노리는 자가 생길 겁니다."

"나를요? 누가요? 왜요?"

최영은 솟구치는 짜증을 누르느라 한숨이 나온다. 살면서 이렇게 일일이 말꼬리를 잡고 되물어보는 이는 만나본 적이 없다.

"제가 하란 대로 하시면 됩니다."

제아무리 최영이라도 사람 묻는 말에는 대답을 해줘야지. 은수는 그를 향해 휙 돌아섰다. 하마터면 은수와 부딪힐 뻔한 최영이 순간 멈춰 서서 난감하게 본다.

"내가 왜 위험하다는 거예요? 내가 누굴 무서워해야 되는 건데요. 알아야 조심을 하죠."

각종 크고 작은 약초가 가득 자라고 있는 넓은 약초원을 거의 건너온 지점이었다.

하늘에서 오신 분은 허리에 양손을 올리고 버텨 서 있다. 이분을 어찌하나. 입에 재갈을 물리고 자루에 넣어서 메고 가라 해야 하나, 하는 생각이 잠깐 들다가 최영은 숨을 멈춘다. 누가 있다. 서쪽 담장 너머다. 아니다. 지붕인가.

다음 순간 최영은 은수를 감싸안으며 화단 너머로 몸을

굴렸다. 그들이 있던 자리에 불덩이가 쏟아져오더니 폭발음을 내며 터진다. 최영이 다리를 뻗어 한쪽에 놓여 있던 달구지를 걷어찬다. 달구지가 옆으로 넘어지며 생긴 차단벽 뒤의 공간으로 은수를 감싸 숨긴다. 거의 동시에 날아온 불덩이가 달구지에 정통으로 맞으며 탄내를 사방으로 풍긴다. 최영이 빠르게 자기 품 안의 여인을 살핀다. 기겁을 하여 최영을 올려다보는 눈. 다친 곳은 없으시다.

최영은 달구지 옆으로 잠깐 고개를 빼어 살피다가 얼른 도로 움츠린다. 쏟아져온 불덩이가 최영의 귓가를 한 치 남겨두고 스쳐 지나갔다. 그러나 그 잠깐 사이 최영은 상대를 발견했다. 붉은 옷을 입은 계집이었다. 계집이 있는 곳은 약제실 지붕 위.

연이어 날아온 불덩이가 그들이 몸을 숨기고 있는 달구지를 맞춘다. 하늘의원이 짧게 비명을 지른다. 달구지가 더 못 견디고 불붙는다. 더 이상은 안 되겠다.

"잠시만 계십시오."

품에 감쌌던 여인을 놓아주다 멈춘다. 여인이 최영의 옷깃을 부여잡았다.

"어디 가요."

무섭다고 살려달라고 소리 지르는 것이 아니라 하늘의 여인은 그를 걱정하고 있는 것인가.

"다녀오겠습니다."

다음 순간 은수는 최영을 잡았던 손을 놓았다. 이 사람은 전혀 겁을 내지 않고 있다. 싸울 작정이다. 은수는 지금 넋이 나가기 직전이긴 하지만, 싸울 사람을 부여잡고 매달려 짐이 되지는 않아야겠다는 정도의 자각은 남아 있다. 머리 위로 또 하나의 불덩이가 쇄액 소리를 내며 날아간다. 터져 나오는 비명을 간신히 삼킨다. 그런데 이게 뭐야. 폭탄이야? 수류탄 같은 거? 고려시대에? 그때 그 사람, 최영이 근처의 건초 더미 하나를 잡아채어 한쪽으로 던졌다. 그 더미를 향해 어김없이 불덩이가 날아들었다. 동시에 그는 그 반대편으로 튕기듯 몸을 날렸다.

그러고는 모든 것이 비현실적으로 보였다. 사람이 할 수 있는 동작을 벗어난 빠르기와 높이로 그가 도약하고, 그렇게 도약한 공중에서 나뭇가지 하나를 발로 차서 방향을 바꾸어 재도약하는 모습을 멍하니 본다.

저도 모르게 달구지 위로 고개를 빼어 그를 보다가 은수도 그 여자를 발견했다. 붉은 치맛자락을 휘날리며 지붕 위에서 담 위로 뛰어내리고 있었다. 그 여자가 은수를 본다. 웃는 것 같더니 그 손에서 불덩이가 은수를 향해 쏟아져 나온다. 정말이다. 무슨 도구가 있어 보이지도 않았는데, 생 불덩이가 그 손에서부터 만들어져 곧바로 날아온다. 얼어 버린 은수와 그 여자의 가운데로 최영이 달려드는가 싶더니 칼로 불덩이를 쳐낸다. 중간에서 방향을 바꾼 불덩이가 저쪽 화단을 향해 날아간다. 여인이 소리 내어 웃으며 담 너머로 몸을 날려 사라졌다. 그리고 최영 역시 사람 키보다 높은 담을 한 번의 도약으로 넘어가버렸다.

사람 손에서 불이 쏘아져나오고, 그 날아오는 것을 중간에서 쳐내고, 저 높은 담을 사다리도 없이 순식간에 넘는다. 도대체 이게 다 뭐야.

"괜찮으십니까?"

낯익은 목소리에 돌아보았더니 한의사 장빈이 달려오고 있었다. 그제야 비현실이 현실로 풀리면서 은수는 비실비실 몸을 일으킨다. 순식간에 거리를 좁혀온 장빈이 은수를 잡아채 불길에 휩싸인 달구지 뒤에서 떨어뜨렸다. 은수가 장빈의 품으로 무너져 안기는가 싶더니 더듬거리며 말했다.

"엑스맨……"

"예?"

은수는 덜덜 떨리는 손을 뻗어 담 쪽을 가리켰다.

"저기…… 엑스맨…… 초능력…… 그 여자가 불……"

최영은 이미 장빈이 달려오는 것을 보았다. 이제 그가 하늘의원 옆에 있을 것이다. 그래서 안심하고 담장을 넘었다. 계집은 빠르게 탕약실 뒤를 달려 또 하나의 담장을 넘고 있다. 저 정도의 경공이라면 번을 서는 금군의 눈 정도는 얼마든지 피해 잠입했을 것이다. 계집이 쓰던 것은 화공이다.

쫓아 달리며 그간에 모아두었던 머릿속의 정보를 뒤진다. 덕성부원군 기철에게 내공을 쓰는 사형제가 있다고 했다. 그중 중원에서 활약한다는 사매의 이야기를 들은 적이 있다. 분명 화공을 쓴다고 했다. 그 사매를 불러들인 것인가. 누구를 노리는가. 역시 하늘의 의원인가.

그보다…… 괜찮을까? 두 번째 담장을 넘기 전에 최영은 잠깐 단전 위에 한 손을 얹는다. 열독을 모아 가두어놓은 단전의 진기가 잠깐 경공을 쓰는 바람에 흔들리기 시작했다. 장빈은 운기조식을 끝낸 최영을 다시 진맥해보고 엄중하게 경고했었다.

"진기를 쓰지 마십시오. 둑이 터지듯 열독이 터지면 걷잡을 수 없을 겁니다."

그러나 최영은 억지로 진기를 끌어올려 다시 담장을 넘는다. 그분을 노리고 온 자라면 그냥 보낼 수 없다. 담장에서 떨어져 내리던 최영이 순간 검을 다잡는다. 저 앞에 계집이 말짱한 얼굴로 선 채 최영을 보고 있었다.

"우달치 대장 최영, 맞으신가?"

최영은 몸을 날려 검을 먼저 찔러가며 대꾸한다.

"포박 먼저 받고, 통성명은 나중에."

계집은 교묘히 검을 피하며 뒤로 펄쩍 뛰어 거리를 두더니 또 멈추어 최영을 본다. 생글생글 웃고 있다.

"의외네. 대장이라길래 수염 시커먼 사내일 줄 알았더니 이리 고운 자였어."

최영은 그 계집의 한 손이 등 뒤로 숨겨져 있는 것을 놓치지 않는다. 진기를 일으킬 수 없으니 속도로 승부하는 수밖에 없다. 번개처럼 뻗어간 최영의 검이 계집의 목을 날카롭게 뚫고 들어간다. 계집이 미처 불을 일으키지 못하고 옆으로 피한다. 최영의 검이 집요하게 계집을 따라간다. 계집은 숨 가쁘게 피하면서도 교태를 부리는 미소를 짓고 있다.

"나 당신한테 할 말이 있어서 왔는데……."

"꿇어."

"너무하셔."

"그럼 죽든가……."

옆으로 후려쳐오는 듯하던 최영의 검이 중간에 믿을 수 없는 속도로 방향을 바꿔 깊숙이 찔러온다. 계집은 간신히 몸을 뒤로 젖히고 땅을 굴러 피하면서 까르르 웃더니 순간 몸을 날려 옆의 담장을 다시 넘어간다. 따라 넘으려던 최영이 숨을 들이키며 멈췄다. 극심한 통증이 복부에서부터 퍼지더니 단전의 진기가 요동을 친다.

우달치들이 달려오고 있다. 누군가 불어대는 경고 호각 소리가 퍼진다. 이제야 침입자를 눈치챈 금군들일 것이다. 달려온 덕만이 계집이 넘어간 담장을 따라 넘으려는데 최영이 그 등덜미를 잡아챘다.

"됐다."
"대장."
"니들 상대가 아니야."
"자객입니까?"
"부장에게 전해. 전원 내전으로 밀집, 전하를 지킨다."
"대장은?"
"전의시에 있겠다."

고개를 들어 서쪽 하늘을 본다. 곧 해가 넘어가겠다. 계집의 말로 미루어 나를 노린 것이라면 나는 전하가 계신 곳에서 떨어져 있는 것이 낫다.

보고를 들은 왕께서 직접 전의시로 찾아오실 줄은 몰랐다. 장빈의 처소에서 다시 한 번 운기조식을 하려던 최영은 황급히 달려나왔다. 왕께서는 군데군데 불에 타버린 약초원을 둘러보고 계셨다.

다가선 최영이 고개를 숙여 예를 올리자 왕은 조용히 말했다.

"의선께서 습격을 받았다고 들었어요. 내 탓이오."

그렇지 않을 수도 있다고 굳이 아뢰지 않았다. 이런 일이 생길 줄 아시면서 그분을 불러 공개하고 소문나게 만든 왕에 대한 원망이 조금은 있다.

최영은 왕을 전의시 본채 대기실로 모신다. 그러면서 빠르게 우달치들을 주위에 배치한다. 한 번 뚫렸던 이곳은 이제 안전한 장소라고 할 수 없다.

대기실에 들어선 왕은 소박한 탁자 앞의 의자를 손수 끌어내 앉더니 바로 물었다.

"덕성부원군이 보낸 자였나요?"

"부원군의 사형제 중 화공을 하는 이가 있다고 들었는데 그자가 아닌가 생각하고 있습니다."

"아침부터 내내 나를 만나려 했다는 이야기 들었어요. 알아온 겁니까. 선혜정의 참사를 일으킨 자."

최영이 품에서 밀지를 꺼내 올린다.

"불에 탄 선혜정 자리에서 찾아낸 것입니다."

왕은 불에 그슬린 종이를 펴서 내용을 읽더니 생각에 잠긴다. 최영은 기다린다. 이윽고 왕이 묻는다.

"거기서 죽어간 자들이 남긴 것인가요."

"그것을 남긴 자는 발견한 자가 그렇게 생각해주길 바란 듯합니다."

"그 뜻은?"

"거기 묻어 있는 피 보이십니까?"

"보여요."

최영은 장빈에게 받았던 문갑을 찾아내 탁자 위에 올려놓는다. 종이 한 장도 탁자 위에 펼쳐놓는다.

"전하. 잠시 등을 보이겠습니다."

하더니 최영은 왕을 등지고 돌아선다. 감히 왕께 보일 것이 못 되는지라 최영은 왕의 눈을 피해 단검을 꺼내더니 자신의 손바닥을 긋는다. 왕이 놀라 보는데 최영이 손에서 떨어지는 피를 종이에 떨어뜨렸다. 그러더니 문갑을 열어 그 안에 있는 것을 종이 위에 떨구었다. 몇 마리의 꿈틀거리는 지네였다.

"장어의가 알려준 것입니다. 원래 지네는 사람 피에 반응을 안 한다고 합니다. 그러나……."

최영은 왕에게 주었던 밀지를 도로 받아 종이 옆에 펼쳐놓았다. 꿈틀거리기만 하며 뭉쳐 있던 지네들이 잠시 후 꾸물꾸물 밀지 쪽으로 이동해간다. 밀지에 묻은 피로 몰려든다.

"닭의 피에는 반응을 한다 하였습니다."

왕이 신기하여 본다.

"그럼 이 밀지에 묻은 피는……."

"닭의 피였습니다."

영민한 왕은 바로 알아듣는다.

"누군가 이 밀지를 거짓으로 만들어 선혜정에 심어놓은 거란 뜻인가요. 마치 그 자리에서 죽은 자들이 남긴 것처럼?"

"그렇게 짐작됩니다."

"짐작으로는 아니 되지. 내 명은 이 짓을 한 자를 찾아오란 것이었는데…….”

"제 발로 찾아올 것입니다."

왕이 믿지 못하여 본다.

"덕성부원군이 조만간 찾아올 것입니다. 애당초 이것은 증거라고 떠들기 위해 만든 것이니까요."

"그자가 나를 찾아와 헛소리를 떠들면 이처럼 지네를 들어 그게 거짓임을 밝히면서 그자를 추궁하면 된다는 것이오?"

"그리하셔도 되고, 모른 척 듣기만 하셔도 됩니다."

왕이 잠시 말없이 최영을 본다. 최영 또한 말없이 기다린다. 이윽고 왕이 입을 열었다.

"거짓이라 추궁하면 내가 그자와 싸우겠다는 뜻. 모른 척 넘어가면 그자의 바람대로 복종하겠다는 뜻. 내가 알아서 정해라?"

최영이 고개를 숙인다.

"내가 어느 쪽으로 태도를 정하든 최영 그대는 임무를 마쳤으니 궁을 나가겠다?"

"그렇게 윤허하여주신 것으로 알고 있습니다."

"기어이 나가겠다?"

우뚝 선 채 고개를 숙인 최영은 미동이 없다. 당장 가도 좋다는 말을 기다리는 것처럼.

왕은 노가 끓어오르는 마음으로 어쩔 줄을 모르고 본다.

큰소리로 성을 내고 왕의 이름을 내세워 잡아 앉히고 싶은 마음이 스멀스멀…… 그들 사이에 있는 지네들처럼 꿈틀거린다.

 소란스러운 발소리에 방문을 열고 나와 보니, 은수가 있는 약초원 구석까지 군인들이 몰려 들어오고 있다. 저 검은 갑옷의 군인들은 그가 대장으로 있는 우달치 부대원들이라는 것을 이제 은수도 안다. 왕의 바로 옆에서 지키는 경호원 같은, 이른바 근위대라는 것도 알게 되었다. 거실에서는 장빈이 뒷짐을 지고 선 채 그들을 보고 있었다. 아까 일 이후로 장빈은 은수 옆에서 떠나지 않고 있다.
 "저 사람들 왜 저렇게 많이 온 거예요?"
 "전하께서 오셨습니다."
 왕이 여기 왔다고? 그러고 보니 정신없이 움직이는 것 같던 우달치들은 어느새 전의시 안채를 둘러싸며 촘촘한 진을 만들고 있다.
 "어디 계세요, 임금님?"
 마당으로 내려서려 하자 장빈이 막을 듯 앞으로 움직여 왔다.
 "뭐하시게요?"
 "내가 할 말이 있어서요."

"의선……."

은수는 장빈의 옆으로 빠져나와 총총 걷는다. 웬일로 장빈이 더 말리지 않고 보고만 있나 했더니, 약초원에서 전의시로 넘어오는 길목에서 우달치들이 그녀의 앞을 막아섰다. 은수는 권위적인 의사의 얼굴로 말해본다.

"비켜주실래요?"

난처한 얼굴로 서로를 보면서 비킬 생각들을 안 한다. 그때 안쪽에서 충석이 나섰다. 은수가 아는 얼굴이다.

"부장님 맞죠? 이 사람들 좀 비키라고 해주세요."

"아무도 들이지 못합니다."

충석은 은수와 눈을 마주치지 않으려고 애쓰며 그녀의 앞에 버티어 선다. 그런 충석을 보다가 은수가 상냥한 목소리로 말했다.

"나 누군지 알죠?"

"예?"

충석이 저도 모르게 은수를 본다. 은수가 더욱 화사하게 웃으며 또 묻는다.

"나…… 의선인 거 알죠?"

"아…… 예. 압니다."

"의선인 내가 부탁을 하는데, 안 돼요?"

충석이 당황해하는 것을 은수는 눈치챈다.

"아니면 명령을 해야 되나? 비키지 않으면 어떻게 되는지 보여줘야 되나? 그렇게까지 하고 싶지 않은데……."

은수 가까이에 있던 우달치 대원 한둘이 슬그머니 거리를 벌리는 것도 옆눈으로 보았다.

"임금님께 드릴 말씀이 있어서 그래요. 아주 중요한 이야기."

"불가합니다."

"저기 안에 계신 거죠?"

전의시 본채 입구 앞에 우달치들이 겹겹이 지켜 선 것을 가리키며 은수가 묻자 충석이 대답할 바를 모르고 마른침을 삼킨다. 좀 미안해져서 은수가 거들어준다.

"기다릴게요. 밖에서. 임금님 나오실 때까지."

충석이 잠시 고민하더니 호위진의 안쪽으로 넣어주었다. 착한 사람을 더 괴롭히기도 미안해서 은수는 기다리기로 했다. 기다리는 시간이 무료해서 슬렁슬렁 걷는다.

임금을 만나면 확실하게 말해야겠다. 이상한 여자가 찾아와서 불을 쏘아대는 이곳에는 단 하루도 더 있고 싶은 생각이 없다고. 가는 길만 가르쳐주면 혼자라도 가겠다고. 그런데 이왕이면 대장이 호위를 해주면 좋겠다고. 원래 해주기로 되어 있다고. 대장님께서 나중에 훌륭한 장군님이 되실 분이라는 건 아는데, 그래도 본인이 저지른 일은 본인이 책임지셔야 되지 않겠냐고.

그러다 고개를 들었다. 어느새 사방은 캄캄해져 있다. 여기가 어디지? 전의시 뒷마당 같은데? 그러다 은수는 숨을 죽였다.

저만치 창문 하나가 환했다. 그리고 그 안, 호롱불을 켰는지 일렁거리는 빛 안에 그의 옆모습이 보였다. 그 사람이다.

아까 쏟아져오는 불덩이들 속에서 그녀를 당겨 안아주던 그 사람. 정신없던 와중에도 은수는 알 수 있었다. 그가 빈틈없이 그녀를 감싸고 있다는 것을. 불덩이가 아니라 그 무엇이 쏟아져도 그라면 품 안에 있는 그녀를 다치게 하지 않을 것을.

그가 거기 우뚝 서 있다. 이상한 여자를 쫓아 가버린 뒤에 내내 걱정했었다. 다녀오겠다고 말하더니 오지 않아서 걱정했다. 장빈이 괜찮다고 말해주었어도 걱정이 되었다. 어둠 속에 서서 그를 본다. 그 자리는 언젠가 최영이 서 있던 자리라는 것을 은수는 모른다. 그 자리에 그렇게 서서 최영은 창문 안의 은수를 지켜보았었다.

지붕 위에서는 대만이 그림자처럼 웅크려 앉아 은수를 보고 있었다.

하늘에서 오신 분, 이제 의선이라 불러야 하는 그분이 좀 더 가까이 다가온다. 어쩌지? 우달치들은 더 먼 곳을 둘러 지키고 있다. 행여 왕의 말이 새어나가면 안 되기에 거리를 두는 것이다.

아무래도 내가 내려가 막아야 하나? 대만이 안절부절하

는데 의선이 나무 뒤로 숨듯이 선다. 저 거리라면 방 안의 말소리가 들릴 텐데. 역시 쫓아내야 하나. 대만이 막 몸을 일으키려는데 의선이 미소 지었다. 의선이 창문 안을 보며 미소 짓고 있다. 대만은 동물의 감각으로 그 미소의 느낌을 알아차린다. 의선은 대장을 보고 있다. 대장이 무사해서 안심하고 있다. 의선은 대장 편이다.

 최영은 아까부터 감지하고 있었다. 열독을 가두며 단전에 단단히 모아놓았던 진기에 균열이 생기고 있는 듯했다. 몸에 다시 열이 오르고 있다. 그러나 왕께서는 일어날 생각을 않으신다. 잠잠히 생각에 잠겨 있던 왕이 이윽고 묻는다.
 "실망한 건가요?"
 최영이 무거운 머리를 들어 왕을 본다. 왕이 머뭇거리며 말하고 있다. 부끄러움으로 눈가가 붉어져 계시다. 왕께서…… 부끄러워하고 계시다.
 "그래요. 내가 그랬어요. 내 입지를 좀 살려보겠다고 무고한 의선을 이용했어요. 보라. 하늘의 사람이 나의 옆에 있다. 그렇게 떠들면 행여 내 편으로 기울어주는 이가 있을까. 얕은 수를 썼어요."
 최영은 뭐라 답변할 말을 찾지 못한다.
 "아니면 역시 내가 너무 허약해서인가요? 고려 천지에

내 사람이라 할 자가 하나도 없는 왕. 이런 왕을 지키자니 속절없어서 떠날 생각인가요."

"아닙니다. 전하."

최영은 마른 목에서 소리가 갈라져 가다듬는다.

"신이 궁을 나가고자 소망한 것은 오래된 일입니다."

"나를 설득해봐요. 내가 그대를 보낼 수 있게 설득해봐요."

최영은 뜨거운 숨을 삼킨다. 전하. 입을 열어 말을 할 수 있는 이야기가 아닙니다. 하물며 왕께 드릴 수 있는 이야기가 아닙니다. 그러나 왕은 또 청한다.

"앉아요. 앉아서 왕이 아니라 세상물정 모르는 철부지 아우에게 말하듯, 그대를 마음으로 믿고 있는 벗에게 말하듯 말해봐요."

왕의 간절한 눈빛에 최영이 의자에 앉는다. 흔들림 없이 서서 이야기를 계속할 자신도 없다. 그렇게 앉고서도 잠시 침묵하던 최영이 입을 열었다.

"소신, 적월대였습니다."

라고 운을 떼자 참으로 오랫동안 봉인되었던 기억의 돌문에 쩍, 금이 갔다. 마치 최영의 단전에 모아두었던 진기의 덩어리가 지금 그러하듯이.

"적월대는…… 내공을 익힌 무술인들이 나라를 지키겠다는 일념으로 모인 무리였습니다. 출신성분 남녀노소 가리지 않았고, 그래서 저희는 가족과 같았습니다."

라고 말을 잇자 한 번 그어진 금에 다시 수없는 잔금들이 이어져 벌어지기 시작했다. 이것도 나쁘지 않다……고 최영은 생각한다.
 왕이 원하시기에 입을 열어 고한다. 그러나 그래도 고할 수 없는 이야기들이 그의 안에 더 많다. 이렇게나 많았던가. 봉하여 잊고자 했던 이야기들이?

3장
적월, 낙엽으로 떨어지다

"영아."
문치후는 최영을 돌아보지도 않으며 불렀다.
"전하께 서약하거라. 앞으로 전하의 그림자가 되어 고려 왕실의 수호자가 되겠다고."

서향화(瑞香花)가 흐드러지게 피었던 이른 봄이었다. 겨울 내내 꽃봉오리를 만들더니 어느 날 아침 온 집 안을 그 향내로 뒤덮으며 일제히 꽃을 피우기 시작했다. 왕실에서 직접 내려준 꽃나무였다. 씨를 잘 맺지 못하는 나무라 했는데 최영의 집에서는 해마다 그 수를 늘렸다.

스승 문치후는 그 꽃나무 앞에 서 있었다.

최영이 부친 최원직의 임종을 지킨 지 사십구 일이 지나던 날이었다. 스승은 부친의 상제례 때 찾아왔다가 하룻밤을 지새우고 떠났었다. 사십구재를 지내고 돌아섰더니 사원 마당에 스승이 있었다. 최영은 하마터면 스승 앞에서 눈물을 보일 뻔했다.

"서향화인가? 과연 향이 좋구나."

스승의 말에 최영이 오랜만에 미소 지었다. 그동안 부친의 유골이 담긴 석관을 지키며, 아침저녁으로 음식을 올리며, 자신은 거의 먹지를 않아서 열여섯 살의 최영은 훌쩍 야위어 있었다.

"서향화는 화적(花賊)이라고도 불리운다 하셨습니다. 워낙 향이 강해서 그들이 한 번 피기 시작하면 주변의 다른 꽃향을 모두 훔쳐버리기 때문이라고요."

아버지가 해주던 말을 전하며 아버지의 목소리가 그리워서 최영은 잠깐 목이 메었다. 잠시 향에 취해 있는 듯했던 스승이 불쑥 물었다.

"서향화처럼 되고 싶으냐?"

그날, 아직 찬바람이 매섭던 봄의 정원에서 스승이 했던 말을 다 기억한다. 그때는 대부분 알아들을 수 없는 말이었는데 살아오면서 그 말의 의미가 하나씩 알아졌다.

"너는 그리될 수 있을 것이다. 네가 이미 아홉 가지의 경서와 세 가지 역사책을 다 익혔다 들었으니 과거급제가 그리 어렵지 않을 것이고, 너의 집안 배경이 이토록 화려하니 출세도 보장되어 있겠지. 네가 마음만 먹는다면 일인지하 만인지상의 자리도 꿈이 아닐 것이고, 더 큰 마음을 먹는다면 그 일인지하도 넘어설 수 있을 터. 그리하여 세상에 너의 향을 널리 퍼뜨릴 수 있을 것이다."

무슨 뜻으로 하시는 말씀인지 알 수는 없었으나 최영은 더럭 겁이 났다. 무너지듯 차가운 땅바닥에 무릎을 꿇으며 스승을 불렀다.

"스승님. 다 싫습니다. 데려가주십시오."

"내가 가는 길에 향 따위는 없다. 나를 따른다면 이제 누구도 너의 향을 맡지 못하게 살아야 할 것이야. 그림자에서 향이 나면 들키고, 들키면 죽기 때문이다."

"그리하겠습니다."

"끝없이 사람 목숨을 해하게 될 것인데……."

"할 수 있습니다."

"그 사람들에게도 부모가 있고 아들이 있을 것이나 그 생각은 하지 말아야 한다."

"하지 않겠습니다."

"그들의 목숨 값은 온전히 네가 갚아야 할 것이다."

"그러겠습니다."

"어째서."

"예?"

"어째서 그리하겠다는 것이냐."

"아버지께서 말씀하셨습니다. 삼년상 따위는 생각도 마라. 그럴 시간에 나라를 위해 돌멩이 하나라도 옮기라고요. 저에게 뭔가를 하게 해주십시오."

"나라를 위해서?"

하고 묻는 스승의 얼굴은 참 쓸쓸했다. 그때는 몰랐다.

"나라를 위해서 백성을 위해서 뭔가를 하게 해주십시오, 스승님. 하루를 살더라도 무사로 살고 싶습니다. 무사로 살게 해주십시오. 목숨을 걸 만한 일을 하게 해주십시오."

그때는 그것이 유일하게 빛나는 꿈이었다. 나라와 백성을 지키는 무사가 되는 것. 그런 자신을 자랑스러워하는 것.

바람이 불었고, 서향화 꽃잎들이 바람에 휩쓸려 휘날렸다. 그리고 스승이 말했다.

"이제는 나를 스승이라 부르지 말고 대장이라 불러라."

"나라를 위해 모이긴 했으나 나라에 속해진 자리는 따로 없었습니다. 적월대는 말하자면 아무도 임명해준 적 없는 별동대였습니다. 정해진 거처도 없었습니다. 적이 침입해 온다는 연락을 받으면 언제라도 밤을 새워 달려갔고, 군에서 전해주는 밀명에 따라 주로 전장의 배후로 침투해 적장을 암살하거나 적이 타고 온 선박을 불사르는 임무를 수행했습니다."

군에서 주는 보급 같은 건 없었다. 그러나 암암리에 적월대를 돕는 이들이 있었다. 최영의 아버지 최원직도 그중의 하나였다. 재산을 가진 이들은 사재를 털어 그들의 무기와 식량을 댔고, 산골의 화전민들은 그들에게 숙소를 제공했다. 대부분은 흙바닥에서 뒹구는 생활이었지만 최영은 행복했다.

처음 최영이 합류했을 때만 해도 적월대는 칠십 명을 넘어서는 규모였다. 유동적으로 세 개 혹은 네 개의 소부대로 나뉘어져 전장에 투입되곤 했다.

그중에는 이미 중원 등지에서 내공의 고수로 활약하던 자들도 있었고, 최영처럼 그 자질을 인정받아 새로 들어온 신참들도 있었다. 조금의 재간이라도 있는 자들은 다른 이들에게 자신의 것을 나누어 가르쳐주었고, 누구라도 기꺼이 서로를 위해 목숨을 내어놓을 수 있었다. 그럴 수 있었던 것은 대장 문치후가 가진 능력 덕이기도 했지만, 시대가 그들을 그렇게 끈끈한 전우로 만들었다.

고려 땅의 전란은 백 년이 넘게 지속되었다. 북에서는 끝없이 대제국들이 침입해왔다. 온 나라 온 백성이 죽기 직전까지 싸웠으나, 적은 강대했고 고려는 오랜 전쟁에 시달려 고사 직전에 이르렀다.

충렬왕 때 왕은 원나라에 고개를 숙이고 사위가 되었고, 고려는 원의 사위국이 되었다. 왕은 원의 여인을 비로 맞아들이고, 고려 옷을 벗고 원의 호복을 착용하더니 머리 또한 원의 변발을 하였다. 그런 모양으로 왕이 거리에 나서자 백성들은 땅에 엎드려 슬퍼하며 울고 탄식하였다.

이후 이 땅에 잠시 평화가 찾아오는가 싶었지만 그 후부터는 원의 요구에 따라 언제라도 용병을 내줘야 하는 나라가 되었다. 원이 왜적을 정벌하기로 결심하면 수만의 군사와 배와 군량을 내놓아야 했고, 원이 조공을 요구하면 심지어 여인들까지 내주어야 했다. 원의 황제는 언제라도 고려의 왕을 바꿀 수 있었다.

굴복하여 얻은 평화란 그런 것이었다. 왕은 정치에 흥미를 잃고 사냥과 놀이에 정신을 팔았다. 아마도 현실에서 도피하고 싶었을 것이다. 왕이 그리하자 그 아래로는 간신배가 날뛰기 시작했다. 왜적들은 시시때때 배를 타고 건너와 약탈을 해갔다. 온 나라 백성들이 적의 칼날에 죽지 않으면 권신의 학정에 죽어나갔다.

그렇게 왕들은 바뀌었고, 그렇게 다시 백 년의 세월이 흘렀다.

최영이 합류할 무렵 적월대의 주적은 왜적이었다. 고려의 해안 마을은 어디라도 왜적이 침입해올 수 있었으므로 늘 전시상태였다. 처음엔 작은 배를 타고 와 작은 부락 하나를 약탈해가는 것으로 시작하더니 점점 그 규모가 커졌다. 아예 영주 급의 지휘를 받는 대형 선박들이 십수 척 진을 짜고 몰려오기도 했다. 고려의 권세가들은 군비보다는 사욕을 채우는 데 관심이 많아 고려군은 병사도 무기도 모자라는 상태였지만, 그래도 전선에는 늘 묵묵히 싸우는 이들이 있었다.

적월대는 그 병사들을 돕는 것으로 시작했다.

문치후는 적월대원을 모을 때에 각자 자유로이 살아가던 무술인들을 굳이 말로 설득하지 않았다. 그저 그들을 약탈당한 마을로 데려가 보여주었다. 불탄 집 자리에서 어미를 잃은 아이가 울고 있는 모습을, 한 가족이 몰살당해 던져진 우물 속을, 욕을 당한 열 몇 살 어린 소녀가 넋을 잃고 널브러져 있는 모습을, 그리고 부러진 창을 노끈으로 다시 묶어 잡고 백성을 지키고자 나선 병사들을. 그 병사들의 반은 농기구나 잡아보았던 농부들이었다.

문치후는 내공을 익힌 자들만 받아들였다. 처음부터 전면전이 아니라 암습을 목표로 했다.

내공을 익힌 자들은 기본적으로 경공에 능했다. 몸 안의 진기(眞氣)를 자유자재로 움직임으로써 힘을 모아 한 번에 분출하는 방법을 알았고, 그래서 날래게 달리거나 높이 도약할 수 있었다. 몸의 감각을 몇 배나 예리하게 증폭시킬 수 있었기 때문에 어둠 속에서도 멀리 볼 수 있었고 멀리서도 들을 수 있었다.

대부분의 내공을 익힌 무술인들은 그 정도였다. 그 정도만으로도 일반 병사나 왈짜패들은 상대가 되지 않았다. 내공인들은 상대의 움직임을 하나하나 읽어낼 수 있는 눈이 있었고, 진기가 바탕이 되는 빠르기와 힘을 갖췄기 때문이었다. 적월대원의 구 할은 그 정도의 내공인들이었다.

그런데 아주 드물게 그 정도에서 더 나아가 도약을 하는 이들이 있었다.

문치후는 제 몸 안의 진기를 번개의 힘으로 변환시킬 수 있었다. 뇌공(雷功)이었다. 그것은 순서를 밟아 수련한다고 익혀지는 것이 아니었다. 타고날 때부터 그 바탕이 마련되어져 있어야 했고, 그 바탕을 구현할 수 있는 자질과 인내, 그리고 그것을 이끌어줄 수 있는 스승이 있어야 했다. 누구는 그 한 단계를 깨우치기 위해 평생을 바치기도 한다지만 그래서 얻을 수 있는 것도 아니었다. 그래서 최영이 열여덟의 나이로 뇌공의 첫 단계를 깨고 들어가자 적월대의 대원들은 거의 잔치 분위기였다.

그랬다. 모두가 최영을 아껴주었다. 그래서 늘 피를 보아야만 했던 그 시절에 최영은 핏값에 눌리지 않고 밝음을 유지할 수 있었다.

"적월대의 이야기는 나도 들었어요. 어린 시절 유모에게서도 들었고, 원에 간 뒤에도 소문을 건너 들었고."

왕이 끼어든다. 왕은 소문에 듣던 적월대의 사람을 눈앞에 두고 보고 있다는 사실에, 그의 우달치 대장이 적월대였다는 사실에 적이 놀란 듯하다.

"그냥 화롯불가에서 하는 이야기인 줄 알았어요. 소문 속의 적월대 사람들은 거의 사람 같지가 않아서…… 땅을 접어 달리는 축지술을 쓴다든가, 한 사람이 일곱으로 나뉘는 분신술을 쓴다든가……."

왕은 웃는다.

"낮에는 사람이지만 밤만 되면 야차로 변한다는 소문도 있었어요. 그래서 밤에는 절대 마주쳐선 안 된다고……."

"일부러 그런 이야기를 퍼뜨린 부분도 있습니다."

최영도 조용히 웃는다.

"그렇게라도 해야 했습니다."

아무리 내공을 익히고 쌓은 자들이라 해도 피와 살로 이루어진 사람이었다. 너무 많은 수에 밀리면 도리가 없다. 적들은 헤아릴 수 없이 많고 계속 보충되었으며, 또한 전국적으로 지역을 가리지 않고 상륙을 해서 다음 침공지역이 어딘지 알 수가 없었다. 그들을 다 상대하기에 적월대원은 너무나 적은 수였다.

그래서 문치후는 적들의 공포심을 이용하여 수의 열세를 만회하려고 했다. 검은 바탕에 붉은 초승달을 수놓은 적월대의 문양을 만들었고, 경공이 특히 뛰어난 대원들을 시켜

야음을 틈타 적의 진지 가운데 적월대 깃발을 꽂아놓게 했다. 아침에 막사를 나서던 적장은 바로 자신의 천막 위에서 펄럭이는 적월대기를 발견했고, 병참부대는 밤사이 텅 비어버린 군량미 창고 안에 저 혼자 펼쳐져 있는 적월대기를 발견했다.

소문은 적들 자신의 입을 통해 퍼지게 했다. 본대에서 떨어진 작은 규모의 적을 목표 삼아 일부러 귀신놀음에 버금가게 연출을 해서 몰살시키고, 그중의 한두 명은 살려놓아 상황을 전하게 했다.

적들이 가장 두려워하는 것은 본국에서 몰고 온 선박이 불타는 것이었다. 섬나라에 사는 그들은 선박이 불타면 돌아갈 길이 끊기기 때문이었다. 그래서 약탈전을 나가도 선박에는 반드시 수비대를 든든하게 포진시켜놓곤 했다.

그중의 한 수비대가 밤새 야차의 탈을 쓴 적월대원에게 농락당하다가 죄다 벌거벗겨져 돛대에 줄줄이 매달린 굴비의 모습으로 아침에 돌아온 본대를 맞이했다. 그렇게 매달린 자 중에 살아 있는 이들이 있었는데, 그들의 증언은 중구난방이었다.

눈앞에서 사람이 야차로 변하는 모습을 똑똑히 봤다. 그들의 등에는 날개가 있어서 돛대와 돛대 사이를 자유롭게 날아다녔다. 그중에 하나가 손을 들어 하늘을 가리키자 마른 밤하늘에서 벼락이 내리치더니 저렇듯 상갑판의 바닥에 구멍을 뚫어놓았다. 보라. 저기 벼락 맞아 탄 자국이 보이지 않는가?

문치후의 계략은 어느 정도 맞아떨어졌다.

적들에게 적월대의 이름과 붉은 초승달 문양은 공포의 대상이 되었다. 그들이 약탈질하러 오는 길목에 적월대 깃발 하나만 꽂아놓아도 충분히 한나절은 그 걸음을 저지시킬 수 있었다.

그러나 소문은 적들뿐 아니라 아군 병사들 사이에서도 퍼졌고, 무엇보다 백성들 사이에 빠르게 번져나갔다. 실제로 적월대의 도움을 받은 부락민들의 증언이 이어졌다.

아낙네들은 조개를 캐고 남정네들은 조각배를 타고 나가 고기를 낚아 생활하던 한 어촌이 있었다. 적월대원들이 새벽녘에 들이닥쳤다. 촌민들은 검고 붉은색이 어우러진 적월대 복장의 괴인들을 보고 처음에는 혼비백산하였다.

그러나 그들은 촌민들을 대피시키러 온 것이었다. 적월대원 중에는 여인들도 있었는데, 촌락의 아이들을 직접 업기도 하여 대피를 도왔다. 순식간에 바닷가의 굴로 인도되어진 촌민들은 그날 낮이 될 때까지 숨을 죽이고 그 안에 숨어 있었다. 오후가 되었을 무렵 돌아가도 좋다는 전갈이 왔다. 마을로 돌아온 촌민들은 그야말로 경악했다.

아마도 아침나절에 왜적들이 침입을 했던 모양이었다. 동네에서 떨어진 바닷가에서 큰 불이 일어나고 있었는데,

그건 적의 시체 수십 구를 모아 태우는 불길이었다. 그리고 마을의 한가운데 광장에는 적들에게서 뺏은 듯한 식량과 무기가 잔뜩 쌓여 있었다. 이미 적월대원들은 그림자도 찾아볼 수 없었다.

밤사이 왜적의 습격을 받았던 마을이 있었다. 저항하던 사내들은 거의 죽고, 여인들은 줄줄이 끌려갔다. 욕을 보이고 바로 죽일 것인지, 섬나라까지 끌고 갈 것인지 알 수 없었다. 그런데 끌려가던 길 중간에 사방에서 화살이 날아왔다. 화살은 묶여 있는 여인들을 피해서 정확하게 왜군들만 꿰뚫었다. 나중에 사방의 숲 사이에서 모습을 드러낸 이들은 말로만 듣던 적월대였다. 그들은 묶인 여인들을 풀어주며 몇 번이나 말했다. 미안하다고. 너무 늦게 왔다고.

그렇게 백성들 사이에 퍼져간 것은 그저 소문이 아니라 희망이었다.

대장은 그때 알고 있었을까. 그 희망이 누군가에게는 목구멍의 가시처럼 느껴지고 있었다는 것을. 그래서 목숨을 걸며 누군가를 지키던 우리는 스스로 자신의 덫을 놓고 있었다는 것을.

"적월대가 군의 명을 받았다고 했었지요?"

왕이 묻는다. 최영이 답을 올린다.

"그랬습니다. 왜적이 어디로 상륙해온다는 정보를 알려주거나 때로는 따로 명을 내리기도 했습니다. 어디의 배를 찾아 파괴하라든가, 적장 누구를 암살해달라든가……."

"그런데 나라에서 주는 보급은 없었다는 겁니까? 직책도, 녹봉도……."

"없었습니다."

"지금 그이들은 다 어디 있나요? 뒤늦었지만 나라도 포상을 하고 싶은데."

왕의 말에 최영은 언뜻 대답을 못한다. 순간 가슴 깊은 곳에서 밀려나온 아픔이 밀물처럼 최영을 휩쓸어 잠기게 한다. 가까스로 입을 연다. 그러나 최영의 표정은 한결같고 그 목소리는 담담하기만 해서 왕은 최영의 몸과 마음을 무너뜨리고 있는 통증을 눈치채지 못한다.

"그이들은…… 저희는 하나씩 그 수가 줄어갔습니다."

적 중에도 적월대의 가공된 공포작전 따위는 통하지 않는 장수들이 있었다. 자신들의 수를 이용하여 포위작전을 벌이거나, 치고 빠지는 전술에 넘어가지 않고 집요하게 뒤를 쫓기도 했다. 아예 적월대를 섬멸하기 위해 조직된 무리들도 배를 타고 넘어왔다. 그 와중에 걸음이 느려 뒤떨어졌던 대원이 하나, 도망치는 동료들의 시간을 벌어주기 위해 희생을 하여 남은 대원이 또 둘, 그렇게 죽어갔다. 적월대원의 수가 실상은 그리 많지 않다는 이야기가 저들 사이에 퍼지기 시작했다.

무엇보다 고려군 상부에서 전해오는 정보가 문제였다. 차츰 잘못된 정보가 많아지더니 심지어 함정으로 보이는 명까지 전해졌다. 적들이 간교해진 것일 수도 있었으나 어쩌면 내부에 더 큰 적이 있는 것이 아닐까 하는 의구심이 적월대원들 사이에 팽배했다. 백성들의 명망을 얻고 있는 적월대를 시기하는 자들이 고위층에 늘어가고 있었다.

철없는 백성들 중에는 적월대장이 장군이 되고 왕이 된다면 왜적 따위는 이 땅에 발을 붙이지 못할 것이라고 저잣거리에서 떠들어대는 자들도 있었다. 원래 백성들이란 훗날의 책임 따윈 져본 적도 없고 질 필요가 없는 존재들이긴 했다.

어느 날 밀명이 또 하나 전해졌다. 적 중에 중요 책사가 모날 모시 어느 지점을 통과할 것이다. 적은 스무 명이 채 되지 않을 것이니 처리해달라는 내용이었다.

대장 문치후는 만약을 대비해서 두 패로 나누어 공격할 계획이었으나 연이어 급한 전갈이 왔다. 쌀을 선적하고 있던 조운선이 강탈당했다는 것이었다. 그 쌀은 백성들이 내놓은 세금이었고, 그게 노략질을 당한다면 백성들은 다시 한 번 그 분량을 메워내야 할 것이었다.

대장 문치후는 어쩔 수 없이 인원의 반을 데리고 그리 가면서 책사를 공격하는 쪽은 원명에게 맡겼다.

한때 승려였던 원명은 늘 실없는 농을 하길 좋아했다. 어린 최영을 특히 예뻐했다. 장난을 좋아했던 그 시절의 최영은 스승이며 대장인 문치후의 눈을 피해 소소한 말썽을 피우곤 했는데, 그때마다 원명은 전전긍긍하며 최영의 편을 들어주었다. 최영이 운기조식을 할 때면 언제나 옆을 지켜주었고, 최영의 내공에 조금이라도 진전이 있으면 누구보다 기뻐해주었다.

그날 밤도 원명은 스무 명의 호위대는 자신이 맡겠다며 수레 안의 책사는 최영과 매희더러 맡으라 하였다.

그즈음 매희는 늘 최영과 짝이 되곤 했다. 검을 쓰는 최영이 앞을 맡아 돌격해 들어가면, 채찍을 쓰는 매희는 그를 따르며 최영의 뒤를 지켰다. 둘은 거의 한 호흡처럼 싸우곤 했다.

밀명에 써진 장소는 산맥을 가로질러 넘어가는 외줄기 산길이었다.

과연 그곳에 스무 명 남짓한 왜병들이 수레 하나를 호위하며 이동하고 있었다.

최영이 수레를 향해 달리는 동안 다른 대원들이 왜병들을 상대해주었고, 뒤를 따르는 매희는 나는 뱀처럼 채찍을 쏘아내거나 후려쳐서 걸리는 이들을 처리했다. 매희 오른손의 채찍이 적을 제압하면 왼손의 단검은 그 목숨을 거두며 마무리를 했다. 최영도 매희도 스승 문치후의 가르침대로 적을 죽일 때는 되도록 단숨에 고통 없이 죽여줘야 한다는 것이 의식에 배어 있었다. 뇌공의 초기 단계여서 최영의 진기 운용은 아직 불안정했는데, 그래서 수레를 향해 내려친 검은 필요 이상으로 요란스러운 소리를 내며 수레를 거의 부숴버렸다. 그런데 수레의 내부는 텅 비어 있었다.

함정이었다.

수레가 부서진 것이 신호였던 것처럼 사방에 매복해 있던 적들이 그들을 향해 화살을 쏘아왔다. 길의 앞뒤는 준비되었던 차단벽이 빈틈없이 떨어져 내리며 막혔고, 화살을 피하던 대원들은 땅 밑에 숨겨져 있던 쇠덫에 발목을 뚫리며 쓰러졌다. 적은 한눈에 셀 수 없을 만큼 많았다.

원명이 땅을 뒤집어놓지 않았다면 그들은 거기서 몰살당했을지 모른다. 원명은 몸 안의 진기를 가공할 힘으로 바꾸어 분출할 줄 알았다. 적월대 안에서 그 단계를 넘어선 내공고수 몇 명 중의 하나였다. 승려였던 그는 그 힘으로 직접 사람을 가격하는 걸 꺼려 했다. 주로 땅에 그 힘을 쏟아넣었고 그러면 그를 중심으로 작은 지진이 일어나며 일대의 땅을 흔들어놓았다. 다수의 적을 상대할 때 참으로 유용한 수법이었다.

그 덕분에 비탈 한 곳이 무너져 내리며 포위망이 뚫렸고,

그곳으로 대원들이 일제히 달려나갔다. 최영은 발목이 쇠덫에 뚫려 부서져버린 동료를 둘러메고 달리느라 늦었다. 다시 포위를 당했고, 필사적으로 벗어나려 했으나 여의치 않았다. 다급하여 마구 쏟아낸 뇌공 때문에 진기는 순식간에 고갈되었다. 사방에서 칼과 창이 그를 겨냥해 들어왔다. 끝인가……라고 생각했다. 그 순간 그의 옆으로 날아든 원명이 그와 부상당한 동료를 한꺼번에 잡아채더니 마지막 진기를 다 쏟아내어 멀리 던져버렸다.

날아가며 떨어지기 전에 최영은 알았다. 최영이 받아야 했던 칼과 창날을 원명이 고스란히 다 받았다. 그렇게 대신 죽어갔다.

그날 그 자리에서 원명을 비롯한 여섯 명의 대원이 한꺼번에 목숨을 잃었다.

그런 일이 자꾸 이어졌다.

이제 적월대는 그 수가 반 가까이 줄어 두 개, 세 개 조로 나눌 병력이 없었다. 문치후는 그들을 하나로 모았고, 어떤 작전이든 언제나 자신이 맨 앞에 섰다.

마지막 전투가 있었던 곳은 예성강이었다.

황해를 순찰하던 고려군의 정찰선이 급박한 보고를 보내왔다. 오십여 척의 왜적 선대가 떼를 지어 바다를 거슬러

올라오며 미곡선을 노획하고 있다는 것이었다. 바다에서만 노략질을 하는 것이 아니었다. 그들은 대부분 포구에 위치했던 조창(漕倉)을 노리고 있었다. 가을이었고, 각 조창에는 전국에서 거둬들인 세미들이 쌓여 있었다.

고려와 왜는 공식적으로는 전쟁 상대가 아니었다. 외교적으로 몇 번이나 왜적의 노략질을 문제 삼았지만 그쪽에서는 도적들의 일이라 중앙에서는 알 수 없다는 답변만 보내왔을 뿐이었다.

그러나 적 선단은 해적의 오합지졸이 아니었다. 유력한 토호를 배후에 두었는지 크고 작은 선박들은 정규훈련을 받은 수군에 의해 절도 있게 움직이고 있었다. 수비와 공격을 위한 장비를 제대로 갖춘 전투선이 대부분이었다.

그들은 점점 북으로 이동했고, 예성강이 그 목적지일 것이라는 판단이 내려졌다. 남쪽에서 횡행하던 왜적이 예성강까지 올라온다는 것은 심각한 문제였다. 무엇보다 왕궁이 있는 개경과 그토록 가까운 거리까지 노략꾼들을 들게 한다면 나라의 체통이 말이 아닌 것이다. 고려군은 왜적의 선단을 일거에 섬멸할 계획을 세웠다.

애당초 적월대는 그 전면공격에 낄 생각이 없었다. 떼로 맞부딪혀 싸우는 것은 적월대의 전법이 아니었다. 그러나 고려군을 이끌던 상장군은 적월대의 문치후에게 일방적으로 전선의 한 축을 할당했다.

고려의 전투선만 있다면 저들의 선단은 문제될 것이 없다. 사실상 고려의 전투선은 수백 년의 전쟁을 통해 독보적으로 발전되어왔고, 그 해군력은 제국에서도 한 수 접고 들어오는 것이었다. 문제는 중앙의 중신들이 각자 세력을 다투느라 사방으로 흩어놓은 전투선을 모으는 데 시간이 필요했던 것이다. 그러니 우리의 전함들이 모여 전열을 가다듬을 때까지 저들을 묶어놓길 바란다. 우리 군도 가진 힘을 다할 것이다. 적월대는 그중의 한 부분만 맡아주면 된다. 그렇게 명받았다.

나중에야 알게 되었다. 그들 적월대 마흔세 명에게 맡겨진 것은 적의 중심 선단이었다.

황해를 거슬러온 적의 선단이 예성강으로 들어섰다. 바다와 강이 만나는 지점 중앙에는 삼각섬이 자리하고 있었다. 그 섬의 한쪽으로 우회하느라 좁아진 길목이 목표였다. 더 이상 적의 선단이 이동하지 못하게 바로 그곳에서 저지시켜야 했다.

문치후는 길목을 막고 선 배 위에서 승산 없이 적의 공격을 기다리기보다는 선제기습을 택했다. 그들 적월대원들은 적의 선박들 가운데에 위치한 적장의 배까지 물 밑으로 잠수하여 침투했고, 일제히 배 위로 뛰어올라 공격해갔다. 스스로 들어가 포위의 중심에 섰던 것이다. 생각대로 적의 선대는 멈추어 섰다. 그리고 그들의 장수를 구하고자 사방에서 지원 병력들이 끝도 없이 배로 기어 올라왔다. 둘러싼 배들에서 날린 화살이 비처럼 쏟아져왔다. 처절한 전투였다. 적월대는 문치후를 중심으로 한 뭉치가 되어 버텼다. 적의 시체로 방어벽을 쌓을 정도였다.

그리고 적월대원들도 하나둘씩 쓰러져갔다.

언약했던 것보다 한참 늦게 고려 해군의 공격이 시작되었다. 바다 쪽에서는, 어떤 파도나 바위에 부딪혀도 끄떡없게 견고한 고려 누전선(樓戰船)들을 중심으로, 창날을 배 전체에 박은 창선(槍船)들이 포진을 해서 몰려들었다. 강 쪽에서는 군사를 가득 태운 경쾌선들이 몰려 내려왔다. 그제야 문치후는 그들이 점거해 있던 배에 불을 질렀다.

밀집해 있던 왜적의 대규모 선단은 밖으로부터는 고려군의 공격을 받고, 그 중심으로부터는 불이 붙어 번져나가며 무너졌다. 대승이었다.

그리고 적월대는 그 전투에서 스물아홉 명만이 살아남았다. 대장 문치후는 팔을 하나 잃었다. 딸처럼 여기던 제자, 매희의 목숨과 바꾼 왼팔이었다.

황촛불이 크게 일렁인다. 열어놓은 창문으로 바람이 들어와 방 안을 맴돌고 있다. 불어 들어오긴 했으나 나갈 방향을 모르는 듯이. 벽에 비추이는 왕과 최영의 그림자도 따라 일렁인다.

"대승이었습니다. 누군가 기록을 했다면 아마 대승이라고 기록했을 것입니다."

최영은 상세한 이야기는 빼고 굵은 사실들만 간략하게 나열하고 있다. 원명이나 매희의 이름 같은 건 드러내지 않는다. 그럴 수 있는 이름들이 아니다. 의심스러웠던 마음도 원망하던 마음도 뺀다. 굳이 되새겨봐야 속절없다. 그러나 왕은 최영이 말하지 않는 말의 행간까지도 짐작해 듣고 있다. 그래서 머뭇거리다가 묻는다.

"그런 대승의 주역들에게 아무런 보답이 없었단 말인가요? 아무도 알아주지 않았다는 거요?"

최영은 그렇게 말하는 왕을 묵묵히 본다.

이제 그 이야기를 할 때가 되었다. 애당초 이 이야기를 시작한 것은 그 이야기를 하기 위함이었다. 왕께서는 굳이 궁을 나가려 하는 최영의 이유를 알고 싶어했고, 그 이유를 말하려면 그 이야기를 하지 않을 수가 없다. 지난 칠 년 최영이 꿈에서라도 생각지 않으려 했던 이야기다. 그렇게 그 이야기를 봉인했더니 마음도 함께 봉해졌다. 그래서 살 수 있었다. 그래서…… 살 수 있었다.

"연락이 왔습니다. 주상전하께서 적월대를 부른다 하셨습니다. 그 전투의 공을 친히 치하하려 하신다고요. 저희는…… 저는 그저 꿈만 같았습니다."

그 말을 하며 최영은 미소 지으려 했는데 그리되지가 않는다. 몸 안에서 서서히 붕괴가 시작되고 있다.

"그때는 그랬습니다. 하늘과도 같은 주상전하. 우리의 목숨을 하나씩 내던져 지켜온 우리의 왕. 그분을 감히 내 눈으로 뵈올 수 있다니……."

늦가을이었다.

오공산 자락을 따라 궁궐로 가던 길은 찬란했다. 산의 온갖 나무들은 가을 단풍의 가지각색으로 선명하게 물들어 있었다. 성미 급히 물을 들였던 잎들은 이미 땅에 떨어져 내려 바스러지고 있었다. 그 버석거리는 낙엽을 밟으며 걸어가던 길.

그때 최영의 나이 스물두 살이었다. 피와 죽음으로 점철된 나날이었지만 그에게 세상은 빛나는 것이었다.

아낌없는 신뢰와 애정을 주던 부친이 죽은 뒤에도 그는 그 빈자리를 오래 느끼지 못했다. 그에겐 적월대의 가족들이 있었고 세상 최고의 스승인 문치후가 있었다. 최영의 무술은 연무장에서 목검을 들고 배운 것이 아니었다. 스승의 뒤를 따라 전장에서 실전을 거듭하며 몸에 익혔다. 피에 젖은 지도를 앞에 놓고 스승의 생각을 쫓으며 병법과 전술을 배웠다. 스승이 적월대원이나 백성들을 대하는 모습을 보면서 그 헌신의 깊이도 배웠다.

최영은 스스로가 좋았다. 그의 타고난 자질은 무엇이든 배우는 대로 익힐 수 있었고, 배운 것보다 더 나아갈 자신이 있었다.

그리고 매희가 있었다. 그 아이가 언제나 옆에 있었다. 기대면 받아주었고, 돌아보면 웃어주었다. 동료의 주검 위에 돌을 얹으며 그는 이기적으로 신에게 빌곤 했다. 다 견디겠으니 제발 매희만은 데려가지 말라고. 슬퍼하는 매희를 안아주면서 그 아이를 위로해주기 위해 그는 눈물을 거두고 바로 서곤 했다. 동갑인 매희는 그의 벗이며 동지였다가 누이가 되었고 이제 연인이 되어가고 있었다.

왕궁의 서문인 영추문에 들어섰을 때 금군이 그들을 기다리게 했다. 기다리면서 최영은 마음이 들떠 있었다.

이제 왕께서도 우리의 존재를 인정하신 것이다. 어쩌면 대장에게 높은 직위를 내려줄지 모른다. 그러면 믿을 수 없는 정보를 갖고 와서 말도 안 되는 작전을 명하는 자들에게 대장이 고개 숙이지 않아도 될 것이다. 왕께서 대장에게 무엇을 원하느냐고 물으시면 대장이 너무 겸양하지 말고 제대로 답했으면 좋겠다. 부상을 당해 이제 아무것도 하지 못하게 된 동료들을 위해 은거처 하나 정도는 마련해달라고 해도 좋을 텐데.

마음이 들떠서 대장의 안색이 한없이 어두웠던 것을 그

때는 몰랐다. 오래 기다리게 한 뒤에야 안에서 환관이 하나 나왔는데, 그는 적월대 중 몇 명만 안으로 들어갈 수 있다고 했다. 부장급 다섯을 제외한 이들은 남으라고 해놓고도 대장은 선뜻 이동하지 못하고 머뭇거렸다. 대장이 왜 그랬는지 그때 최영은 알지 못했다.

환관은 그들을 편전으로 데려갔다.

대장의 뒤를 따르며 나이가 지긋한 동운 사숙이 일러주었다. 편전은 왕께서 중신들을 모아놓고 정사를 논하는 곳이다. 아마도 중신들 앞에서 그들을 맞이하려는 모양이라고 했다. 동운 사숙은 한때 궁에서 금군을 가르쳤던 무술 선생이었다.

그러나 어디선가 경박한 음악소리와 질펀한 웃음소리가 들리기 시작하면서 대장의 불안함이 차츰 최영에게도 전해지기 시작했다. 편전으로 가는 문을 열었더니 안에서 지분 냄새와 술내가 확 끼쳐왔다. 이곳이 왕께서 정사를 논하는 곳이라고?

옥좌가 있는 중앙 내전까지는 긴 회랑이 이어졌다. 금군이 양쪽으로 줄지어 있는 사이를 걸어가며 최영은 점점 얼어붙어갔다. 반쯤은 벌거벗은 계집들이 까르르 웃어대며 돌아다니고 있었다. 최영은 어쩔 줄을 모르고 옆에 나란히 걷고 있던 매희를 돌아보았다. 매희 역시 굳어 있었다. 그토록 마음이 단단한 아이가 아니었다면 벌써 돌아서 뛰쳐

나갔을 것이었다. 한 걸음 앞서 걷고 있는 대장의 표정은 알 수가 없었다. 드디어 보이기 시작한 편전에는 역시 반쯤은 벌거벗은 사내들이 각자 계집을 끼고 눈 뜨고 볼 수 없는 수작들을 부리며 술을 마시고 있었다. 흐트러져 있는 옷가지들로 봐서 그들은 아마도 높은 직위의 중신들인 듯했다. 도저히 믿을 수 없었지만 그 가운데 옥좌에 왕이 있었다.

옥좌가 저만치 보이는 편전 한쪽에 문치후는 멈춰 섰다. 최영이 그 옆에 붙어 서며 얼른 기색을 살폈더니 대장은 그저 묵묵히 앞의 허공을 보고 있었다. 대장의 팔을 잡아 흔들고 싶었다. 그러며 조르고 싶었다. 나가요. 대장. 이건 나쁜 꿈이에요. 우리 나가요. 그만.

그렇게 서서 기다렸다. 왕이…… 그 왕의 신하들이…… 말로 전할 수 없는 짓을 자행하는 앞에서 그저 기다렸다. 한참 만에야 왕이 그들을 돌아보았다.

"저것들은 무엇이냐?"

옆에서 누군가 왕에게 아뢰었다. 왕이 휘청거리며 일어서더니 흐트러진 용포를 질질 끌며 다가왔다.

문치후가 한 무릎을 꿇고 한 손으로 바닥을 짚어 고개를 숙였다. 최영도 다른 대원들도 일제히 따라 무릎을 꿇었다. 문치후가 조용히 아뢰었다.

"적월대장 문치후, 대원들과 함께 주상전하의 부르심을 받자와 도착하였습니다."

"적월대……."

왕이 술에 쩔은 얼굴로 낄낄 웃다가 문치후의 두건에 수놓인 붉은 달을 툭툭 쳤다.

"여기 있네. 적월. 적. 월."

왕의 손이 몇 번이나 대장의 이마를 치욕스럽게 치는 것을 보며 최영은 꿈틀이라도 움직이지 않기 위해 주먹을 부르쥐어야 했다.

"내가 알아. 들었어. 그대들이 그리 용맹하다며. 일어서 봐. 다들 일어서."

대장도 일어서고, 최영과 대원들도 일어섰다. 서서 내려다본 왕은 볼품없이 작았다. 그때 왕은 스물여섯의 나이였는데, 방탕한 생활 때문에 시퍼런 얼굴색은 얼핏 나이 든 병자처럼 보였다. 그 왕이 갑자기 반색을 하며 문치후에게 다가서는가 싶더니 그의 허리춤에서 검을 쑤욱 빼냈다.

"이것인가. 귀신이 내려주었다는 귀검."

하더니 검을 함부로 위태롭게 휘둘렀다.

"이것으로 몇 명이나 죽였는가. 열 명? 백 명? 응?"

검의 무게를 감당하지 못해 휘청거리는 바람에 왕은 약이 올랐는지 두 손으로 잡아 용을 쓰며 휘둘렀다. 그 검이 바로 옆에 있던 매희를 벨 뻔했고, 매희는 반사적으로 몸을 젖혀 그 검을 피했다. 왕이 그런 매희를 보았다.

"계집이다. 계집이 있어."

문치후는 슬그머니 발걸음을 옮겨 매희의 앞을 가리며 섰다.

"삼부장 단매희라 합니다."

왕은 문치후를 옆으로 밀어내더니 집요하게 매희를 살펴보았다.

"이 계집도 내공이란 걸 하는가?"

"내공은 일천합니다. 주로 절편을 씁니다."

"난 내공을 익힌 계집은 처음 본다. 내공을 익히면 이런 얼굴이 되는가?"

왕은 위험하게 검을 들어 매희의 턱 밑을 받쳐 들었다. 대장의 귀검은 바위를 쪼개는 강함과 머리칼을 가르는 예리함을 갖춘 명검이었다. 왕의 서툰 손놀림에 매희의 턱 아래 붉게 핏줄기가 그어졌다.

그래도 최영은 참았다. 상대는 왕이었다. 그런데 왕이 말했다.

"벗어보아라."

최영은 자신의 귀를 의심했다. 방금 들은 왕의 말이 그런 뜻일 리가 없다. 그러나 왕은 또 말했다.

"옷을 남김없이 벗어보아. 그 안도 보고 싶다."

최영은 대장을 간절하게 보았다. 대장이 어떻게든 해줄 거라고 그 순간까지도 믿고 있었다. 그러나 대장은 말이 없었다. 움직이지도 않았다. 매희가 최영을 돌아보았다. 그

절박했던 눈길.

왕이 대장에게 말했다.

"이 아이가 어명을 거역한다. 그대가 그리 가르쳤느냐?"

그 말에 매희가 눈을 감더니 웃옷을 벗어내렸다. 다른 적월대원들이 일제히 눈을 감았는데 최영은 감지 않았다. 저도 모르게 오른손이 허리의 검 쪽으로 가려는데 뒤에서 동운 사숙이 최영의 팔을 잡았다. 불끈 잡아 빼려 했지만 사숙의 손힘은 완강했다.

가슴 가리개 하나를 남기고 매희는 더 이상 계속하지 못했다. 그러자 왕이 킬킬 웃었다.

"지루하다. 무공을 한다는 아이가 어찌 그리 손이 느려. 과인이 직접 손을 써야겠느냐."

하더니 검을 들어 가리개의 어깨끈 하나를 끊었다. 이번에는 일부러인지 더 깊은 핏줄기가 매희의 오른쪽 어깨에 남았다. 왼쪽의 가리개 끈도 끊어내는 순간 매희가 한 손을 들어 떨어져 내리려는 가리개를 잡아 버티게 했다. 왕이 버럭 역정을 내었다.

"네가 감히 어명을 거역하는가?"

어쩌면 왕은 그 순간을 기다리고 있었던 모양이었다. 기다렸다는 듯 검을 휘두르며 이리저리 서성이며 사방을 향해 떠들어대었다.

"보았느냐? 너희도 다 보았겠지? 저것들이 저리 발칙

하다. 백성들이 왕인 나보다 저들 적월대를 더 믿는다더니…… 백성을 지키는 것은 왕이 아니라 적월대라 한다더니……."

왕은 문치후의 턱 아래까지 바싹 다가서며 물었다.

"그래서 너는 내가 그리 우스운 게냐?"

문치후는 답을 하지 않았다. 왕은 답을 듣고자 함이 아니었다. 왕은 다시 옥좌까지 걸어가며 말했다.

"사관은 똑똑히 기록하라. 적월대 일당이 왕이 있는 편전까지 들이닥쳐 그 오만방자함을 드러내었다. 어명을 들어도 이행치 아니하고 심지어 왕을 비웃기까지 하니 이에……."

왕이 매희를 향해 돌아섰다. 두 손으로 검을 잡아들었다.

"왕께서 친히 그 죄를 벌하셨느니라."

왕이 검을 겨누어 들고 매희에게 달려왔다. 매희는 눈을 감고 똑바로 섰다. 죽을 생각이었다. 거의 동시에 튀어나가려는 최영의 뒤에서 동운 사숙이 그를 끌어 잡아 안았다. 그러나 왕의 칼이 매희에게 미처 닿기 전에 그 둘 사이로 문치후가 소리 없이 끼어들었다. 왕의 손에 들렸던 귀검은 주인인 문치후의 가슴을 꿰뚫고 멈췄다.

몇몇 계집이 비명을 질렀다. 왕은 놀란 듯 검을 놓고 뒤로 물러서며 신기하다는 듯 떠들었다.

"이거 봐라. 진짜로 검이 사람 몸 안에 들어가버렸다. 귀검이라더니 참으로 날카로와. 보았느냐? 단숨에 맥없이 쑥

욱 들어가는 것을 보았어?"

 순간 최영은 아무 생각이 없었다. 뒤에서 끌어 잡은 사숙의 명치를 팔꿈치로 가격해 떨궈내고 검을 움켜잡으며 울컥 나서는데 문치후가 자신의 가슴에 박힌 검을 단숨에 빼내었다. 그 가슴에서 뿜어져나온 피가 사방에 뿌려졌다. 더 많은 계집들이 비명을 질러댔고, 왕은 놀라며 뒤로 넘어질 듯 물러섰다. 금군들이 우르르 다가섰다. 그런데 문치후는 하나뿐인 팔을 휘둘러 귀검을 최영의 목 바로 앞에 멈춰 세웠다.

"대장."

 최영이 간신히 소리를 내어 불렀다. 그러나 그의 대장이자 스승이며 두 번째 아버지였던 문치후는 최영의 부름에는 답하지 않고 왕에게 말했다.

"이들을 드리러 왔습니다. 전하. 이들을 옆에 두고······ 우달치로 쓰시면 일당백······ 전하를 지킬······."

 문치후가 울컥 피를 토하는 바람에 말이 멈추어졌다. 문치후의 무릎이 꺾이는 것을 최영이 받아 부축하며 애타게 또 불렀다.

"대장!"

"영아."

 문치후는 최영을 돌아보지도 않으며 불렀다.

"전하께 서약하거라. 앞으로 전하의 그림자가 되어 고려 왕실의 수호자가 되겠다고."

 최영은 왕을 노려보았다. 왕은 이미 금군에 둘러싸인 채로 문치후와 최영을 흥미롭다는 듯 보고 있었다. 문치후가 최영의 어깨로 무너지며 그의 귓가에 낮게 말했다. 그만 들을 수 있는 소리였다.

 "그래야 적월대 우리 사람들이 산다. 그렇게 우리 사람들을 네가 지켜줘야겠다."

 최영의 속 깊은 곳에서 울컥 피울음이 솟아나왔다.

 "대답해."

 그래서 최영은 대답했다.

 "예."

 스승이 듣지 못했을까 봐 다시 대답했다.

 "예."

 문치후는 미소 짓는가 싶더니 최영을 밀어내고 바로 섰다. 그리고 비틀거리며 왕을 향하여 절을 올렸다. 무릎을 꿇고 남아 있는 한 손으로 바닥을 짚고 고개를 숙였다. 최영이 떨며 왕을 보았더니 왕은 고개를 갸웃이 하고 최영을 보고 있었다. 최영이 스승 옆에 나란히 무릎을 꿇었다. 두 손으로 바닥을 짚고 왕을 향해 고개를 숙였다. 뒤에서 다른 적월대원들이 무릎을 꿇으며 바닥을 울리는 소리가 들렸다. 최영의 눈물이 후두둑 떨어져 바닥에 부딪혔다. 바로 옆에서 스승 문치후가 그 자세로 숨을 거둔 것을 알았다.

그와 스승 사이에는 귀검이 떨궈져 있었는데, 문치후가 흘린 붉은 피가 바닥에 점점 넓게 번지며 검을 감싸 들고 있었다.

최영은 탁자 아래로 조심스레 손을 뻗어 쥐었다 펴본다. 남의 손인 듯 뻣뻣하다. 열이 오르는가 싶던 몸은 이제 차갑게 식어가고 있다. 왕께서는 충격을 받은 얼굴로 촛불만 바라보고 있다가 가라앉은 목소리로 묻는다.
"그렇게 왕을 지키는 우달치가 된 것인가요?"
"그렇습니다."
"그리고 몇 년인가요?"
"칠 년입니다."
왕이 고통스러운 얼굴로 최영을 본다.
"그럼 그대의 스승을 죽인 이는 충혜선왕. 나의 형님이었군요."
최영은 담담하게 답한다.
"예."
"처음부터 내가 미웠겠군요. 나는 그와 부모를 함께하는 형제."
최영이 엷은 미소를 보인다. 그런 이유로 원망을 더하거나 뺄 만큼 마음이 살아 있지가 않다. 그러나 그런 것은 설명을 드려도 모르실 것이다.

"궁에 얼마나 남았나요? 적월대의 사람들."
"더러 내보내고, 더러 죽고. 이제 신 혼자입니다."
"그래서…… 더 지킬 자가 없으니 떠나겠다?"
"예."

대장이 죽고 남은 적월대에게 궁을 떠나는 일은 허락되지 않았다.

당시의 왕은 적월대를 눈 아래 두고 감시하고 싶어했다. 그들의 무술을 탐내면서 또한 두려워했다. 최영은 우달치의 대장으로 임명되었다. 스승 앞에서 대답을 하고 고개를 숙인 것으로 무사의 언약은 맺어진 것이었고, 그 언약이라면 목숨보다 더한 값어치가 있는 것이었으나 왕은 믿지 못했다.

적월대원 중에 최영을 제외한 부장급들은 옥에 가두어졌다. 만약에 적월대원 하나라도 왕을 거역한다면, 최영이 직접 옥에 갇힌 이들의 목을 하나씩 치라는 명이 내려졌다. 부장급들은 옥에 갇히기 직전에 매희를 도주시켰다. 그때는 그것이 최선인 줄 알았다. 옥에 갇혔던 동운 사숙은 매희의 소식을 듣던 날 밤 운기조식 중 사망했다. 아마도 스스로 기를 돌려 심장을 폐하여버린 듯했다. 동운 사숙은 매희의 숙부였다. 매희의 부모가 세금을 징수하던 향리에게 참살당한 뒤 그 아이를 데리고 적월대에 들어왔었다.

그 왕은 그리 오래가지 못했다. 왕들이 바뀌는 와중에 최영은 최선을 다해 적월대원들을 궁에서 내보냈다. 그러나 많은 대원들이 스스로를 이겨내지 못하고 죽어갔다. 마구간지기를 자처했던 대원은 술병으로 죽었고, 왜구와의 전쟁에 차출되었던 몇몇은 무모한 전투를 벌이다 적의 칼과 화살에 온몸을 수없이 꿰뚫린 채 죽었다.

그리고 드디어 궁에는 최영 혼자 남았다.

왕이 묻는다.

"궁을 나가면 무엇을 하려고요?"

"우선은 의선을 모시고 하늘문으로 가려 합니다. 그분께 빚이 남아서요. 하늘문이 열리길 기다리며 어부가 되어볼까 하고 있습니다. 신이…… 낚시 솜씨가 괜찮습니다."

그때까지 살아 있을 수 있다면 그렇게 할 것이다. 그래도 좋을 것이다.

순간 최영은 스쳐가는 한 폭의 그림을 보듯 그 장면을 본다. 강가의 초가집. 그 흙벽에 걸린 푸른 줄기 잎사귀. 그 앞마당에 구르는 어망. 강물 위로 바람이 불어 지나가면 고기비늘처럼 반짝이는 햇살…… 그러나 이내 떨친다. 그에게는 그럴 자격이 없다. 덤으로 살아온 삶도 너무 길었다.
 왕이 또 묻는다.
 "그 빚을 갚으면? 그다음엔?"
 최영이 머뭇거린다. 그러다가 애써 대답한다.
 "그것을 찾고 있습니다."
 그것을 찾고 있었는가? 굳이 살아야 하는 명분. 내가 그랬는가? 최영은 잘 모르겠다.
 왕이 일어섰다. 최영도 천근 같은 몸을 일으켜 선다. 그렇게 선 채 왕이 생각에 잠겨 있다. 그 용안이 굳어가는 것에 최영은 불안함을 느낀다. 이윽고 왕이 차갑게 가라앉은 눈으로 최영을 보더니 말했다.
 "그런데 알고 있지요? 그대는 아직 내가 준 임무를 마친 것이 아닙니다."
 "전하……."
 "그러니 아직은 떠날 수 없어요. 그것을 기억해요."
 왕이 몸을 돌려 입구로 걸어간다. 최영이 다급하여 따르려 하자 왕이 한 손을 들어 멈추게 했다.
 "나오지 말아요. 그대의 얼굴, 더 이상 볼 면목이 없으니까."
 최영이 멈춘다. 왕이 나가고 문이 닫힌다.
 최영의 손이 허공을 헤매다가 탁자를 짚는다. 안간힘을 쓰며 마지막까지 붙들어놓았던 진기가 맥없이 흩어지고 있는 것을 느낀다. 다시 잡아야 하는데…… 생각한다. 생각만 한다.

그때였다. 창문 밖에서 한 줄기 바람이 불어 들어왔는데 그 바람에 향이 묻어 있었다. 이것은? 최영은 기억하려 한다. 서향화 향인가? 아니다. 그렇게 강한, 도적 같은 향이 아니다. 그래. 이 향을 지닌 분이 있었다. 동시에 그는 자신의 품 안에 남겨진 느낌을 기억한다. 오롯이 들어오던 가냘픈 몸을 기억한다. 한 팔만 둘러도 다 감쌀 수 있던 그분.

미안하오…… 하고 최영은 그 기억에게 말한다.

언약 따위 저버리고 다 놓으려 하는 마지막 순간에, 그를 돌아보게 하는 단 하나의 기억에게 용서를 구한다. 이 땅에 남은 단 하나의 미련이 어째서 하늘에서 오신 이분인지 알 수 없지만, 그는 간절히 사죄한다.

미안하오. 염치없지만…… 난 그대가 나를 용서해주었으면 좋겠어요.

그리고 최영은 다 놓았다. 최영의 몸무게를 이기지 못하고 탁자가 기울어지며 넘어졌고 최영은 바닥으로 무너져 내렸다.

은수는 최영이 넘어지는 것을 보는 순간 그대로 창문으로 달려들었다. 문이 있는 앞쪽으로 돌아갈 마음의 여유가 없었다. 결코 넘어질 것처럼 보이지 않던 남자가, 그 큰 몸을 무너뜨리는 순간 은수는 이 사람을 봐야 한다는 것 외에 아무 생각이 나지 않았다.

창문을 한 번에 넘지 못하고 용을 쓰는데 누군가 뒤에서부터 은수를 밀어 올려줬다. 대만이라는 아이였다.

최영은 넘어진 탁자에 기댄 모양으로 걸쳐 있었고 이미 의식이 없었다. 대만의 도움을 받아 바닥에 눕혔다. 맥을 짚어보니 족히 100은 넘겠다. 몸은 뜨거운데 손발은 차디차다. 셉틱 쇼크(spetic shock, 패혈성 쇼크)다. 혈액이 뇌와 심장으로 가주질 못하고 있다. 최영의 옷 매듭들을 풀면서 빠르게 지시한다.

"다리를 올려줘요. 심장보다 높게."

대만이란 아이는 결코 징징대지 않았다. 이분이 왜 이러냐고 살려달라고 소리 지를 법한데 말없이 신속하게 지시를 따른다. 어디선가 가져온 방석 위로 최영의 다리를 올리고 있다. 힐끗 그쪽을 보다가 눈물이 그렁한 대만의 눈이 살기를 띠고 있는 걸 보았다. 만약에 무슨 일이 나면 이 아이는 누구라도, 자기 자신이라도 죽일 태세다.

그다음에 필요한 것이 수액…… 도파…… 항생제…… 그중에 아무것도 없다. 좋아, 그럼 대신할 만한 것, 우선 수액. 시급하게 당과 소듐(나트륨)을 보충해주지 못하면 곧 경련이 일어날지 모른다.

"설탕이나 소금물이 필요해요. 진하지 않게. 장빈 선생 좀 불러줘요. 어서."

대만이 바람처럼 달려나갔다. 은수는 최영의 손발을 주무르기 시작한다. 몸 끝에서 심장 쪽으로 밀고 민다. 제발, 제발……

호롱불 아래 그의 얼굴이 파랗다. 이건 아니지. 이러면 안 되지.

그러나 결국 경련이 시작되었다. 그가 온몸을 푸들거리며 떤다. 이물의 흡인을 막기 위해 재빨리 그의 고개를 옆으로 돌린다. 아예 그의 상체를 끌어올려 품에 안아 세운다. 산소…… 항경련제…… 없다. 아무것도 없다. 내가 해줄 수 있는 게 이렇게 없는 거야? 끌어안은 그의 경련이 은수에게 전달되고, 은수는 이 떨림이 그의 것인지 자신의 것인지 알 수가 없다.

대만과 함께 장빈이 달려 들어왔다. 가져온 소금물을 경련 사이사이 그의 입에 흘려넣는다. 다행히 조금씩 섭취가 되는 듯하다.

은수의 머리가 이제야 좀 정리가 되면서 그의 병세를 하나씩 짚어낸다.

"이 사람 옷 좀 열어봐요. 상처 봐야겠으니까."

대만이 빠르게 그의 옷을 풀어헤쳤다. 복부를 감은 흰 천에는 배어나온 고름이 굳어 있다. 그 진한 갈색으로 보아

이미 오래전부터 화농이 시작되었던 게 틀림없다.

장빈이 천을 잘라내는 동안 은수는 간신히 신음소리를 삼켰다.

상처 부위에 진행되어진 화농의 상태로 보아 아마 복막까지 퍼졌을 듯하다.

이 상태로 그렇게 서 있었던 거야? 이런 몸으로 나를 안아 감싸고 그렇게 싸웠던 거야?

"다시 개복해야겠어요. 이 사람 좀 시술대로 옮겨줘요."

하고 은수가 흔들림 없는 목소리로 지시했는데, 장빈과 대만이 최영을 받아안으려 했을 때 잠깐 동안 그를 내주지 않았다. 스스로도 의식하지 못한 채 그를 꼭 끌어안고 있었고 그를 잡은 손이 풀리지가 않았다.

따뜻하다……고 최영은 느낀다.

여기는 다시 그 호수다. 셀 수 없는 세월의 두께로 얼어붙은 호수. 한 번도 녹은 적이 없는 이름만의 호수. 그 호수의 가운데 서서 최영은 이상하다고 생각한다. 이곳이 따뜻할 리가 없는데. 세찬 바람에 섞여 베일 듯 스치는 얼음 눈마저 그리 아프지가 않다.

최영이 두리번거리며 찾는다. 아버지.

저 멀리 한 점이 아버지인가. 아버지의 형상은 아득히 멀리 있는데, 아버지의 목소리가 귓가에서 묻는다.

"아직도 못 찾았느냐?"

그 질문에 귀를 기울이는 순간 온기는 순식간에 멀어졌다. 최영이 아래를 내려다본다. 발밑 두꺼운 얼음에 금이 가기 시작한다.

반사적으로 최영이 달리기 시작했다. 달리면서 생각한다. 벗어나야 한다. 보다 더 빨리 달려야 한다.

전의시 안에서 가장 은밀한 내실에 시술대가 마련되었다.

이런 순간을 대비해서 은수는 장빈과 함께 약재며 도구를 준비해놓았었다. 더기가 한 아름의 흰 천과 끓여서 식힌 물을 가져왔다. 수술도구는 소독이 되어서 깨끗한 면에 싸여 있다. 대만이 방 안 가득 촛불이며 호롱불을 밝혀놓았다.

할 수 있어. 할 수 있어. 은수는 아까부터 마음속으로 주문처럼 외고 있다. 준비가 되는 동안 몇 번이나 수술 순서를 그려보았다. 문제없어. 할 수 있어. 이까짓 농양(abscess), 괴사(necrosis) 정도야 긁어내고 씻어주기만 하면 이 사람 혼자 털고 일어날 거야. 그럴 사람이야.

그의 복부에 다시 메스를 대었다. 고름이 튀어오른다. 마스크 위까지 튄다. 건너편의 장빈이 재빨리 손을 뻗어 은수의 눈가에 튄 고름을 닦아내준다.

다행히 농양은 근육의 일부에만 진행되고 있었고, 복막은 괜찮았다. 그간 생성된 고름의 양으로 보았을 때는 놀라운 일이다. 알 수 없는 힘이 그 진행을 막아놓기라도 했던 것처럼 그의 조직들은 버티고 있었다. 고름들을 닦아내고 괴사 부분들은 긁어낸다.

장빈은 준비해놓았던 섬서해독탕으로 은수가 긁어내는 부분들을 다시 씻어내었다. 하늘의원은 소독제라는 것을 원했는데 둘이 머리를 맞대고 찾아낸 것이 이것이다. 장빈은 새삼 은수의 손놀림에 감탄하며 묵묵히 돕는 중이다. 은수는 마치 사람 몸 안의 장기 위치를 보지 않아도 다 아는 듯이, 날카로운 칼로 서슴없이 베어내고 열어젖히고 상한 것들을 긁어내고 다시 자리를 잡아주고 있다. 한 치의 망설임도 헛손질도 없다.

눈으로 보이는 농은 다 잡아내었다. 봉합에 들어갈 때쯤 은수의 마음은 한결 밝아지고 있었다. 됐어. 이 정도면 충분해. 항생제 없이도 이만큼 버틴 사람이다. 웬만한 사람은 진즉에 쓰러졌을 고열에도 눈썹 하나 까딱 않던 사람이다.

혹시나 다시 생길 고름이 잘 빠져나오게끔 봉합은 되도록 간격을 넓게 하여 진행한다. 장빈이 준비했던 약초 즙을 그 위에 바른다. 농을 흡수하는 효력이 있다고 했다. 흰 천으로 수술 부위를 감으며 은수는 믿어 의심치 않는다.

이 사람은 이제 살아난다. 하룻밤도 채 걸리지 않을 것이다. 스스로 눈을 뜨고 돌아볼 것이다. 그 검고 깊은 눈으로.

　잔소리를 좀 해줘야겠다. 이 지경이 되도록 몸을 내버려두다니 제정신이냐고. 그러면 그 난감한 표정으로 나를 보겠지. 화를 내야 할지 무시해야 할지 모르겠다는 듯이. 좋아. 아무 말 않겠어. 여자 잔소리에는 전혀 면역성이 없는 거 같으니까 내가 봐주겠어. 돌아가겠다고 보채지도 않고 당신이 시간 날 때까지 기다려주겠어. 그러니까…….

　그러니까 제발 좀 눈을 떠보라고.

4장

의선, 앞날을 말하다

잘 들으세요. 저기 계신 임금님은
나중에 고려의 역사상 가장 유명한 왕이 되실 분이세요.
역사책에 이름 한 줄이라도 남기고 싶으면
알아서 잘 모시라고요.

 장빈은 최영이 걱정하던 것이 무엇인지 알고 있었다. 그래서 최영을 내실에 숨긴 채 대만을 시켜 우달치 부대에 전하게 했다.

 대장은 지금 모처에서 운기조식 중이다. 언제 끝날지 모르겠다. 그러니 당분간 부장이 대장의 대행을 해라.

 우달치 부대원들 중에 대부분은 그럴 줄 알았다고 수군대었다. 우리 대장이 하늘의원 앞에서 뻗대더니 혼이 나셨구나. 그래서 지금 몸의 진기가 제대로 돌지를 못하시는 게야. 그중에 누군가는 제법 그럴듯한 이야기를 만들어내었다. 사실은 대장이 하늘의원에게 용서를 빌었다. 하늘의원께서 그 마음을 받아들이시고, 대장에게 새로운 진기 운용

법을 알려주셨다. 그래서 대장은 지금 다음 단계로 진입 중이시다.

그러나 사담할 시간은 그리 길지 못했다. 아침나절에 소식이 전해졌다. 중신들이 궁으로 오고 있다는 것이었다.

주상의 귀국길에 얼굴도 내비치지 않던 패역한 신하들이다. 주상께서 개경으로 들어오시던 시각에 덕성부원군 기철의 집으로 몰려가 그 조카아이의 돌잔치에 참여했단다. 말로는 주상의 귀국 소식을 미처 듣지 못했다는데 그 변명을 믿을 자는 개경 내에 없었다. 그들이 궁으로 주상을 알현하러 온단다. 아니나 다를까. 덕성부원군도 온다고 했다. 오시가 시작되는 시각. 선인전에서 주상을 뵈옵겠단다.

우달치 부장인 충석은 근심이 깊어졌다. 설마 궁에서 주상전하의 신하들이 주상의 안전에 어긋날 짓이야 하겠는가마는, 혹여 덕성부원군의 조종을 받아 주상께 치욕을 보이는 일이 생기지 않을까 노심초사였다. 그런 일을 방지하기 위해서는 주상을 호위하는 우달치군들이 더욱 위용스럽게 보여야 할 것인데 어찌해야 하나. 대장에게 귀띔이라도 받고 싶어서 대만을 닦달했으나, 대만은 대장의 거처에 대해서 완강히 입을 다물었다.

급한 대로 우달치 전 대원을 동원해서 진을 짰다. 주상의 침소가 있는 강안전에서 편전이 있는 선인전까지 물샐틈없이 호위를 하고, 편전 또한 우달치들로 벽을 둘러세우듯 배치를 할 생각이었다.

한창 바쁘게 조장들을 부리는데, 새로운 소식이 전해져 왔다. 주상께서 편전으로 하늘의원을 부르셨다는 것이다.

좋지 않다. 충석은 이맛살을 찌푸린다. 대장은 어떻게든 하늘의원의 존재를 숨기려 했다. 어떻게든 돌려보내드릴 생각이어서 그랬을 것이다. 하늘의원에 대한 소문만 퍼지고 있는 아직까지는 그런대로 수를 쓸 수 있다. 과장된 소문이었다고 우기면 그만이다. 그런 여인은 본 적 없다고 우달치 대원 전체가 한통속이 되어 잡아떼면 된다. 우달치 대원들에겐 그 정도 결속력은 있다.

그런데 하늘의원을 편전에 불러 중신들 앞에 소개를 하고 의선이라는 칭호를 공식화한다? 그다음에는 방법이 없다. 의선을 부정하는 것은 주상전하를 부정하는 꼴이 되는 것이다. 충석이 급히 돌배를 구석으로 불렀다.

"전의시로 가서 하늘의원을 모시고 어디로든 도망쳐라."

"예에?"

돌배가 어이가 없어서 입을 벌리고 본다.

"너 아는 여인네들 많잖아. 아무 집에나 좀 숨겨놓으라고. 대장이 올 때까지 일단 그분을 숨겨놓고 봐야겠다. 어서."

돌배가 그제야 머리가 돌아갔는지 달려나갔다.

왕은 굳이 그렇게까지 할 생각이 없었다.

물론 중신들을 만나는 것이 두렵기는 했다. 자신을 좋아하여 환영하는 무리라고 해도 스무 살 나이에 그런 자리라는 것은 두려울 것인데, 모두가 자신의 힘을 잡기 위해 모일 자리다. 아마도 덕성부원군 같은 자에게 잘 보이기 위해 몇몇은 왕에게 용감한 소리를 해댈 것이다. 왕이 쩔쩔매는 꼴을 보며 자신의 말솜씨에 자랑스러워 할 수도 있다.

그들은 이미 자신들의 패를 내보였다. 귀국하는 새 왕을 버리고 덕성부원군의 집으로 갔다는 것은 이미 저쪽 편에 붙었다는 통고다. 그러니 그들에게는 새로운 왕이 나약하고 못나고 형편없어야 한다. 그래야 그들의 결정이 옳은 것이 된다.

처음부터 미워하려고 작정하고 오는 자들을 만나야 한다. 왕은 두려웠다. 내가 어찌해야 할까요. 왕은 물어보고 싶다. 최영이 옆에 있다면 물어보았을 것이다.

어찌할까요. 내가 어찌하면 저들의 마음에 들게 굴 수 있을까요. 어찌하면 내가 조금이라도 덜 추해질 수 있을까요.

어떤 경우에도 입에 발린 말은 하지 않는 그의 우달치 대장은, 그게 무엇이든 왕이 생각해야 할 것을 제대로 짚어주었을 것이다. 그러나 최영은 아침이 밝고 궁이 떠들썩해져 있는데도 나타나지 않았다. 그 부하들이 전한 말에 의하면 그는 몸이 좋지가 않다고 한다. 몸이 좋지 않은 정도로 오지 않을 대장이 아니다. 오기 싫은 것이구나, 라고 왕은 지레짐작한다. 짐작하면서도 왕명을 앞세워 그를 부르지 못하는 것은 간밤에 들은 그의 이야기에 주눅이 들어서이다.

그리고 어머니인 대비는 오늘 아침에도 아들 부부의 문안인사를 거부했다.

아무도 없다. 나에게는.

의기소침해진 왕에게 조일신은 강하게 주장하였다.

"의선을 내보이십시오."

"저들이 믿어줄까요? 하늘이 있고, 그 하늘에서 온 분이 있다는 황당한 이야기를?"

"믿건 말건 일단 생각은 해볼 것입니다. 그렇게 시간을 벌고 그다음에는 만들어야지요. 저들이 믿게 만들면 됩니다. 신에게 모든 계책이 있습니다."

대체 어떤 계책이냐고 왕은 묻지 않았다. 조일신이 말하는 계책이란 것은 정정당당하고 자랑할 만한 것은 아닐 것이다. 그래서 알고 싶지 않다. 그렇다고 말리지도 못한다.

내가 이렇게 비겁하오.

왕은 벽 너머 저만치를 향해 마음속으로 말한다. 벽 너머 저만치에는 왕비가 있을 것이었다. 그 사람에게는 보여주고 싶지 않다. 이런 나의 비겁함은.

그러나 조일신은 또 강조한다.

"왕비마마께서 반드시 함께 계셔야 합니다. 원의 공주님이십니다. 전하께서는 원나라 공주님께서 한편에 계시고 다른 한편에는 하늘에서 오신 의선께서 계십니다. 두려워하지 마십시오. 전하."

양옆에 여인들을 거느리고 두려워하지 말라고?

왕은 쓸쓸하고 비참한 기분에 웃는다.

돌배는 한발 늦었다.

돌배가 전의시에 도착했을 때 이미 궁녀들이 의선을 기다리고 있었다. 등에 칼을 엇갈려 멘 무각시들도 여럿 보였다. 무각시들의 수장인 최상궁이 직접 골라 보낸 아이들일 것이다.

돌배는 평시 말을 트고 지낼 만큼 친분이 있는 무각시를 앞으로 불러내었다.

"바로 모시고 갈라고?"

"바로 모시고 가지 않으면. 왜?"

이름이…… 금옥이었지. 무각시 금옥은 금방 수상쩍은 눈길을 보내온다.

"절차라는 게 있잖은가. 애당초 의선은 우리 우달치가 호위하고 있는 분인데 왜 무각시들이 모시냐고. 허니 우리도 위쪽에 알아볼 것은 알아보고……."

"알아보시든가."

"일단 의선은 못 나가시네. 의선을 자네들 무각시에게 내줘도 된다는 확답이 위에서 내릴 때까지 못 가신다고."

"우리 무각시들이 받아온 건 어명. 그러니 주상전하보다 더 위쪽에 알아보고 확답인지 뭔지 받게 되거든 그때 찾으러 오시든가."

무각시와 우달치는 철마다 한 번은 무술 대련을 하며 친분을 쌓아왔다. 그쪽의 수장과 이쪽의 수장이 고모 조카 사이니 당연히 양쪽의 사이도 나쁘지 않았다. 그쪽 수장을 닮아서인지 무각시들 하나하나 성깔이 더럽긴 했으나 그래도 무조건 우군이라는 의식이 있었다. 하지만 은근히 경쟁하는 심리도 늘 깔려 있었다.

무술 대련이 열리는 날에는 그 경쟁심이 부쩍 치솟았다. 우달치 쪽에서는 계집들에게 질 수 없다는 절박함이 있었고, 무각시들 쪽에서는 계집이기 때문에 지고 싶지는 않다는 투지가 대단했다. 역시 기본 완력이 있는데다 최영 아래서 죽도록 훈련을 해온 우달치 쪽이 유리하긴 했으나, 네다섯에 하나는 지는 놈이 나타났다. 정말 실력이 딸려서 지는 놈도 있었지만 계집에게 차마 전력을 다하지 못해서 어영부영 지는 놈도 있었다.

어쨌든 그만큼 무술 실력이 빼어난 무각시들이었다. 이들의 눈을 피해 의선을 데려간다는 것은 불가능하다. 돌배는 애가 탄다. 주변을 둘러보니 덕만을 비롯해서 의선을 지키라는 명을 받았던 우달치들이 둘, 아니 셋 보인다. 서로의 시선이 마주친다. 한바탕 소란을 피워봐? 한 번 더 금옥을 떠본다.

"근데 대체 무슨 어명이 얼마나 지엄했기에 무각시들이 이렇게 떼를 지어 출동했는가. 자네들 몇 명이나 온 건데?"

금옥이 피식 웃더니 그렇게 묻는 돌배의 속이 다 보인다는 듯 대답했다.

"우리가 몇 명 온 게 뭔 대수겠소. 최상궁께서 직접 오셨는데."

최상궁이 왔다고? 지금 저 안에 있다고? 제길. 다 글렀다.

재수술을 한 지 열두 시간이 지나고 있는데 최영의 의식은 돌아오지 않았다.

밤새 그의 옆에 붙어 앉아 수액을 대신하는 음료를 그의 입에 흘려넣으며 상태를 살폈던 은수는 몸과 마음이 지쳐가고 있었다. 그래서 궁에서 왔다는 여자들이 불러냈을 때 짜증이 왈칵 일어났다. 최영이 있는 내실로 통하는 긴 회랑에서 그들을 만났다.

"지금 제가 움직일 수가 없거든요. 저 안에 제가 봐야 되는 환자가 있어서요. 그러니까 임금님께는 나중에 좀 보자고 전해주세요. 나중에 제가 찾아간다고요."

다시 안으로 들어가려 했는데 어느 틈엔지 중년의 여인이 그 앞을 가로막았다. 좀 전에 얘기를 나누던 여자들 중에도 없었고, 언제 다가와서 어느 틈에 은수의 뒤로 돌아가 그 앞을 가로막은 건지 전혀 눈치도 채지 못했다.

"최상궁입니다. 지금 모시고 가려는 곳은 편전입니다. 주상전하께서 잠시 후 중신들을 만나시게 될 겁니다."

"그런데요?"

"그 자리에서 의선을 중신들께 소개시키려 하십니다."

"아니, 됐거든요. 저는 그냥 조용히 있고 싶고요. 누구 소개받고 그러는 거 전혀 관심 없고요. 그리고 방금 말씀드린 것처럼 제가 지금 봐야 되는 환자가 있어서……."

최상궁이라는 여인이 좀 더 가까이 다가섰다. 그러더니 낮은 소리로 물었다.

"최영입니까. 그 환자?"

은수가 놀라서 본다. 장빈 선생은 최영이 혼수상태인 것이 절대 밖으로 새어나가선 안 되는 비밀이라고 했다.

"전하께서 또 이렇게 전하라 하셨습니다. 오늘 편전에 와서 하늘에서 오신 분의 존재를 널리 알리게 해달라. 하늘에서 오신 분이 전하의 편에 서서 전하를 돕고 있다는 것만 증언해달라. 그러면……."

최상궁이 잠시 말을 멈춘다. 그러면 뭐? 은수는 불안해서 본다.

"의선께서 하늘로 돌아가시는 길에 대장 최영을 호위로 붙여주시겠다 하셨습니다."

은수는 최상궁이란 여인을 다시 살펴본다. 여인은 감정이 드러나지 않는 얼굴로 조용히 은수를 보고 있다. 이 여인을 본 기억이 났다. 고려의 왕궁에 처음 도착했을 때 마중 나왔던 여인이었다. 최영에게 서슴없이 잔소리를 했던 그 여인이다. 최영이 이 여인에게는 미소를 보냈었다. 은수는 똑똑히 봤고 다 기억해냈다. 왜 이렇게 생각되는지는 모르겠지만, 그가 미소를 보였던 사람의 말이라면 믿어도 될 것이다.

"좋아요. 가요."

은수는 선뜻 돌아선다. 문 뒤의 방 안에 있을 최영에게 속으로 다짐한다. 다녀올게요. 그동안 일어나 있어요. 당신, 궁을 나가고 싶어했지요? 내가 나가게 해줄게요. 그러니까 일어나 있으라고요.

방 안에서는 장빈이 문밖의 대화를 듣고 있었다. 의선을 편전으로 부른다는 말을 들었을 때 충석이 느꼈던 불안함을 장빈도 느꼈고, 달리 막을 방법이 없다는 것도 알았다.

뒤를 돌아본다. 최영은 아직 혼절해 있는 그대로이다. 맥을 짚어본다. 집중을 해야 간신히 감지해낼 만큼 맥은 느리고 가늘다.

"이 사람. 돌아올 생각이 없는 건가."

저도 모르게 입 밖으로 낸 혼잣말에 대만이 예민하게 반응하며 본다. 대만에게 이른다.

"잠시 대장을 지키고 있게."

장빈의 말에 대만이 대들 듯한 표정으로 묻는다.

"대…… 대장 놔두고 어디…… 가시려고……."

"의선을 따라가봐야겠다. 그분이 무사해야 자네 대장을 돌봐주실 거 아닌가."

대만이 그제야 끄덕인다.

강안전과 곤성전 가운데 자리한 중정을 가로지르며 왕비의 일행이 오고 있다. 그런 왕비의 주변에 심어진 화초들을 바라보며 왕은 강안전 입구에 멈춘 채 기다리고 있었다.

왕비가 옆으로 다가서자 왕은 그제야 걸음을 옮기기 시작한다. 환관과 궁녀들이 그 뒤를 따랐고, 우달치는 왕이 자리한 오른쪽을 움직이는 벽처럼 둘러싸서 걸었고, 무각시는 왕비가 자리한 왼쪽을 역시 같은 밀도의 진으로 에워싸서 걸었다. 충석은 왕에게서 가장 가까운 거리를 두고 따르면서 왕이 왕비에게 건네는 말을 듣는다. 두 분은 늘 그러하시듯 서로 마주 보는 일은 없이 각자 앞을 보며 대화를 하신다.

"나는 아직 마음을 정하지 못했어요. 그러나 어느 쪽을 택하여도 이제부터 왕비가 보게 될 내 모습은 그리 보기 좋지가 못할 겁니다."

"어느 쪽이라 하심은 어느 어느 쪽을 말씀하시는지요?"

"하나, 호기를 부려볼 수도 있어요. 하지만 그 때문에 옥좌를 빼앗길 수 있고, 그리되면 목숨도 위험해질 겁니다. 다른 하나, 고개를 숙이고 비위를 맞출 수도 있어요. 비웃음은 당할지언정 좀 더 오래 이 자리를 부지하고 그만큼 더 오래 살 수 있겠지요. 왕비는 어느 쪽이 더 참을 만하겠습니까?"

왕처럼 충석도 마음을 졸이며 왕비의 대답을 기다린다. 이윽고 왕비가 대답했다.

"둘 다 참기 싫습니다."

"역시 그렇지요?"

하며 왕께서는 낮게 웃으신다. 그런데 문득 왕비가 걸음을 멈추었다. 그 바람에 왼쪽의 일행이 급히 걸음을 멈추느라 잠깐 술렁였고, 왕께서 따라 멈추시는 바람에 오른쪽의 일행도 부산하게 멈추어진다. 왕비가 주위를 둘러보더니 묻는다.

"우달치 대장은 어디 있는가요."

충석이 그 답을 아뢰려 할 때 왕께서 먼저 대답하였다.

"칭병하여 나오지 못한답니다."

"칭병……입니까?"

하며 왕비가 왕을 보았다. 왕도 왕비를 본다. 두 분이 처음으로 서로의 눈을 본다. 충석은 슬그머니 시선을 피했다. 그래서 그 순간 왕이 왕비를 보는 눈길이 참 부드러웠던 것과 그 눈길에 왕비가 설레었던 것을 보지 못했다.

왕이 새벽마다 어머니께 문안인사를 드리러 나서면 왕비가 먼저 정원에 나와 서서 기다리고 있었다. 그러면 둘이 나란히 덕경부까지의 길을 걸었고, 함께 기다리다가 다시 나란히 돌아오곤 했다. 그 동행 속에서 왕비는 한 번도 언짢은 기색을 내보인 적이 없었다. 오히려 즐거운 산책을 하는 듯 왕비의 얼굴은 평안해서 옆을 걷는 왕의 마음이 달래어졌다. 어머니는 여전히 답이 없었지만 답이 없는 어머니를 기다리는 동안에도 왕은 처음처럼 마음이 처참하지 않았다. 늘 왕비가 옆에 있어주었다.

그 고마움이 지금 왕의 말문을 열고 있다.

"우달치 대장도 없으니 첫 번째는 불가하고, 두 번째는 내 마음이 도저히 납득을 못하겠고. 그래서 세 번째 방도를 취해야 할 거 같습니다."

"세 번째는 참을 만하십니까?"

왕이 대답 대신 그저 미소 지었다. 그 미소에 왕비가 용기를 내어 묻는다.

"놀랐습니다. 이 모든 이야기, 제게 해주시는 것."

왕이 잠시 침묵한다. 주위의 모두가 침묵하여 기다린다. 이윽고 왕이 입을 열었다.

"그대는…… 내가 비웃음을 당해도, 죽음을 당해도 함께 당해야 할 사람이니까요."

왕이 귀국하던 날에는 그렇게 텅 비어 있던 편전이 한자리도 빈 곳 없이 가득 차 있었다.

환관인 안도치는 그런 중신들이 야속해서 한 번 휘둘러 흘겨본다. 그러고는 배에 힘을 주고 길게 낭랑하게 왕의 행차를 알렸다.

"주사앙 전하아 드읍시오."

중신들이 분분히 자리에서 일어나는데 그들의 모습에는 경외감은 보이지 않았고, 거들먹거리는 경박한 냄새들이 축축하게 풍겨나왔다. 마치 서로가 그런 냄새를 경쟁이라도 하는 듯이. 더 독한 냄새를 내는 것이 더 자랑스러운 일이라는 듯이.

왕이 들어섰다. 옥좌까지 가는 길을 조금의 흔들림도 없이 걸어가신다. 안도치는 왠지 마음이 벅차 목이 메며 본다. 십 년 넘게 모셔온 나의 왕. 그 외로움과 아픔을 옆에서 다 보아왔다. 나의 주상께서 이제 비로소 제자리로 가신다.

눈물로 시야가 흐려져서 얼른 깜박여 눈물을 삼킨다. 소리 없이 우달치 대원들이 그의 양옆을 스쳐 지나가더니 옥좌와 편전을 에워싸듯이 자리를 잡았다.

옥좌에 이른 왕을 향해 중신들이 일제히 예를 올리는데 그중에는 눈을 슬그머니 치떠서 왕의 기색을 살피는 이들도 있었다. 그러나 그러던 자들은 지레 움찔하여 고개를 수그렸다. 젊은 왕의 눈길과 정통으로 마주쳤기 때문이었다.

왕은 그렇게 하나하나 중신들을 새기듯이 본다. 그러면서 복부 깊은 곳에서부터 번져나오려는 떨림을 누르고 있다. 왕인 나를 배척하고 나에게 씻을 수 없는 수모를 준 것들이라고 원망하지 않으려 한다. 원망은 감정을 흔들고, 흔들리는 감정은 나를 약하게 만들 것이다. 왕은 천천히 옥좌에 앉는다. 순간 커다란 옥좌의 두툼한 황금무늬 방석 안으로 자빠질 듯 빨려드는 환각에 잡힌다. 마침 안도치가 다시 소리를 내어서 가까스로 정신을 차렸다.

"왕비마마아 드읍시오."

왕의 왼쪽에는 한 단 낮은 자리에 화려한 왕비의 의자가 마련되어 있었다. 그 앞으로 발이 주르륵 내려지더니 그 뒤로 왕비가 다가와 자리에 앉는다. 왕이 있는 곳에서는 왕비의 굳은 옆얼굴이 보이지만 신하들에게는 발에 가려진 그림자만 보일 것이었다.

그때 신하 중의 하나가 두 손을 벌리며 큰소리를 내었다.

"주상전하. 왕비마마. 두 분의 강녕하신 옥체를 뵈오니 참으로 하늘의 보우하심에 감읍할 따름이옵니다아."

감읍하옵니다…… 일제히 외치며 중신들이 일제히 허리를 굽힌다.

가증스럽구나…… 하고 왕은 생각한다. 그런 생각이 그에게 힘을 주었다. 왕은 허리를 펴고 고개를 들고 자신의 신하들을 내려다보며 입을 연다.

"그래요. 그렇습니다."

뜬금없는 왕의 말에 중신들이 어리둥절하여 본다.

"과인 또한 하늘의 보우하심에 감읍하고 있습니다. 원에서 이곳까지 오는 길이 참으로 험하였거든요. 왕비께서는 한순간 목숨을 잃기도 하였고요."

신하들이 수런거린다. 이게 도대체 무슨 말씀이시란 말이오…… 하며 과장들을 한다. 왕이 빙그레 웃으며 소리를 더 높인다.

"무얼 그리 처음 듣는 소리인 듯 놀라십니까?"

이제 왕은 일어선다. 신하들이 있는 곳으로 더 가까이 다가선다.

"다들 아시지 않습니까. 누군가 자객을 보내었고. 그 자객의 칼에 왕비께서는 목이 그만……."

왕은 손으로 목이 잘리는 시늉을 한다. 중신들이 소스라치게 놀라는 시늉을 한다. 이거 참 우리 피차 우습구려. 저잣거리의 놀이패들도 아니고…… 하며 왕은 생각한다. 그러나 엄숙한 얼굴로 계속한다.

"누가 봐도 다시는 살릴 수 없었습니다. 그 소식도 아마 들으셨겠지요? 그러면……."

왕은 잠시 사이를 둔다. 중신들이 모두 왕을 보고 있다. 자, 이제는 내 얼굴을 보고 있는 게요? 이게 당신들 왕의 얼굴이요. 잘 기억들 하시오.

"이 이야기도 같이 들었습니까? 그때에 하늘문이 열리고 하늘에서 의원을 보내주시어 왕비를 다시 살려내신 것."

바늘이 떨어져도 그 소리를 들을 수 있을 만큼 편전은 조용했다. 그 침묵이 강한 불신으로 채워져 있음을 왕은 느낀다.

이미 의선에 대한 소문을 개경에 뿌렸다. 그러니 이자들이 그에 대한 이야기를 듣기는 하였을 것이다. 물론 믿지 않았겠지. 당연히 나라도 믿지 않았을 것이니까. 왕은 지금부터 자신이 하려는 것에 대해 급격히 자신감을 잃는다. 어쩌자고 나는 이 이야기가 먹힐 것이라고 생각한 건가.

그러나 왕은 손을 들어 자신의 오른쪽을 가리킨다. 이제 와 멈출 수는 없다.

"하늘에서 이 나라 고려와 과인을 위해 보내주신 분. 의선을 모시고 왔습니다."

오른쪽 천장에서 발이 주르륵 내려오더니 철렁이며 멈

추었다.

 은수는 편전의 뒤쪽 문으로 안내되었다. 왕이 드나든다는 문이었다. 최상궁이 문을 열었다. 그리고 은수는 그 문을 통해 볼 수 있었다. 언젠가 와보았던 너른 홀. 그리고 그 안을 가득 메운 요란한 복장의 사내들…… 더 생각할 것 없이 은수는 도로 문을 닫아버렸다. 돌아보는 최상궁에게 더듬거리며 변명을 한다.
 "아니…… 저기…… 잠깐만요. 저 안에 왜 저렇게 사람들이 많아요?"
 "개경에 있는 중신들은 다 모였습니다. 당연히 많습니다."
 "저 사람들 앞에서 날더러 뭘 말하라는 건데요. 그냥 이렇게 무작정 집어넣는 법이 어디 있어요. 이거 뭐 연설문 같은 거 없어요? 참고할 만한 자료라든지……."
 최상궁이 은수의 말을 자르고 묻는다. 높낮이가 별로 없어 왠지 듣는 사람 주눅 들게 하는 어조다.
 "하늘에서 오신 분이라 하셨지요?"
 "그야 물론 제가 사는 세상이 여기하고는 다른데요. 그게……."
 "그럼 무얼 두려워하시는 겁니까? 거짓을 말하실 것도 아니고 있는 그대로 아는 그대로 말씀하시면 되는데……."

은수는 말문이 막혀서 본다. 그야 물론 그런데…… 그건 그렇지만, 그래도…… 우물거리다가 은수가 반색을 한다. 장빈이 다가오고 있었다.

"장선생님."

장빈은 와락 끌어 잡기라도 할 듯 반기는 은수를 그대로 지나치더니 문을 조금 열고 그 안을 들여다본다. 다시 문을 닫고는 은수를 향해 선다.

"의선."

"나 좀 어떻게 좀 해줘봐요. 내가 연설 그런 거 진짜 못하거든요. 아니면 저기가 무슨 청문회 그런 자린가요? 그럼……"

"제가 뒤에 있겠습니다."

뒤에 있겠다고? 그게 해줄 수 있는 전부라고?

은수는 한숨을 쉰다. 습관처럼 머리칼을 헝클이다가 다시 뒤로 훑어내려 손가락 빗질을 하며 마음을 안정시킨다. 눈앞으로 흘러내리는 머리칼은 후우 불어서 올린다. 그동안 린스도 컨디셔너도 없이 감은 머리칼이 버석거리는 것 같다. 아, 진짜 다 맘에 안 들어. 맘에 안 드는데…….

그래. 피할 수 없으면 즐겨야지. 좋아 까짓 거. 들어가서 해치우자고.

그 순간 편전은 묘한 긴장감이 흐르고 있었다.

편전으로 향하는 긴 회랑을 덕성부원군 기철이 걸어 들어오고 있었던 것이다. 양쪽에 자신의 책사인 양사와 아우인 기원을 거느리고 있었다. 형 덕분에 벼슬자리를 꿰차고 있는 기원이야 그렇다 치고, 감히 왕을 모시고 국사를 논하는 편전에 자신의 개인 책사를 데리고 들어서다니 참으로 방자한 일이었으나 아무도 그것을 지적하는 이는 없다. 나라에서 정한 관복이란 것이 따로 있는데 기철은 흰색을 주조로 하는 화려한 모양새의 사복을 입고 있었다. 그 역시 뭐라 한 소리 할 자는 없다.

기원과 양사는 편전의 입구에 멈춰 섰는데, 기철은 걸어오던 속도 그대로 편전의 중앙을 가로질러 왕이 있는 곳으로 거침없이 걸어가며 거침없이 말한다.

"주상전하. 덕성부원군 기철이 용안을 뵈옵고자 달려오는 길이옵니다. 한데 이게 무슨 괴이한 이야기입니까? 하늘문? 하늘의 의원? 전하의 보령이 비록 어리시고 궁을 떠나 타국에서 지낸 세월이 오래여서 보고 들은 것이 어지러우시다 하나 대고려의 왕이십니다."

기철은 옥좌가 있는 단 아래에 이르러서도 걸음을 멈추지 않는다. 그대로 단 위로 올라간다. 옥좌의 뒤에서 지키던 충석이 순간 앞으로 나서려는데 왕이 손을 들어 저지시켰다. 왕은 그저 기철이 하는 양을 보고 있다. 여기서 당황하여 우달치의 힘을 빌리며 전전긍긍하는 모습을 보일 순 없다.

서 있는 왕을 지나쳐간 기철은 옥좌의 등받이에 팔을 얹어 기대더니, 그 앞에 선 왕과 편전의 중신들을 한꺼번에 둘러보며 말을 한다.

"대체 어떤 놈이 감히 혹세무민의 헛된 소리를 속살거려 용심을 미혹하였단 말입니까."

기철이 한쪽을 돌아본다. 거기 왕비의 옆모습이 그대로 드러나 보인다. 왕비는 꼿꼿이 앞을 보고 앉아 있는데 그 얼굴에 분노가 일어나고 있었다. 기철이 미소 짓더니 이제 반대쪽을 돌아본다.

거기 내려진 발 뒤로 막 은수가 들어서고 있었다.

"거기 있는 요물인가?"

모두의 시선이 발을 향했다. 순간 기철이 내뻗은 손에서 무엇인가 날아갔고, 그것은 천장에 고정되었던 발의 연결 부위를 정확하게 끊었다. 발이 바닥으로 떨어져 내리고 그 뒤에 서 있던 은수가 고스란히 드러났다. 옥좌를 둘러싸고 있던 충석을 비롯한 우달치들이 일제히 발검 자세를 하며 왕의 주변으로 몰려든 것도 거의 동시에 벌어진 일이었다. 기철의 손에서 뿌려진 것이 흉기라면 간과할 수 없는 문제다. 왕의 앞에서 허락받지 않은 흉기를 드러내다니.

그러나 기철은 여유로운 미소를 지으며 왕을 보았다.

"전하. 신에게 맡겨주십시오. 신이 요물의 정체를 드러내겠습니다."

하더니 우달치들에게 둘러싸인 왕을 놓아두고 은수 쪽으로 걸음을 옮긴다. 충석은 순간 갈피를 잡을 수가 없다. 의선도 왕처럼 보호를 해야 하는 것인가? 어떻게?

기철은 은수에게서 몇 걸음 떨어진 곳에 뒷짐을 지고 서더니 아래위로 살펴본다.

"너, 여인의 형상을 가진 것."

은수는 이 상황이 도대체 이해가 안 가고 있다. 누구? 나?

"대답하라."

뭐래는 거야. 이 기분 나쁘게 생긴 아저씨.

"너는 누구의 사주를 받아 거기 서 있는 것이냐?"

은수는 돌아서려고 했다. 술 취한 놈이나 미친놈에게는 말대꾸를 하지 않는 것이 좋다. 피하는 게 상책이다. 응급실에서 잠깐 근무할 때 배운 것이다. 그때 뒤에서 낮은 소리가 들렸다. 장빈의 목소리였다.

"도망치지 마세요."

슬쩍 돌아보니 한 걸음 뒤 기둥 뒤에 몸을 숨긴 채 장빈이 그녀를 보고 있다.

"여기서 도망치면 죽습니다."

죽다니…… 왜? 다시 앞을 본다. 그 기분 나쁘게 생긴 자가 자신에게 다가오려 하고 있다. 도망치지 말라고? 도망치고 싶은데?

그때 왕이 웃는 소리가 들렸다. 기철이 은수에게 다가서려던 걸음을 멈추고 왕을 향해 돌아섰다. 어린 왕이 기철의 앞에서 두려움을 보이지 않고 소리 내어 웃고 있다.

"과연. 과연. 경이 바로 덕성부원군이었구려. 원을 떠나올 때 기황후께서 말씀하셨지요. 고국에 돌아가게 되거든 덕성부원군이 과인의 모든 것을 살펴줄 것이다. 그러니 심려할 것이 하나도 없다."

왕은 단을 내려서더니 중신들의 가운데를 걷는다. 그러면서 중신들 하나하나와 눈을 마주치고 있다.

"따라서 그가 왕에 대한 예를 올리지 않고 옥좌가 있는 단 위까지 달려 올라와도 놀라지 마라. 혹여 고려의 중신들이 그런 무례에 놀라거든 잠잠케 하라……."

왕과 눈이 마주친 중신들이 하나둘 시선을 피한다.

"덕성부원군이 왕에 대한 충정이 모자라 그런 것이 아니다. 오히려 충정이 너무 넘쳐 혈기를 다스리지 못하는 것이다."

왕이 손을 들어 기철을 가리킨다.

"보세요. 과인이 행여 협잡꾼에 넘어갔을까 노심초사 달려온 저 모습. 저 충심."

기철이 그런 왕을 흥미롭다는 듯이 보고 있다. 중신들은 왕과 기철, 그 둘의 눈치를 보느라 숨도 제대로 쉬지 못하고 있다. 기철이 왕에게 묻는다.

"그래서 저것이 정녕 하늘에서 왔다는 걸 믿으신단 말씀이십니까."

왕보다 먼저 대답을 한 이가 있었다.

"믿습니다."

왕비가 있는 발 뒤에서 나온 소리였다. 내려왔던 발이 다시 올라갔다. 그 뒤에서 모습을 드러낸 왕비가 의자에서 일어선다. 평소의 차가운 표정이 분노로 더욱 굳어 있어서 왕비는 언뜻 얼음으로 이루어진 듯 보인다.

"나 그대들의 왕비, 원의 위왕 베이르 테무르의 딸, 원을 떠나오는 길에 누군가 보낸 자객의 손에 목이 잘리었소."

그리고 왕비는 누구도 예상치 못했던 행동을 했다. 목을 둘러 감싸고 있던 옷깃을 거칠게 잡아내린 것이다. 가늘고 하얀 목이 그대로 드러났는데 그 목에는 은수가 붙여주었던 접착붕대가 붙여져 있다. 누가 말릴 새도 없이 왕비는 그 붕대를 손으로 잡아 떼어낸다. 여기저기서 헉 숨을 들이키는 소리가 들린다.

아직 아물지 못한 수술 자국이 길게 그 모습을 드러냈다. 그렇게 고귀하신 속살을 내보인 왕비가 말을 잇는다.

"저기 있는 의선께서 다시 붙여준 목입니다. 이 땅에 그런 재간을 가진 의원이 또 있습니까?"

편전의 사람들이 왕비에게 정신이 팔려 있는 동안, 은수의 뒤로 바싹 다가선 최상궁이 낮게 말했다.

"하늘에서 오신 분답게 보이셔야 합니다."

"그러니까 어떡하라고."

"울지 마시고……."

"안 울어요."

"떨지 마시고……."

그러니까 누가 이 상황을 설명 좀 해달라고. 소리 지르고 싶은 심정으로 뒤를 돌아보았더니 아까의 자리에서 장빈이 은수의 시선을 받아준다. 차분하고 믿음직한 시선이어서 은수는 좀 진정이 된다. 장빈이 일러준다.

"하늘에서 하던 대로 하십시오."

하던 대로? 그럼…… 진상 환자가 말도 안 되는 트집을 잡을 때 하던 대로……? 좋아. 해보자고. 설마 진짜 죽이기야 하겠어? 아직도 상황 파악이 덜 된 은수는 용기를 낸다. 그때 웃음소리가 들렸다.

기철이 허리를 꺾으며 웃는다. 아아, 모처럼 재미있다. 이 어린 왕과 왕비는 어쩌면 이렇게 파득파득 갓 잡아올린 생선처럼 생생한가.

"아아, 어리시고 가여우신 전하. 왕비마마. 누가 그리 믿게 하였습니까. 우달치 대장 최영, 그자입니까?"

기철의 입에서 흘러나온 최영의 이름에 왕도 왕비도 바싹 긴장을 한다. 기철은 그 둘의 반응만 신경 쓰고 있었는데, 등 뒤에도 그 이름에 신경이 곤두선 이가 있는 것은 몰랐다. 은수였다. 최영이라고? 그 사람이 뭐.

"최영, 그놈이 저 요망한 것을 데려와서 하늘의 사람이라 두 분을 미혹케 하였습니까? 신은 그리 들었습니다만 그렇습니까?"

왕이 미처 예상치 못했던 기습이다. 왕이 대답을 찾을 여유를 주지 않고 기철은 밀어붙인다.

"우달치 최영. 어디 있는가."

기철의 시선이 우달치들을 훑고 지나간다. 충석을 비롯한 우달치들이 숨을 죽인다. 왕이 명을 하기만 하면 언제라도 검을 뺄 태세다.

"그 간악하고 불충막심한 놈을 당장 끌고 오지 못하겠는가."

기철이 내공이 슬쩍 실린 소리를 내지르는 바람에 장내의 모두가 찔끔하여 간을 졸이는데 순간 맹랑한 소리가 들렸다.

"그건 안 되겠는데요."

기철이 어이가 없어서 돌아보았더니 의선이라는 여자가 빤히 보고 있다.

"요물이 사람의 말을 하는가?"

요물? 은수는 헛웃음이 나온다. 무슨 애니메이션에나 나옴직한 단어들을 내뱉는 바람에 앞에 선 자가 좀 우스워지고 있는 중이다. 내친김에 앞으로 나서다가 긴 옷자락에 걸려 넘어질 뻔했다. 그래도 허리를 펴고 고개를 들고 권위 있는 의사답게 당당한 자세로 서서.

"그 우달치 최영, 그분이 지금 제 환자거든요. 담당의사인 제 허락이 없이는 누구도, 아무도 데려갈 수 없습니다. 네."

기철이 말이 막혔다가 위엄스럽게 고함을 친다.

"네 이년."

그런데 앞에 선 여인은 겁에 질리기는커녕 눈꼬리가 올라가며 노려본다.

"뭐요?"

"네년이 감히 뉘 앞에서 함부로……."

"말조심하세요. 얻다 대고 함부로 반말에 쌍소리예요?"

이번에는 진짜로 기철의 말문이 막혔다.

"누군 쌍소리 할 줄 몰라서 우아 떨고 있는 줄 아나. 아놔. 진짜 이 나이에 년자 소리까지 듣고 말이지."

장내의 모두가 말문이 막혔다.

"이보세요. 아저씨 몇 살이세요?"

기철은 입을 열었으나 기껏 한마디만 했다.

"뭐?"

"보아하니 나잇살깨나 잡수신 분이 말하는 매너가 그게 뭡니까. 내가 지금 임금님 앞이라서 참고 있는 줄 아세요. 그리고 정확하게 알아두세요. 나 하늘에서 왔고, 왕비님 치료 때문에 잠시 머물러 있는 중이고요. 치료 끝나는 대로 돌아갈 생각이니까 그냥 조용히…… 예? 조용히 있다 가게 해줬으면 좋겠네요. 내가 하늘에서도 성질이 고약한 편이었거든요. 나 잘못 건드리면 역사를 뒤집어버리는 수가 있으니까."

은수는 씩씩한 자세로 왕을 향해 묻는다.

"이 정도 말씀드리면 됐죠? 그럼 전 바빠서 이만……."

은수가 슬그머니 문 쪽을 향해 가려는데 눈 깜박할 새에 기철이 그 앞을 막아섰다. 그리고 그 순간 충석은 보았다. 기철의 한 손이 하얗게 서리로 덮여가는 것을. 충석의 검이 덜컥 소리를 내며 한 치만큼 검집에서 빠져나온다. 막아야 한다. 그러나 먼저 왕께서 허락해주셔야 하는데.

아무리 상황 파악이 안 된 은수라도 자기 앞을 막아선 사내에게서 풍겨나오는 살기는 느껴졌다. 더럭 겁이 나는데 사내, 기철이 조용히 물어온다.

"요물. 죽고 싶은 게냐?"

그 순간, 공포가 아드레날린을 촉발시키면서 은수의 머릿속 기억세포들이 왕성하게 작동하기 시작했다. 수능 때 내신 1등급을 받았던 뇌세포. 기철? 공민왕? 고려말? 언젠가 보았던 사극 드라마의 내용까지 한꺼번에 재생된다.

"어차피 이 원나라. 얼마 못 가요. 그러니까 원나라 위세 믿고 그러는 거 대충 하시라고요."

기철의 손에서 모여져서 막 발동하려던 진기가 멈춘다. 아까 발의 연결 부위를 끊어내었던 것도 이 빙공(氷攻)으로 만들어진 얼음 결정이었다. 은수는 그런 것은 물론 알지 못하고 이왕 내뱉은 말을 계속한다. 어떻게든 앞을 막아선 이자에게서 기선을 제압해야 된다는 본능이 필사적으로 말을 이어가게 하고 있다.

"당…… 요…… 원…… 명…… 그러니까 원나라 다음은 명나라가 들어서는데 그게 언제더라. 알고 싶으세요? 아, 성함이 기철이라고 하셨죠? 댁이 어떻게 죽는지도 제가 알죠. 언제 어떻게 끝나는지 알고 싶으세요?"

기철이 음산한 목소리로 되풀이해본다.

"앞날이 어찌 되는지 안다……."

"알고 싶으면 예의를 갖춰서 다시 찾아오시고. 그리고."

은수는 좌중의 신하들을 둘러본다. 그중에는 입을 헤벌리고 넋이 나가서 보는 이들도 있다. 으이구. 정치하는 것들이란 어찌 다 이렇게 비슷하게 생겼을까.

"여기 모이신 신하분들. 잘 들으세요. 저기 계신 임금님은 나중에 고려의 역사상 가장 유명한 왕이 되실 분이세요. 역사책에 이름 한 줄이라도 남기고 싶으면 알아서 잘 모시라고요. 얼마 살지도 못할 간신분에게 휘둘리지 마시고."

기철이 낮게 웃었다. 내공이 실린 웃음이어서 은수는 저도 모르게 몸이 떨려왔지만 버틴다.

"왜요. 안 믿어져요? 믿지 못하겠으면 어쩔 수 없고."

그리고 순간 생각해내었다. 이자들은 영어를 모른다. 그래서 못 참고 한마디 더했다. 뭐? 요물? 이년? 죽고 싶으냐고?

"헤이 유. 퍽큐. 고우 투 헬."

은수는 되도록 우아한 자세로 왕을 향해 돌아선다.

"먼저 가도 되겠습니까?"

왕이 당황해서 허락한다.

"그러십시오. 의선."

은수는 있는 힘을 다해 유유한 걸음을 유지하며 편전의 문 쪽으로 걸어간다. 치렁한 옷자락 때문에 또 한 번 비틀거릴 뻔했지만 가까스로 중심을 유지했다. 그 뒤에서 기철의 눈이 반짝이며 계속 보고 있는 것은 알지 못했다.

편전의 문을 나서고 등 뒤에서 문이 닫히고 몇 걸음을 걷는데 다리가 제멋대로 허청거린다. 온몸에 힘이 다 빠져나갔다. 주저앉으려는 은수를 뒤에서 누군가 받아 안아줬다. 장빈이었다. 은수가 울상을 하여 돌아보았더니 장빈이 미소를 지어주었다.

"잘하셨습니다. 좀 지나치게 잘……"

최영은 그저 그대로였다.

그가 누워 있는 내실은 동향이었는데 깊숙이 들어왔던

햇살은 오후가 되면서 창문을 통해 빠져나가기 시작했다. 햇살은 마지막으로 창가의 문갑에 기대 세워져 있는 반투명의 경찰방패를 비추더니 그 문갑 위에 놓여 있는 최영의 검을 비춘다.

자신의 주인이었던 문치후를 찔러 숨지게 한 것도 이 검이었고, 이어서 주인이 된 최영도 찔러 이제 죽음에 이르게 하고 있다. 사람들이 부르는 이름은 귀검. 손잡이에는 붉은 수가 언뜻 보이는 검은 천이 촘촘하게 꼬아져 매여 있다.

대만은 최영의 침상 옆에 붙어 앉아 있다가 슬그머니 그의 손목을 끌어당겨 맥을 짚어본다. 의원들이 하는 대로 해보았으나 대만은 도통 대장의 맥을 느껴볼 수가 없다. 더럭 겁이 나서 단도를 뽑아 대장의 코 아래 대본다. 잠시 변화가 없는가 싶더니 아주 약하게 칼날이 흐려졌다. 아직은 살아 계시다. 대장의 표정에 변화가 있는 듯싶어 긴장했지만 아무래도 잘못 보았는가 싶다.

대장은 그저 그대로였다.

최영은 여전히 그곳, 얼어붙은 호수에 있었다. 언제부터인가 아버지가 바로 옆에 계시다. 그러고 보니 자신은 아버지와 나란히 앉아 낚싯대를 드리우고 있다. 아버지의 앞에 하나, 자신의 앞에 하나, 얼음 구멍이 뚫려 있다. 그 구멍

안을 들여다본다. 깊이를 알 수 없는 심연처럼 어두운 구멍 안으로 낚싯대에서 드리워진 줄이 이어지고 있다.

문득 아버지가 묻는다.

"아직도 마음에 있느냐?"

누구를 말하는지 최영은 안다.

"아직 있습니다. 보내지지가 않습니다."

대답했더니 가슴 저 안에서 우루룽 소리를 내며 슬픔이 밀려 올라온다.

그것은 송악산이었다. 그날 그가 미친 듯이 달려갔던 그 산. 낙엽이 발목을 넘는 깊이로 쌓여 자꾸만 그의 발을 감아들며 지체시켰다.

적월대의 부장급들은 옥에 갇히기 직전 매희를 먼저 탈출시켰다고 했다. 그보다 전에 최영은 매희의 두 손을 잡고 말했다. 무릎을 꿇어 말하는 심정으로 한 마디 한 마디 새겨서 듣게 말했다.

"너는 어떻게든 살아만 있어. 네가 어디에 있든지 내가 찾으러 갈 거니까. 알지? 네가 어디에 있든지 내가 찾아갈 거라는 거 알지?"

매희의 눈은 아무것도 보고 있지 않았다. 조바심이 나서 몇 번이고 되풀이해 말했다.

"날 좀 봐. 내가 약속할게. 내가 널 지킬 거니까 넌 그저 날 믿어주면 돼. 내 말 듣고 있지?"

매희가 숨소리처럼 작게 말했다.

"내가 대장님을 죽였어."

"대장님을 죽인 건 왕이야. 헛소리 좀 그만하고 제대로 생각해."

"난 짐이 될 거야."

"짐이 되어줘. 짐이 있으면 나도 살 수 있어. 매희, 네가 나의 짐이 되어주면 난 웃으면서 살 수 있어. 내 말 알지?"

그 아이를 잡고 더 설득을 했어야 했는데 최영은 시간이 없었다. 남은 적월대원들도 설득해야 했다. 대장의 죽음에 피를 토하는 이들을 달래야 했고, 살려야 했다. 그게 그가 스승으로부터 받은 명이었고 그가 스승에게 주었던 언약이었다. 스물두 살의 최영은 그 언약이 무겁고 두렵고 싫어서 죽을 것 같았다. 그래서 매희에게 한마디만 더했다. 그 한마디면 알아줄 거라고 생각했다.

"네가 나 좀 살려줘. 매희야."

매희는 끝내 최영의 눈을 보지 않았다.

다음 날, 전갈이 왔다. 매희를 맡아주기로 했던 상단에서 보내온 것이었다. 약속 장소에 매희가 나타나지 않았다고 했다. 미친 듯이 찾아다녔다. 그러면서도 그는 믿었다. 매희는 그게 어디든 그가 찾을 수 없는 곳으로는 가지 않을 것이라고. 다만 그가 아직 못 찾을 뿐이지, 반드시 그를 위한 흔적을 남겼을 것이라고. 그날 해가 저물어가는데 누군가 알려줬다. 저리 가는 것을 보았다고.

그게 송악산이었다.

은수가 장빈과 함께 전의시로 들어서는데 안에서 대만이 달려나왔다.

"대장이 이상해요."

발작이 다시 시작되고 있었다. 장빈이 재빨리 달려들어 최영을 옆으로 뉘이며 혀를 깨물지 않게 헝겊을 감은 나뭇가지를 물린다. 장빈의 지시를 받은 더기가 재빨리 침구(鍼灸)를 준비하며 부산스러운데 은수는 보고만 있었다. 은수가 볼 수 있는 건 모니터여야 했다. 그래서 분당 심박수, 호흡수, 혈압에 산소포화도를 체크할 수 있어야 했다.

문이 거칠게 닫히는 소리에 장빈이 돌아보았더니 은수가 밖으로 나간 모양이었다.

최영의 상태는 겨우 진정이 되었다. 알 수가 없다. 이렇게 느린 맥으로 간신히 숨만 붙여놓은 이가 무슨 힘에 밀려 발작을 일으킨 것일까.

장빈은 최영의 맥을 짚고 집중하여 그 안으로 들어가본다. 족소양 담경이 막혀 있는 듯하다. 머리 쪽으로는 거의 경락이 흐르지 않는다. 신체의 측면을 흐르는 족소양 담경은 정서적으로 분노와 관계가 있다.

푸른빛이 돌 만큼 창백한 최영의 얼굴을 내려다본다. 이 보시오. 이렇게 정신도 마음도 다 놓아버린 주제에 무슨 분노가 아직 그리 굳건하게 쌓여 있는 거요?

최영의 발 부위에 위치한 임읍혈에 침을 놓는다. 이것으로 담경의 흐름을 잠깐은 풀어줄 것이나 최영 이 사람을 돌아오게 하지는 못할 것이다.

은수는 화초원의 한 곳에 우두커니 서 있었다. 장빈이 다가섰더니 보자마자 울컥 성을 낸다.

"도대체 이해가 안 되요. 농은 다 빼냈고, 주위 조직에 혈액도 돌기 시작했고, 열도 내렸는데 왜 아직 정신이 안 돌아오냐고."

그 큰 눈에 얼핏 눈물이 어려 있는 것도 같다. 그동안 함께 있으면서 장빈이 파악하기로는 하늘에서의 의술은 이곳과 많이 다른 듯했다. 하늘에서만 쓰는 의술도구들이 있고, 그런 도구나 하늘의 약이 있어야 의원들이 제 배운 대로 의술을 펼칠 수 있는 모양이다. 그러한 것들이 없어서 의선은 절망하고 있다.

"중의의인 하의의병."

"뭐라고요?"

하늘에서 쓰는 말과 글자 또한 이 땅의 것과 다른 모양이다. 의선은 이곳의 글자를 잘 읽지 못했고, 의선이 쓰는 말 중에는 장빈이 이해할 수 없는 것들이 있었다.

"하급의 의사는 병을 고치고, 중급의 의사는 사람을 고친 다 하였습니다. 의선께서 대장의 병은 고쳤으나 그 사람은 아직 고치지 못한 것이지요."

의선이 똑바로 쳐다본다. 장빈의 설명을 알아들은 눈치다.

"그 사람, 살고 싶어하지 않는 거예요?"

"대장이 검상을 입은 건 이번이 처음도 아닙니다. 내공이 깊은 분이라 별 약재를 쓰지 않아도 스스로 아물고 새살이 돋곤 했지요."

"근데 이번엔 왜 저러는데요?"

"아무래도 준비를 해야 할 거 같습니다."

의선의 큰 눈이 더 커진다.

"뭘요?"

"대장의 넋은 이미 명을 놓았습니다."

"뭐라는 거예요?"

"그저 육신이 저 혼자 버티는 중입니다."

"누구 맘대로."

하더니 의선은 화를 내며 안으로 들어간다.

넋…… 사람의 혼백은 하늘도 어찌할 수 있는 것이 아닐 것이다. 장빈은 천천히 의선의 뒤를 따르며 마음의 준비를 한다. 벗의 지난 세월을 장빈은 잘 알고 있다. 마지막 임무 만 마치면 궁을 나갈 수 있게 되었다고 홀가분한 얼굴로 미 소 짓던 그를 기억한다. 그를 억지로 잡고 싶어하는 것은 나 좋자고 하는 나의 욕심이겠지? 그를 위해 그의 뜻에 따라 보내주어야 한다고 생각하면서도 장빈은 그의 분노가 걸린다. 그렇게 깊은 분노를 품고 죽으면 한이 되어 남는다는 걸 아시오?

5장
누군가 불렀다, 돌아본다

그 눈물이 얼어붙은 호수에 떨어져 내렸다.
……호수가 의아해한다. 지켜달라고?
호수가 기억해내려고 고개를 든다.

 송악산의 중턱에 이르렀을 때 최영은 거기 나뭇가지에 걸려 있는 두건을 보았다. 떨리는 손으로 집어 들었는데 자세히 살피지 않아도 그게 누구 것인지 알 수 있었다. 검은 천에 수놓인 적월은 분명 매회의 솜씨였다.

 전장을 누비며 매회는 틈틈이 수를 놓았다. 처음 수놓은 것은 솜씨가 없어 붉은 초승달이 일그러졌다며 자신이 가졌다. 두 번째 수를 놓은 것은 스승인 대장에게 주었다. 세 번째 것은 최영에게 주겠다고 했다. 이제 솜씨가 무르익었으니 기대하라고도 했다. 그러나 물론 기대하지 않았다. 매회의 채찍 솜씨는 적월대의 누구도 따르지 못했지만 그 수놓는 솜씨는 정말 형편없었던 것이다. 아직 세 번째 두건은

완성되지 않았다.

서툴게 비뚤어져 메워진 붉은 초승달을 보며 최영은 미칠 듯한 심정이었다. 안 돼. 매희야. 그러지 마. 제발 그러지 마. 이 미칠 듯한 불안함이 미친 생각이기를 빌고 또 빌었다.

마음이 너무나 떨려서 몇 번이고 넘어질 뻔하며 산을 올랐다. 어디로 가야 할지 알고 있었다. 그와 매희가 함께 몇 번이나 찾았던 그곳이다.

분지처럼 은밀하게 이루어져 남의 눈을 피하기 좋았던 그 작은 벌판. 그 벌판 가운데 우뚝 서 있던 오래된 측백나무. 그 나무를 돌며 함께 무술 연습을 했고 그 나무 아래서 주먹밥을 나눠 먹었고 그 그늘 아래서 함께 낮잠을 잤다. 그리고 그 나무에 기대어 최영은 처음으로 그녀에게 입을 맞추었다. 떨리는 입술을 포개었을 때 측백나무 향이 그 둘을 감돌아 감싸주었다. 열정을 가누지 못하며 내려다보았던 매희. 그 아이. 소리 없이 눈으로 웃으며 그를 받아들여 주었던 누이 같던 연인.

매희는 그 나무에 자신의 채찍을 걸어 목을 매었다. 최영이 안아 내렸을 때 그 몸은 이미 차게 굳어 있었고, 목매어 죽은 사람이 가지는 모든 추함을 드러내고 있었다. 최영은 그 흉하게 빠져나온 혀를 넣어주고 흉하게 튀어나온 눈을 감기기 위해 기를 쓰면서 도무지 이해할 수가 없었다.

내 말은 한마디도 듣지 않은 거니? 내가 지켜준다고 했는데 믿지 않은 거니? 네가 살아야 나도 살 수 있다고 했는데 그런 건 상관없었던 거니? 그리고…….

 왜 하필 이 나무니. 너하고 내가 함께 가졌던 모든 것을 왜 이렇게 만들어야 했니. 내가 찾아올 줄 알았으면서 어떻게 이런 모습으로 나를 기다린 거니. 내가 앞으로 숨을 쉴 때마다 기억해야 할 너의 모습 따위는 아무래도 상관없었던 거니? 나는 너에게 그런 거였니? 매희야…… 왜 하필 그 나무였니?

 얼어붙은 호수 위를 떠돌던 바람도 차츰 얼어붙는다.

 이제 호수에는 최영 혼자만 있다. 혼자만 있다는 의식도 조금씩 멀어져간다. 가물거리는 의식 속에서 또 되풀이한다. 그때 내가 어떻게 했으면 너를 지킬 수 있었을까. 내가 그때에 이리했다면…… 저리했다면…… 수천 번도 더 되풀이했던 생각. 매섭게 휘몰아쳐 스쳐가던 눈송이들은 이제 그의 위에 자리 잡는다. 앉아 있는 자세 그대로 그의 전신에 서리가 덮이기 시작한다. 그만큼 그는 편해진다. 이제 그는 얼어붙은 호수의 일부분이 되어간다.

 이제 그만하자.

 그만해도 된다는 안도감도 점점 아득하게 멀어져간다.

대만은 아까부터 마음이 불안해서 어찌할 바를 모르고 있다. 대장은 그대로이고, 그 옆에는 의선이 앉아 있는데 왜 이렇게 심장이 쿵쾅거리는 거지? 창문 앞에 웅크려 앉아 있던 대만은 상체를 옆으로 기울여 의선의 기색을 살핀다. 그러다 의선이 소리를 내어 말을 하는 바람에 움찔한다. 의선은 혼절해 있는 대장이 마치 들을 수 있기라도 한 듯 말을 건네고 있다.

 "저기요. 댁하고 임금님하고 얘기하는 거 내가 좀 엿들었는데요. 정말 개 같은 세상에 엿같이 살아온 거⋯⋯ 이해하겠는데요. 근데요. 당신만 그런 거 아니거든요. 백 명 중 아흔아홉 명한테 세상은 개 같아요. 그래도 다 살아요. 다들 악착같이 죽자고 산다고. 왜냐면⋯⋯ 왜냐면⋯⋯."

 은수는 말을 잇지 못한다. 난 왜 그렇게 기를 쓰고 살아온 걸까. 언제부턴가 그런 질문은 하지 않았다. 때로 질문하기가 무서운 질문이 있다. 질문의 답을 알게 되는 것이 더 무서운 질문 말이다.

 은수는 말을 멈추고 한숨을 쉰다. 앞에 누워 있는 이 사람. 최영이라는 사람. 국사 교과서에 나오는 그 사람. 그런데 내가 찔러서 죽어가고 있다.

 중환자실이라면 모니터가 있음직한 공간을 본다.

 문득 그날이 기억난다. 본과 3학년 실습 첫날 심장내과 시술실이었다. 환자는 심근경색으로 들어온 40대 남자. 환자를 시술대에 눕히고 수술 준비를 하던 때였다. 은수가 환자의 모니터를 보고 있었는데 갑자기 모니터의 심장 리듬이 멈췄다. 심장 마사지와 전기 충격으로 다시 심장의 움직임은 돌아왔지만 환자의 의식은 돌아오지 않았다. 시술은 중단되었다. 인턴 선배가 기도 삽관에 연결된 암부를 짜며 중환자실로 가기 위해 이동침대로 옮기던 때였다. 은수가 모니터를 연결하는 줄을 뗴었다. 다들 옮기는 데만 집중하느라 환자의 심장이 다시 멈춘 것을 몰랐다.

그때 심장내과 교수님이 소리쳤다.

"어레스트!"

어떻게 알아? 하고 그 순간 은수는 의아해했다. 다급하게 다시 모니터를 연결했더니 과연 심장이 멈추어 있었다. 교수님은 이미 심장 마사지를 하고 있었고 덕분에 환자의 심장을 겨우 다시 살려낼 수 있었다. 나중에 못 참고 교수에게 물었다.

"어떻게 아셨어요?"

"집중."

이라고만 대답해주었다. 이후 수련을 하고 전문의가 되었지만 여전히 알 수가 없었다. 모니터에 나타나지 않는 것을 어찌 안단 말인가.

은수는 최영에게 집중을 해보려 한다.

그의 감겨 있는 눈에서 뻗어내린 기다란 속눈썹을 본다.

눈을 떠봐요. 속으로 부탁한다. 그 검고 깊은 눈이 그립다. 흔들림 없이 가만히 바라보곤 하는 눈이었다.

그의 이마 한구석에 작은 상흔이 있다. 자세히 보지 않으면 몰랐을 것이다. 그 상흔에 손을 얹어 쓸어내리다가 또 마음이 철렁한다. 너무 차다.

이봐요. 이러지 말아요. 속으로 말을 건넨다. 나 혼자 두지 마요. 나를 납치해온 거. 돌아가지 못하게 막은 거. 다 잊어줄 수 있는데 나 혼자 두고 가는 건 용서 못해요. 내 말 들려요?

애원하며 그의 흐트러진 머리칼을 쓸어올릴 때였다. 은수는 알았다. 그의 심장이 멈추었다.

대만이 놀라 몸을 일으켰다. 의선이 튀어오르듯 일어서더니 대장을 덮어놓은 이불을 거칠게 벗겨내는 것이 아닌가. 그러고는 대장의 가슴을 두 손으로 눌러대며 주문처럼 수를 외운다.

"하나, 둘, 셋, 넷, 다섯……"

장빈이 들어오다 놀라 본다.

이제 은수는 최영의 얼굴 쪽으로 이동하더니 그의 코를 막고 그의 입술에 자신의 입술을 포개었다. 장빈도 대만도 처음에는 은수가 무엇을 하는 것인지 몰라 놀랐으나 이내 알게 되었다.

은수는 자신의 숨을 대장에게 깊게 불어넣고 있는 중이

었다. 하늘의 의원이 자신의 숨을 나눠주고 있는 것이다.

 호수는 정지된 그림이었다.
 바람도, 그 바람에 휩쓸리던 눈발도 공중에서 그대로 멈추어 있다. 형상들이 멈춘 곳에는 소리도 멈춰서 세상은 정적으로 가라앉아 있다. 그 가운데 자세히 보아야 구분해낼 수 있는 최영의 형상도 있다. 이제 그는 얼음이고 호수다.

 벌써 일각이 넘도록 은수는 포기하지 않고 있었다. 장빈은 잡고 있던 최영의 손목을 놓는다. 이미 맥 같은 건 느껴지지 않은 지 오래다.
 "하나, 둘, 셋, 넷, 다섯……."
 두 손을 포개어 최영의 가슴을 눌러대며 은수는 규칙적으로 수를 세고 있다. 그 얼굴에 땀이 흥건하게 배어 있다. 가지고 있는 모든 힘을 다 쏟아내고 있다. 장빈이 은수의 팔목을 잡으며 말려보았다.
 "이만……."
 은수가 거칠게 장빈의 손을 떨쳐내더니 다시 계속한다.
 "하나, 둘, 셋, 넷, 다섯……."
 "보내주십시오. 이 사람."

은수는 들은 척도 않고 다시 최영의 입에 숨을 불어넣는다. 이제 최영의 입술처럼 은수의 입술도 파랗다. 금시라도 쓰러질 듯해서 장빈이 잡아주려 다가서다 멈춘다. 은수는 울고 있었다. 스스로도 알지 못하면서 은수는 울고 있다.
 "난 못 보내요. 가긴 어딜 가."
 은수는 이제 최영의 옷깃을 잡아채어 그에게 화를 낸다.
 "나한테 그랬잖아요. 옆에 딱 붙어 있으라며. 그럼 지켜준다며."
 은수의 눈물이 후두둑 떨어져 내렸다.
 그 눈물이 최영의 감은 눈 위에 떨어져 내리고 볼 위에 떨어져 내렸다.

 그 눈물이 얼어붙은 호수에 떨어져 내렸다. 정지해 있던 그림 안에서 유일하게 움직이며 낙하하던 눈물방울은 그러나 다 떨어져 내리지 못하고 허공에서 멈춘다. 다시 정지한 그림. 정적의 세계로 돌아가는가 싶었는데 어디선가 소리가 들렸다.
 "나 지켜준다며."
 그 소리가 메아리처럼 허공을 이리저리 돌아 들어오며 정지해 있던 바람을 건드린다. 바람이 당황하여 일렁이기 시작했고, 그 바람에 허공에 멈추었던 눈물이 마저 떨어져 내렸다. 어딘가에 부딪혔는지 챙 하고 맑은 소리를 낸다. 그게 시작이었다. 얼어붙은 호수에 금이 가기 시작했다.

호수가 의아해한다. 지켜달라고? 호수가 기억해내려고 고개를 든다.

미세한 실금이 동심원을 그리며 번져나가더니 점점 그 틈이 깊고 넓어졌다.

먼저 알아차린 것은 은수였다. 최영의 가슴을 압박하려던 손을 멈추고 그의 얼굴을 돌아보았다. 뒤이어 장빈도 알아챘다. 손을 뻗어 최영의 목 부분, 맥을 찾아 짚어본다. 은수가 떨며 장빈을 본다. 발목의 맥까지 확인한 장빈이 은수를 돌아보았는데 도저히 믿을 수 없다는 얼굴이었다.

"숨이…… 돌아왔습니다."

대만이 기쁨을 가누지 못하고 공중제비를 돌더니 바닥에 널브러졌다.

은수는 조심스레 최영의 감긴 눈꺼풀을 들어 눈동자 크기를 본다. 불에 비추었더니 동자가 잠깐 줄었다가 정상이 된다. 뇌손상은 없는 것이다. 그리고 안색이 돌아오고 있었다. 그의 얼굴에서 검은 그림자가 스러져 사라지고 있다.

그 순간 은수는 무의식 속에서 고개를 숙였다. 그리고 최영의 입술에 입을 맞추었다. 그 입술에 자신의 입술을 얹었더니 약하지만 확실히 그가 들이쉬고 내쉬는 숨이 느껴진다. 그가 내쉰 숨이 혀끝에 감돈다. 그가 저 혼자 숨을 쉬고 있다. 고마워서 너무 고마워서 고개를 들고도 한참이나 방금 자신이 무슨 짓을 했는지 알지 못했다.

장빈은 하늘에서 온 의선이 최영에게 입 맞추는 것을 보았다. 고개를 들고도 의선은 최영의 얼굴에서 시선을 떼지 못한다. 장빈은 의선의 파리한 얼굴에 감도는 미소를 보다가 시선을 돌려 최영의 손목 맥을 짚는다. 산산이 흩어졌던 진기가 스스로 모여들고 있었다. 주인이 미처 지시를 내리지 않았는데도 진기는 알아서 제 길을 찾아들고 있다.

그 순간이었다. 문이 벌컥 열리더니 더기가 달려 들어왔다. 요란하게 손짓을 하며 밖을 가리킨다. 밖에 누가 왔다고? 도망가라고?

전의시 중정에는 팽팽한 긴장감이 감돌고 있었다.

한쪽에는 덕성부원군 기철의 친아우인 기원이 부원군의 사병들을 거느리고 서 있고, 다른 한쪽에는 주석을 중심으로 우달치들이 대치하고 있었다.

편전회의가 끝나자마자 충석은 갑조 조장인 주석을 의선에게 보냈다. 의선을 보는 덕성부원군 기철의 시선이 불안했던 것이다. 그러나 이렇게 빨리 이렇게 많은 수를 끌고

들이닥칠 줄은 몰랐다.

 전의시 중정을 점령한 부원군 집 사병들의 수는 서른 명이 훌쩍 넘는데 비해 우달치는 주석을 합해도 다섯 명뿐. 그나마 큰 전력이 될 돌배는 부장인 충석에게 보고하기 위해 달려갔다.

 일단 시간을 끌자. 그러면서 우달치들이 지원와주길 기다리자. 주석은 머리를 굴리며 앞으로 나선다.

 "제가 이해력이 좀 딸려서 그러는데, 방금 뭐라고 하셨습니까?"

 누이와 형의 위세를 업어 밀직사(密直司, 왕의 명령을 출납하고, 궁중의 숙위, 군사기밀을 담당하는 관청)의 부사 자리까지 오르긴 했으나, 그 담력이나 머리는 한참 못 미치는 기원이 거들먹거리며 나선다.

 "내가 누군지 아는가?"

 "밀직부사 나리를 어찌 몰라 뵈겠습니까?"

 "그런데 감히 너희 우달치 나부랭이들이 내 앞을 가로막아?"

 내가 언제 너의 직위를 알고 싶다 했냐? 주석은 속으로 혀를 차면서도 미소를 잃지 않는다.

 "저희 같은 우달치 나부랭이가 달리 방도가 있겠습니까. 지켜라 명을 받으면 지킬 밖에요."

 "글쎄. 네놈들이 지킨다는 의선. 데려오라시니까 데려가야겠다고."

"누가 그리하셨습니까?"

"이 썩을 놈이 말끝마다 잡고 늘어지는가. 썩 물러서지 못할까."

직위를 앞세워 거들먹거리는 놈들은 말이 막히면 일단 소리부터 질러대지. 어디 언제까지 네가 맨 앞에 서서 소리 지를 수 있는지 볼까? 주석은 차갑게 웃으며 허리의 검에 손을 얹는다.

"우리 우달치. 왕명을 받자와 전의시를 봉인하고 의선을 지키는 중이외다. 감히 누가 사병을 앞세워 난입하려 하는가!"

주석의 우렁찬 고함에 우달치들이 빠르게 주석의 양옆으로 자리를 잡으며 일제히 검이나 창에 손을 얹는다. 여차하면 바로 발검하여 벨 기세다.

기원이 저도 모르게 몇 걸음 물러나 사병들 뒤로 숨으며 새된 소리를 지른다.

"무엇들 하는가. 저 방자한 놈들을 당장 치우라."

사병들이 일제히 무기를 꺼내 들었다. 그러나 먼저 나서는 이 없이 서로의 눈치를 본다. 상대는 우달치다. 그 대원 하나하나의 전력이 무과 급제자에 버금간다는 이들이다. 나보다는 옆의 놈이 먼저 나서주길 바라며 사병들이 지체하는 사이, 주석이 한 걸음 앞으로 나선다. 대장은 항상 가르쳤다. 웬만하면 싸우기 전에 이겨라.

"걱정 마라. 여기는 전의시. 팔다리 하나쯤 잘려나가도 바로 죽지는 않게 해줄 것이다. 누가 먼저냐."

스릉. 주석이 검을 빼들었다.

그 여유 있는 기세에 맨 앞에 돌출해 나와 있던 사병 하나가 슬그머니 반걸음 뒤로 물러섰다.

기원을 전의시에 보낸 것은 덕성부원군 기철이었다.

처음에 의선의 소문을 접했을 때 그가 느낀 건 짜증스러움이었다. 이런 어린애 장난이나 치는 어린 왕을 상대해야 한다는 사실이 짜증났다. 이런 상대를 상대하겠다고 선혜정 일까지 치렀는가 싶어 스스로가 한심해지기까지 했다.

더 길게 끌고 싶지도 않아 바로 날을 잡은 것이다. 개경의 중신들을 편전에 모이게 하고 그 모두가 있는 앞에서 어린 왕의 무릎을 꿇릴 생각이었다. 제발 고려의 왕이란 자가 신하들 앞에서 질질 울지는 말아줬으면 하는 게 유일한 바람이었다.

그런데 그 어린 왕은 의외로 단단하게 저항해왔다.

그리고 의선이라는 그 여인이 있었다.

기철은 지금 왕에게 알현을 청하고 강안전, 왕의 서재 앞에서 기다리는 중이다. 기철이 순순히 기다리겠노라 답하고 기다리는 것은 왕에 대한 예우 때문이 아니라 잠시 그 여인에 대한 생각을 정리하기 위해서였다. 그 여인. 붉은 머리칼에 또랑또랑한 눈으로 자신을 똑바로 쳐다보던 그 여인.

"헤이 유. 퍽큐. 고우 투 헬."

그 여인이 알 수 없는 주문을 외우던 순간, 기철은 온몸을 관통하던 어떤 느낌을 받았다. 그건 두려움이었을까? 설마.

빙공을 연마한 이래 그의 몸, 조직 하나하나가 차갑게 굳어가는 동안 마음 또한 그렇게 차갑게 굳어갔다. 남들이 하루하루 일각일각 연마를 하면서 키워나가는 내공을 그는 편법을 이용해 증진시켜왔다. 그래서 남보다 몇 배나 빠른 진전을 보았지만 그 후유증이 남았다.

처음에 그의 몸을 편법으로 단련시키기 시작한 것은 그의 스승이었다. 스승은 그것, 하늘의 물건을 작동시키기 위한 내공을 원했다. 더 깊고 더 강한 내공이면 될까. 혹은 다른 종류의 내공이면 될까. 그것을 알기 위해 스승은 평생을 바쳤다. 스스로의 내공이 더 이상 진전을 보지 못하자, 내공의 자질을 가진 아이들을 찾아다녔고, 제자로 삼았으며 단련시켰다.

그중에 기철은 수제자였다. 기철은 일찍이 제 몸이 망가져가는 걸 느꼈고. 그래서 조심스럽게 물었다.

"스승님. 계속 이런 식으로 단련을 한다면 제 몸이 견디지 못할 것입니다."

그 질문이 끝나기 전에 스승의 일격이 그의 늑골을 두어 대 부러뜨렸다.

"단련을 따라오지 못한다면 네 몸보다 네 목숨을 걱정해야 할 것이다."

스승의 내공은 칠성(七成)에 다다르고 있었고, 스승이 죽어갈 때 기철은 이미 오성(五成)을 이루고 있었다. 스승의 임종을 지키며 기철은 내내 속으로 불안해했다. 스승이 다시 살아날까 봐.

그의 스승이 그를 이렇게 내공의 고수로 만들었고, 그의 스승이 그를 이렇게 망가뜨렸다. 이제 뜨거운 약탕에 들어가 운기를 하지 않으면 그의 몸은 손가락 끝부터 얼어 들어가고 피가 통하지 않게 되었다. 처음에는 한 달에 한 번만 약탕요법을 쓰면 되더니 일주야에 한 번, 그리고 이젠 사흘에 한 번은 약단지 안에 들어가야 한다.

하늘의 여인은 그를 보더니 언제 어떻게 죽는지 안다고 했다. 안색을 보는 것만으로 그의 병세를 알아차린 것일까? 기철은 고개를 젓는다. 나라의 앞날을 안다는 식으로 광망한 소리를 늘어놓는 광녀가 자신의 병세를 안다고? 그래서 고칠 수 있을지도 모른다고? 그러나…… 만에 하나, 사실이라면? 사실인데 그가 무시를 하는 바람에 만에 한 번 온 기회를 놓친다면?

그 여인이 알 수 없는 주문을 외우던 순간, 기철의 온몸을 관통하던 느낌은 만에 한 번 찾아온 기회에 대한 내 몸의 반응이었을까?

환관이 나오더니 문을 열고 그를 안으로 들게 했다.

왕은 열린 문으로 들어서는 기철을 보고 있었다. 절대 눈을 피하지 않겠다고 미리 다짐한 바다. 기철은 여유 있는 미소를 띠고 거침없이 걸어 들어와 중앙에 멈춰 서서 왕을 본다. 왕은 자신의 책상 앞에 앉은 채 말없이 기철을 보고 있다. 기철이 들어서는 순간부터 왕은 뱀을 느꼈다. 차가운 뱀이 소리 없이 미끄러져 들어온다. 나에게 온다. 내 몸 위로 기어오르려 한다. 의자의 손잡이를 잡은 손에 저도 모르게 힘이 들어가 있어서 기를 쓰고 그 힘을 뺀다. 들키지 않게 심호흡을 한다.

그렇게 호흡을 정리해가는 왕을 기철은 다 보고 있었다.

그래. 그거야. 어린 왕이시여. 좀 더 단단하게 버텨주시길 바라오.

기철이 주위를 둘러본다. 충석을 비롯한 우달치들이 빈틈없이 서재의 벽을 따라 둘러서 있다. 모두가 기철을 보고 있다. 내공이 실린 기철의 시선을 마주 받고도 피하는 자가 하나도 없다.

오호라. 이것이 최영 그자의 우달치인가.

이제까지는 전혀 관심을 두지 않았기에 우달치란 부대가

있다는 정도만 알고 있었다. 궁에는 별로 들지를 않아서 직접 본 적도 몇 번 없었다. 그런데 이제 관심을 두고 보니 이 부대의 아이들, 만만치가 않다. 최영이란 자에 이 어린 왕. 그리고 의선까지. 기철은 좋아서 절로 벙싯 입이 벌어졌다.

사는 거 같다.

기철은 갑자기 소매를 털더니 무릎을 꿇고 바닥을 짚어 왕을 대하는 예를 올린다.

"덕성부원군 기철, 주상전하를 뵈옵니다."

고개를 숙였는데 답이 없다. 어라? 이것 봐라. 슬그머니 고개를 들어 왕을 보았더니 왕은 무표정한 얼굴로 기철을 보고 있다. 그렇게 잠시의 정적이 흘렀다. 모두가 숨소리도 내지 못하고 기다리고 있다. 그리고 또 그만큼의 정적이 이어서 흐른다. 그제야 왕이 빙긋 웃는다.

"아. 뜻밖의 예를 받으니 과인이 놀라서 절을 너무 오래 받았구려. 일어나세요. 그만하면 충분해요."

기철이 일어서며 왕을 다시 본다. 오. 이 어린아이는 싸움을 걸고 있다.

"전하. 소신이……."

기철이 품에 손을 넣는 순간, 검의 걸쇠를 푸는 소리가 일제히 절그럭 울리며 사방에서 우달치들이 앞으로 나섰다. 누구도 검을 빼어 들지는 않았으나 한 번 빼면 바로 기철에게 닿는 거리를 점하며 포위하고 있다. 기철은 품에 넣은 손을 빼지 못한 채 왕에게 고한다.

"일전에 전하께서 보내오신 밀지의 사본. 그 뜻을 듣고 왔습니다."

왕이 한 손을 들었다. 우달치들이 일제히 뒤로 물러선다.

"아아. 스물네 명 중신들이 한날한시에 죽음을 당한 선혜정. 거기 불탄 자리에서 나왔다는 밀지. 맞아요. 기억납니다. 그래서요?"

기철이 그제야 품에서 손을 빼낸다. 그 손에 밀지의 사본이 들려 있다. 안도치가 다가와 밀지를 받아 들어 왕에게 전한다.

밀지에는 '江陵位亡眠 求日立大義' 열 글자가 적혀 있다.

기철이 낭랑하게 고한다.

"강릉위망저. 강과 언덕이 자리를 잡으면 해가 기울어 망할 것이다. 여기서 강릉은……."

"강릉대군이었던 과인을 이름이겠지요. 그리고?"

"구일립대의. 해를 구하여 대의를 세워달라."

"여기서 저, 이것은 내 조카님이고 전왕이었던 경창군의 이름."

"그리 놓고 해석을 올려도 될는지요?"

"듣고 있어요."

기철은 한 걸음 옆으로 비켜선다. 이제 빛 아래 왕의 얼굴이 더 잘 보인다.

"강릉대군이 왕위에 오르면 나 경창군은 죽을 것이다. 뜻 있는 신하들이여. 나를 구해달라."

기철이 고해 올리는 해석을 들으면서도 왕의 기색은 변함이 없다. 이미 그 뜻 정도는 알고 있었다는 얘기다. 그런데 왕은 뭔가 망설이고 있다. 뭐지? 기철은 왕을 살핀다.

왕의 책상 위에는 두 개의 목함이 올려져 있었다. 왕이 그 중 하나의 뚜껑을 열더니 그 안에서 접혀진 종이를 꺼낸다.

"이것은 밀지의 원본이에요."

밀지를 책상 위에 찬찬히 펴놓으며 왕은 또 망설인다.

나머지 하나의 목함 안에는 지네들이 들어 있었다. 이 순간에 최영이 알아온 피의 비밀을 폭로한다면? 누군가 이 가짜 밀지를 만들어 선혜정에 심어두었다. 누가 왜 그랬을까, 라고 물으면 기철은 무어라 답할까. 왕은 결정의 순간을 좀 더 미루기 위해 말을 잇는다.

"그래서 그날 선혜정에 모인 자들은 이 밀지를 받고 경창군을 구하기 위해 모인 것이다?"

"그 외에는 해석할 길이 없습니다. 지금 유배지에 있는 경창군마마가 아니면 누가 그런 밀지를 쓰겠습니까?"

"그럼 이 밀지를 받고 모인 자들을 모두 불태워 죽인 이는 누굴까요?"

기철이 웃는다. 그 눈이 뱀과 똑같아서 왕은 섬뜩해진다.

"신이 그리했습니다."

왕은 말문이 막힌다.

"……경이……."

"예, 전하."

"경이……."

"예. 신이 전하를 위해, 이 나라 고려를 위해 그리하였습니다. 다 죽였습니다."

왕의 손이 두 번째 목함 위에 머문다. 목함을 열고 지네를 밀지 위에 떨구고 이렇게 말하는 거야. 이보시오. 이건 가짜 피. 그러니 이 밀지에 쓰여진 것은 가짜 말. 누가 왜 이런 가짜 밀지를 만들었는가. 그건 바로 내 앞에서 그따위 말을 하기 위해서가 아니오. 바로 그대가!

그러면 이자는 어찌 반응을 할까. 이 방에 있는 우달치들이 이자를 눌러 굴복시킬 수 있을까. 이 자리에서 바로 죽일 수 있을까? 죽일 수 있다면. 그다음에는? 죽일 수 없다면. 그다음에는?

최영은 그렇게 말했다.

'그리하셔도 되고, 모른 척 듣기만 하셔도 됩니다.'

목함의 뚜껑이 반쯤 열리다 멈춘다. 그렇게 말해주었던 최영은 지금 옆에 없다. 그는 나에게서 떠나갈 생각뿐이다. 왕은 다시 목함의 뚜껑을 닫는다. 마른 목을 침을 삼켜 적시고 왕은 말한다.

"그렇다면 경은 과인을 위해 은밀히 반역도들을 처리해

준 것."

"그렇습니다."

"그러면 과인은 고맙다고 상이라도 내려야 할 일."

"내려주시겠습니까?"

"받고 싶은 것이 있으시오?"

"저희 집에 화타가 아니면 고치지 못한다는 병을 가진 이가 있습니다."

기철의 그 말에 왕은 자칫 벌떡 일어설 뻔했지만 간신히 버틴다.

"하오니 의선을 모셔갈 수 있게 윤허하여 주십시오. 그 여인이 과연 하늘에서 오신 의선이라면 당연히 그 병을 고치겠지요. 만에 하나 그러지 못한다면, 신, 주상전하를 위해 그 요물 또한 은밀히 처리하겠습니다."

"거절한다면?"

"전하께서 이미 요물의 농간에 넘어가신 것이라 생각할 수밖에 없겠습니다. 요물에 의해 정신이 빼앗긴 주상이시라…… 그건 이 나라 고려를 위해 참으로 비극이 될 것입니다."

기철이 뱀보다 더 차가운 눈을 더 가늘게 하며 미소 짓는다.

전의시 중정. 누구도 먼저 검을 빼들지 못하는 대치가 계속되던 중이었다. 사병들 뒤로 물러나 숨어 있던 기원이 더 이상 참지 못하고 한 소리 지르려던 순간, 누군가 그들 가운데로 뛰어들었다.

대만이었다. 대만은 대화 같은 것을 할 생각은 처음부터 없었다. 도약하는 순간 이미 두 손목에서 손칼이 튀어나왔고, 착지하는 순간 가장 앞에 있던 사병을 향해 공격해 들어갔다. 대만에게 이들은 의선을 탈취하려는 적들이었고, 의선이 없으면 간신히 살아난 대장은 언제 또 죽음에 이르게 될지 모르니 무조건 의선은 지켜야 한다는 생각뿐이었다. 대만의 공격을 받은 사병은 간신히 첫 칼은 막아냈으나 두 번째 횡으로 그어오는 칼은 막지 못하여 복부에서 피가 튀었다. 그게 시작이었다. 사병들이 일제히 공격해 들어왔고, 우달치들로서는 혼자서 대여섯을 상대해야 하는 전투가 시작되었다.

빌어먹을. 주석은 검을 크게 휘둘러 두 놈을 한꺼번에 뒤로 물러서게 하며 주위를 살핀다. 덕만은 머리가 잘 돌아가는 놈답게 제대로 위치를 잡고 있다. 등을 벽에 대고 있어서 한 번에 세 놈 이상은 상대하지 않아도 된다. 잘 버틸 것이다. 주석을 노리며 두 놈이 양쪽에서 한꺼번에 달려든다. 창잡이 두 놈이 양쪽에서 덤벼? 멍청한 것들. 주석은 허리를 뒤로 접어 상큼하게 피한다. 창잡이 두 놈은 서로를 찌르는 형세가 되어 당황하며 중심을 잃는다. 주석은 그중에 한 놈의 다리를 걸어차 자빠뜨리고 다른 한 놈의 창은 잡아당겨 넘어뜨리며 다시 주위를 살핀다. 우달치들은 이기지는 못하고 있지만 밀리지도 않고 있다. 그게 문제다. 이거 어디까지 싸워야 돼? 상대는 덕성부원군 집 사병들이다. 죽여도 되는 거야?

주석의 망설임은 다른 우달치들의 망설임이기도 해서 우달치들은 전력을 다하지 못하고 있었다. 수로 밀리는 상황에서 망설임은 큰 구멍이 된다. 우달치 중의 하나가 한쪽 팔을 깊이 베이며 뒤로 물러서고, 그에게 밀려드는 공세를 막아주기 위해 주석이 달려들어 사병 중 하나의 등을 찌른다. 그 와중에 주석의 뒤가 비고, 누군가의 창이 그 뒤를 노리는데, 공중을 날아온 부채 하나가 그 창을 튕겨냈다. 장빈이었다.

장빈은 창을 튕겨내고 날아올랐다 떨어지는 부채를 받아 잡으며 날렵하게 전투장의 가운데를 가로지른다. 앞에 걸리는 사병들의 혈도를 짚어 짧고 긴 마비를 시키며 순식간에 기원의 뒤로 가 선다. 장빈이 부채꼭지를 기원의 등 쪽 명문혈 위에 올리며 낮게 말한다.

"싸움을 멈춰주십시오."

"네놈은 또……."

소리 지르려던 기원이 멈춘다. 등 뒤에서부터 찌르르하

니 통증이 올라오더니 혀가 굳은 것이다. 잠시 후 마비가 풀어졌다. 뒤에서 장빈이 다시 청한다.

"사람들이 다칩니다. 일단 멈추고……."

그러나 장빈의 간곡한 청은 기원이 발작적으로 외치는 소리에 무산되고 말았다.

"이놈이 나를 해친다. 무엇들 하느냐아."

사병들 중에 근처에 있던 자들이 달려들며 장빈을 겨눈다. 장빈이 난처하여 둘러보는 가운데 또 한 명의 사병이 피를 흩뿌리며 넘어진다.

그때였다. 한쪽에서부터 술렁임이 전해지며 어느 결엔가 전투가 멈추었다. 장빈이 돌아보자 거기 의선이 나서고 있었다. 겁이 난 듯 쭈뼛거리고 나서던 의선의 시선이 정원 가운데 쓰러진 사병에게 닿았다. 누가 뭐랄 사이도 없이 의선이 그 사병의 옆으로 걸어가더니 주저앉는다. 장빈이 다급해서 말한다.

"의선. 돌아가십시오. 들어가세요."

그 바람에 마법이 풀린 듯 기원이 소리 지른다.

"저것을 잡아!"

각자의 자리에서 싸우던 사병들이 우르르 의선 쪽으로 움직이고, 동시에 우달치들도 움직인다. 사병 하나가 먼저 당도해서 막 의선을 잡으려는데 의선이 고개를 들고 그를 빤히 본다. 사병이 움찔한다.

"그 허리띠 좀 풀어요."

멍해서 보는 사병을 의선이 다그친다.

"당신 허리띠 풀라고."

그러더니 장빈을 돌아보며 말한다.

"이 환자, 출혈부터 막아볼 테니까 장선생님은 그쪽 환자를 좀 봐주세요."

기원이 악을 쓴다.

"무엇들 하는 게야!"

그러나 아무도 움직이지 않았다.

의선이 받아든 허리띠로 부상자의 허벅지를 감으며 "여기 좀 잡아줘요" 하고 부탁하자 사병 중의 두엇이 달려들어 잡으라는 곳을 잡았다.

장빈이 슬그머니 이동해서 의선이 가리킨 부상자 옆에 자리했다. 대만에게 복부를 베인 사병이다. 그 사병의 옷을 헤치며 의선 쪽을 보았더니 의선은 이미 부상자의 허벅지를 묶어놓고 다음 부상자로 이동하고 있다. 한쪽 팔을 베인 우달치다.

우달치의 검상은 너무 깊어서 거의 뼈까지 드러날 정도였다. 은수는 욕이 나오는 걸 참으며 상처를 살핀다. 동맥을 건드린 것일까? 피범벅이 된 옷이 상처를 덮고 있어서 자세히 알 수가 없다. 어느새 대만이 은수 옆에 바싹 붙어 있다.

"그 칼 좀 내서 여기 잘라봐요. 얼른."

대만이 어정쩡하게 손칼을 내어서 은수가 가리킨 옷을 잘라낸다. 잘라내기 좋게 옷자락을 잡고 있는 손이 덜덜 떨려와서 은수는 얼른 심호흡을 한다.

이 사람들은 미쳤다. 미친놈들 가운데 내가 앉아 있다.

좀 전에 내실로 달려 들어온 더기가 무어라 손짓을 해대자 장빈은 긴장된 얼굴로 은수에게 지시했다.

"여기 꼼짝 말고 계십시오."

장빈보다 먼저 대만이 방을 나섰고, 이어서 장빈도 나가버렸다. 남아 있는 더기에게 무슨 일이 있냐고 물었지만 더기는 밖의 소리에만 귀를 기울이는가 싶더니 따라 나가버렸다.

아직 최영의 의식은 돌아오지 않고 있었다. 밖에 대체 무슨 일인지 아무도 설명해주지 않았지만 좋지 않은 일인 것만은 틀림없었다. 도망쳐야 하나? 둘러보았지만 뒷문이나 빠져나갈 만큼 큰 창문은 없는 방이었다. 있다 하더라도 최영처럼 큰 사내를 둘러메고 나갈 방도가 없다. 밖에 무슨 일이 있는지도 모르고 무엇을 막아야 하는지도 몰랐지만 은수는 단순하게 결정했다.

하는 수 없지. 나가서 나도 막아봐야지. 간신히 살아난 이 사람, 또 다치게 할 수는 없다.

그렇게 나오는 길에 병장기들이 부딪히는 소리가 들렸

다. 들으면서도 그게 무기가 부딪히는 소리이고, 신음소리가 사람이 실제로 다치는 소리인지는 몰랐다. 몰랐다기보다 현실감이 없었다. 실제로 눈앞에서 사람들이 서로를 칼로 베고 피가 튀는 모습을 보자 다리맥이 풀려버렸다. 그대로 뒤돌아 도망치려고 했다.

그런데 바로 앞에 쓰러진 사람이 눈에 들어왔다. 아직 살아 있어서 꿈틀거리고 있었다. 그리고 그 허벅지에서 울컥거리며 피가 솟구치고 있었다. 출혈량으로 봐서 저건 동맥피다. 응급처치를 안 해주면…… 죽는다.

나, 이래도 되는 거야? 하고 생각한 것은 그 부상자의 옆에 주저앉고 난 뒤였다. 그 뭐지? 그게 무슨 협정이었지? 하고 머릿속에서 쓸데없는 단어를 기억하느라 기를 쓰는 사이, 은수는 앞에 다가선 사내의 허리띠를 보았고, 그 허리띠면 일단 허벅지를 묶어 지혈할 수 있을 거란 판단을 내렸다. 기계적으로 지혈을 시키며 주변에 쓰러진 다른 부상자들을 살폈다. 다들 아직 살아 있다. 그러니까 그게 무슨 협정이었지? 하나는 장빈 선생에게 맡기고 다른 부상자로 넘어왔는데 이 부상자의 팔 상처가 심상치 않다. 대만이 부상자의 갑옷을 찢어냈는데 팔꿈치 안쪽에서 피가 뿜어져 나온다. 젠장. 상완동맥이 끊어진 듯하다. 급히 상처 부위를 눌러 막는데 웬 사내가 소리를 질러댔다.

"내 말이 안 들리는가! 네놈들이 감히 내 말을 무시해?

저년을 당장 잡으라 하지 않는가."

순간 몇몇 사내가 은수를 잡으려 했고, 또 몇몇 사내가 그것을 막느라 칼을 내두르는 바람에 은수 주변에 칼바람 소리가 어지럽게 날린다. 순간 목구멍에서 맴돌던 단어가 튀어나왔다.

"제네바협정!"

은수의 뜬금없는 소리에 또 잠깐 주위가 정지되었다.

은수는 모두를 향해 경고했다.

"전쟁터에서 의사는 안 건드리는 거예요. 의사는 적이든 아군이든 다 치료하는 거고 그리고…… 그래서…… 아무도 의사는 안 건드린다고. 그러니까 내가 이 사람 치료할 때까지 건드리지 말라고요."

은수를 바라보는 이들의 멍한 얼굴을 보아하니 이해를 못한 거 같다. 아, 몰라. 앞에 선 사내에게 청한다.

"이 환자 여기 좀 눌러요. 팔을 높이 쳐들고. 심장보다 높게. 그렇지. 그리고……."

장선생에게 지혈대를 부탁하려고 그쪽을 돌아보는 순간, 멈췄다. 아까 혼자 소리를 질러대던 사내가 어느새 검을 뽑아 장빈의 목에 대고 있었다. 장빈은 부상자의 복부에서 뿜어져나오는 피를 눌러 막다가 속절없이 당한 터였다. 사내, 기원이 은수를 보며 말했다.

"요물. 순순히 일어서줘야겠다. 전의시 의원들을 다 죽일 생각이 아니라면."

 뭐가 어쩌니까 어쩌겠다고? 사내의 비현실적인 요구에 은수의 머리가 순간 돌아가지 않는데 기원이 검을 밀어냈다. 장빈의 목에서 주룩 피가 흘러내린다. 비명을 지를 뻔해서 은수가 주저앉는데, 은수보다 먼저 우달치 하나가 바람처럼 기원에게 달려들어 검을 뺀어냈다. 그 검 끝이 기원의 이마 정중앙을 겨누며 멈춘다. 주석이었다. 기원이 기절할 듯이 소리를 질러댄다.

 "감히 누구에게 칼을 들이대. 네놈이 죽으려고 환장을 했는가."

 "부사나리. 의선을 지키라는 것은 우리가 받은 어명. 나리께서 검을 댄 자는 주상전하의 어의. 나리야말로 죽고 싶습니까?"

 주석은 이를 갈며 말한다. 지금 의선의 치료를 받고 있는 우달치는 주석의 조에 속한 동순이다. 그 치료를 해주려는 의선을 막고 나서? 어의의 목에 칼을 그어대? 그래. 너 먼저 죽이고 나서 그 뒤가 어찌 되나 보자.

 진짜로 그럴 생각이었는데 뒤에서 낯익은 우렁찬 소리가 들린다.

 "칼 거둬."

 충석이었다. 충석은 한눈에 상황을 살펴내더니 뚜벅뚜벅 은수 앞으로 다가선다.

"어명입니다. 의선께서는 저분을 따라가주셔야겠습니다."

 그 소식이 왕비가 있는 곤성전으로 날아든 것은 해가 저물고도 한참 뒤였다. 최상궁은 나인들의 입단속을 지시했으나, 왕비는 침소의 궁녀를 다그치고 전의시에 약원까지 불러들여 사실을 알아내었다.
 왕비는 중정의 한가운데 우뚝 서 계셨다. 작은 연못에 아직 봉오리를 피지 못한 부용을 우두커니 내려다보고 있던 왕비가 묻는다.
 "모셔간 것이 아니라 끌려갔다 들었는데……."
 최상궁은 굳이 이 원나라 공주의 심기를 헤아려가며 말을 바꿔 고할 생각은 없었다.
 "그리했답니다. 부원군 댁의 사병놈들에게 말 그대로 끌려갔다 합니다."
 한동안 말이 없던 왕비가 불쑥 묻는다.
 "죽일까?"
 "이용가치가 있다 생각되면 잠시는 살려두지 않겠습니까?"
 "이용가치가 없다면…… 죽일까?"
 최상궁은 선뜻 답을 못한다. 왕비가 또 불쑥 묻는다.
 "그럼 최영, 그자도 죽나?"

최상궁의 가슴이 철렁 내려앉는다. 마마, 대체 무슨 의도로 물으시는 겁니까, 라고 묻지는 못한다. 영이 이놈이 대체 왕비마마께 무슨 마음을 심어드린 것인가. 속이 끓는데 갑자기 왕비가 몸을 돌리더니 걷기 시작한다.

"마마……"

불렀으나 왕비는 점점 더 걸음을 빨리한다. 거리를 두고 서 있던 무각시들과 궁녀들이 분주하게 왕비를 따라 움직인다.

부용이 피려면 아직 멀었나. 걸어가며 왕비는 생각한다. 그날 그 연못은 이보다 몇 배는 더 컸고, 수면에는 빈틈없이 부용이 피어 있었다.

아버지 위왕이 그녀의 혼사가 정해졌다는 말을 하던 날, 그분이 아니면 차라리 죽겠다고 했으나 아무도 믿지 않았다. 그러나 그녀 자신은 알았다. 그분이 아니면 나는 견디지 못할 것이다. 그분이 아닌 사내에게 손을 잡히고, 옷을 헤쳐 속살을 보이는 것은 견디지 못할 것이다. 그건 견딜 수 있는 일이 아니다. 그것을 생각하는 것만으로 열여섯 살의 그녀는 미쳐버릴 것 같았다.

그래서 그 밤에 연못으로 걸어 들어갔다. 한밤중의 연못 물은 먹물처럼 검고 얼음처럼 차가웠다. 검고 찬 물이 발목을 휘감고 허벅지를 휘감더니 이내 가슴 위로 차올랐다. 천지에 부용이 가득해서 어지러웠다. 나를 기억도 하지 못하는 이를 위해 나는 죽는구나, 하고 생각하자 서러움이 북받치며 눈물이 하염없이 흘러내렸다.

그러나 그보다는 다시는 만나지 못할 것이 더 괴로웠다. 한 번만 더 볼 수 있다면. 차갑게 외면하는 눈이라도 한 번만 더 볼 수 있다면. 그러면 이렇게 울지 않을 텐데…… 울며 생각했다. 그러다 갑자기 땅이 꺼져들었다. 디딜 곳을 찾지 못해 허우적거리던 그 밤. 그 연못. 치맛자락이 두 다리를 잡아 감싸고 물 먹은 옷자락이 그녀를 더 아래로 아래로 끌어내렸다.

순찰을 돌던 병사가 연못에서 첨벙이는 소리를 들었고, 그녀를 건져내었다고 했다.

아버지는 정신을 차린 그녀에게 말소리를 떨며 물었다.

"고려국의 왕자라는 그자와 밀회라도 해왔더냐?"

"그런 적 없습니다."

"그자가 너에게 무어라 말을 하더냐? 무어라 너를 유혹하더냐?"

"그분은 저를 모릅니다."

"그러면 대체 어째서 그자여야 하느냐?"

"모르겠습니다. 아버지. 그저 그분이 아니면 안 됩니다."

서럽게 우는 그녀를 성이 나서 바라보고 안타까워 바라보다가 아버지는 그 고려국의 왕자를 만나보겠노라고 했다. 그에게 청을 넣었다고 했다. 그가 궁으로 온다고 했다. 그분이 오기로 했다는 날, 밤을 꼬박 지새운 그녀는 몇 번이나 옷을 갈아입고 몇 번이나 머리를 다시 꾸몄다. 그날…… 그랬었다.

 심려가 깊으셔서 저녁 수라상도 그냥 물리신 왕께서 겨우 침소로 드셨다.
 마음을 놓던 환관 안도치는 느닷없는 왕비의 행차에 놀라서 우왕좌왕한다. 혼인을 하신 이후 언제나 각자의 처소에서 밤을 맞으시던 분들이다. 이리 어두운 밤에 예고도 없이 오시다니. 왕께 먼저 고해야 하나…… 하면서 안으로 달려 들어가다가 생각해보니, 왕비께서 오시는데 우선 맞이하여야 할 것이라서 다시 돌아 달려나오는데, 이미 왕비께서는 강안전의 회랑을 들어서고 계셨다.
 "왕비마마……."
 전하께 아직 고하지 못하였노라고 고하려 했으나 왕비는 그대로 안도치를 지나쳐서 안으로 들어간다. 난감해서 왕비의 뒤를 따르는 최상궁을 본다. 이를 어찌합니까? 최상궁이 한숨을 쉬더니 발걸음을 빨리하여 왕비의 앞을 슬그머니 가로막는다. 바로 왕이 계신 침소의 앞이었다.
 "먼저 전하께……."
 그러나 최상궁은 말을 마치지 못했다. 최상궁의 옆을 지나친 왕비가 두 손으로 벌컥 문을 열어버린 것이다.

잠자리 옷을 갈아입던 왕은 놀라 돌아보았다. 열려진 문으로 왕비가 바람처럼 들어오더니 방 가운데 우뚝 선 것이다. 그러더니 대뜸 묻는다.

"전하. 여쭤도 되겠습니까?"

왕의 옷수발을 들던 나인들이 당황하여 눈치를 본다. 왕은 손을 들어 그들을 물리고 손수 앞섶을 여미며 되묻는다.

"안 된다 하면 그냥 가실 겁니까?"

뚱하게 답하며 왕은 가슴이 뛴다. 왕비가 야심한 밤에 제 발로 왕을 찾아왔다. 왕이 기억하기로는 처음이다. 왕비가 먼저 왕을 찾은 것은.

"의선을 내어주셨다 들었습니다. 기철이 그자에게 주었다 들었습니다."

"여기는 궁입니다. 이름만 달랑 부르지 마시고 덕성부원군이라 하세요."

왕은 계속 불퉁하게 말하고 있지만, 실은 왕비에게 하소연을 하고 싶다. 그랬어요. 내가 달리 방도가 없어서 그랬어요. 왕이 그렇게 하소연을 하면 왕비는 들어줄까? 그런데 왕비는 전혀 엉뚱한 말을 한다.

"의선은 우달치 최영을 치료 중이라 들었습니다."

"그랬습니까?"

"최영은 그저 칭병하는 것이 아니라 목숨이 위태롭다 합니다. 그 위태로운 목숨을 의선이 붙들어놓고 있다 합니다."

"어찌 그리 상세히 압니까?"

"어찌 그리 모르십니까?"

왕비가 언성을 높이는 바람에 왕은 어이가 없다. 둘러보았더니 주위에 가득하던 궁인들이 모두 시선을 피하고 있다.

"명색이 공주로 자라신 분이 예법 따윈 배우지 못하셨습니까?"

"하잘것없는 저의 예법 따위보단 이 나라의 왕, 전하의 예법이 더 먼저이고 더 중하지 않습니까?"

말을 하면서 왕비는 속으로 고개를 젓는다. 이게 아니야. 이런 식으로 말할 생각은 결코 아니었다. 그런데 말들은 제멋대로 튀어오르며 제멋대로 성깔을 부린다. 너무 오래 하고 싶은 말을 참기만 해와서 다스리는 방법도 멈추는 방법도 모르겠다.

"나 하나 살겠다고 내 사람을 하나하나 적에게 내어주는 것은 대체 뭐하는 예법입니까? 그게 전하의 대단하신 예법입니까?"

왕이 왕비를 바라보던 시선을 돌려 최상궁을 본다. 최상궁이 재빨리 사람들을 거두어 나가고 문이 닫혔다. 단 둘만 남은 방에서 왕이 성큼 왕비의 바로 앞까지 다가선다. 왕이 나직하게 묻는다.

"내가 누구요?"

왕은 정말 알고 싶다. 그대 왕비에게 내가 누구길래 이 밤에 그런 얼굴로 그런 말을 함부로 하는 거요. 처음으로 나를 제 발로 찾아와서 왜 내가 아니라 최영 그자의 걱정을 하는 거요. 이제껏 그대는 나에게 무심한 말 한마디 건네는 것도 힘들어하지 않았소. 그런데 왜 이렇게까지 자제력을 잃는 거요. 그자 때문이오, 하고 묻지를 못해서 왕은 또 묻는다.

"내가…… 누구요?"

왕비는 시선을 피하지 않고 있다. 그대는 무엇이 그리 당당하오?

"왕비 그대의 품성이 워낙에 이리 막되어 먹은 것이오. 아니면 그대는 원의 공주이고, 나는 힘없는 나라의 쭉정이 왕이라 이리 함부로 대해도 된다는 것이오."

그 말에 왕비의 속이 터져버렸다.

"모르시겠습니까?"

왕이시여. 그대가 그렇게 자신을 낮춰 말할 때마다 내 속이 얼마나 무너지는지 정녕 모르시겠습니까?

"사냥꾼에 쫓기는 꿩은 풀섶에 머리 하나 박아 숨기고는 세상이 다 자기를 못 보는 줄 압니다. 전하가 들판에 꿩이십니까?"

자객들이 쳐들어왔던 객잔의 밤. 나는 전하의 앞을 가로막아 싸우고 싶었습니다. 내가 못한 것을 최영이 하였습니다.

"누가 전하의 편이고 누구를 지켜야 전하가 살 수 있는지 정녕 모르십니까? 의선을 내어주고. 우달치 최영이 죽게 되면 대체 전하 옆에 누가 남겠습니까?"

편전회의 때. 나는 내 속살을 드러내고 내 이름을 걸어 그대를 지키고 싶었습니다. 그러나 내 말은 비웃음을 샀을 뿐, 기철과 신하들을 멈추게 한 것은 내가 아니라 의선이었습니다.

왕이 억눌린 목소리로 왕비에게 묻는다.

"그래서 지금 왕비는 내가 염려되어 달려왔다는 겁니까?"

왕비는 울고 싶다. 어찌하면 아시겠습니까.

왕은 그쯤에서 끝내려 했는데 그러지 못했다.

"일전에 왕비의 처소에 최영을 은밀히 불러들였다더니 그 또한 나를 위한 것이었습니까?"

말이 입 밖으로 나가는 순간, 왕은 그런 말을 하는 스스로를 믿을 수가 없었다. 왕비가 충격을 받은 눈으로 왕을 본다.

"저에게 그리 관심이 많은 줄 몰랐습니다."

"대답하기 난처한 우리말은 알아듣지 못합니까? 왕비의 처소로 최영을 불러들인 것은 누구를 걱정해서냐 묻지 않습니까?"

자, 이쯤에서 화를 내어보시오. 화를 내며 해명을 해보시오. 그러나 왕비는 화를 내는 대신 슬픔에 잠겨버린다. 슬픔에 잠겨서도 흔들리지 않는 목소리로 왕비가 말한다.

"전하가 넘어지면 저도 넘어지고, 전하가 밟히면 저도 밟히는 것입니다. 당연히. 전하가 걱정됩니다. 방 안에 가만히 주저앉아 걱정만 하지 못하고. 이렇게 달려와버렸고. 예법을 차리지도 못하고 떠들어댔습니다."

왕비의 큰 눈에서 눈물이 주룩 흘러내리는 바람에 왕이 굳어버린다.

"잘못 찾아와 잘못 물었습니다. 다시는…… 찾지도 묻지도 않겠습니다. 그러니 용서하여주십시오."

왕비가 몸을 돌려 나가는 동안에도 왕은 움직이지 못한다. 생각까지 굳어버려서 방금 왕비가 남겨놓고 간 말의 뜻도 헤아려지지가 않는다.

질투를 하는구나. 내가, 하고 간신히 깨닫는다. 원의 여인을, 나를 원망하고 나를 증오하는 여인을 놓고 고려의 왕인 내가 질투를 하는구나.

고려로 돌아오는 객잔에서 자객들을 맞이하여 왕비의 앞을 가로막아 싸운 이는 내가 아니라 그자, 최영이었다. 피를 뿜으며 쓰러진 왕비를 먼저 안아들였던 이도 내가 아니라 그자였다. 목숨이 경각에 달한 왕비를 위해 하늘문으로 서슴없이 들어간 이도 내가 아니라 그자였다.

단 하나 믿을 수 있는 신하는 목숨이 경각에 달려 있고,

그자를 살릴 수 있는 의선은 내 손으로 적에게 내어준 주제에, 그것을 염려하여 달려온 왕비를 질투하고 있다. 그것도 단 하나뿐인 신하가 나보다 잘났다는 이유 하나로.

왕은 그 자리에 그대로 계속 서 있다. 숨을 곳을 찾지 못하여 그대로 그저 서 있다.

최영의 맥은 깊은 수면 아래를 흐르는 물과 같았다. 둔중하고 느렸지만 멈춰 있지는 않았다. 조용히 제가 알아서 제 길을 찾아 흐르고 있다. 다만 진기는 아직 단전에 모이지 못하고 흩어져 있다. 주인이 일어나 운기하며 모아야 할 것이다.

장빈은 옆의 대만을 돌아본다. 대만은 간절하게 장빈의 말을 기다리고 있다.

"주무신다."

"주…… 주무시는 겁니까? 이…… 이제……."

"기다리면 깨어날 것이야."

"언…… 언제……."

"글쎄. 기다려보는 수밖에……."

장빈은 마음이 어지럽다. 의선이 잡혀갔다. 이 땅의 삶에 대해서는 통 모르시는 그분이, 칼바람이 난무하는 자리에 아무 생각 없이 들어서는 분이, 무엇을 두려워해야 하는지도 전혀 모르시는 그분이 걱정이 돼서 장빈은 입안이 자꾸 마른다.

대장의 입술도 바싹 말라 있다. 대만에게 물을 준비하라 일렀더니 말이 끝나기도 전에 달려나갔다. 실은 대장과 둘만 남고 싶었다.

"이보오."

침상에 누워 눈을 뜰 줄 모르는 최영을 불러본다.

"아무래도 의선이 변을 당할 거 같아요. 우리가 아는 덕성부원군이라면…… 살려둘 거 같지가 않습니다. 그분이 죽고 난 뒤에 깨어나면 어쩌려고 이리 늦장을 부립니까."

최영의 입술에 입 맞추던 의선을 떠올린다. 그것은 의선이 의원으로서 자신의 숨을 나눠주는 의식이었을까? 아니면 의선의 마음이 시킨 일인가?

장빈은 자신이 무엇을 더 염려하는지 알지 못한다. 하늘 여인인 의선이 땅의 사내에게 마음을 주는 일을 염려하는 것인지. 그 사내가 그 마음을 받지 못할 것이…… 그래서 의선의 마음이 다칠 것이 염려되는 것인지. 아니면 그 모든 것을 그저 옆에서 바라보기만 해야 하는 자신을 염려하는 것인지.

6장
마음에 구멍이 뚫린 자들

"쓸쓸해."
하고 모비령이 말한다. 유청은 차가워지려고 애쓴다.
다른 사내의 냄새가 사향에 섞여 있다. 이런 냄새를 풍기며
유청의 품에 파고들어 "쓸쓸해"라고 한다.
"쓸쓸해. 누군가 죽이고 올까? 그럼 덜 쓸쓸할까?"

 천음자(千音子) 유청(兪鶄)은 대금의 철실을 다시 여며 묶는 중이었다. 대부분의 대금은 황죽이나 쌍골죽으로 만들어졌지만 유청이 쓰는 것은 특별한 흑죽목으로 만들어졌다. 일반적인 대나무로는 천음자의 공력을 견디어내지 못하기 때문이다. 묶는 실 또한 명주실로는 버티지 못해서 철실을 따로 제작해 사용한다.
 천음자 유청은 스스로의 내공을 음파(音波)로 변환하는 능력을 연마해왔다. 대금을 통해 음파를 내는 것이 가장 효과적이었다. 스승은 일곱 살짜리 유청의 타고난 자질을 알아내고는 그 부모로부터 훔쳐내어 자신이 길렀다. 날 때부터 유청의 귀는 사람이 듣지 못하는 음을 들을 수 있었다. 아마

도 나는 새나 곤충이라야 들을 수 있는 음역대일 것이다.

 스승은 어린아이를 제대로 돌보는 형은 아니었다. 어린 유청이 몇 번이나 도망을 치려 하자 스승은 그를 아예 우리 안에 가두어 키웠다. 매일 스승이 시킨 숨쉬기를 몇백 번씩 해야 했고, 스승이 들으라는 소리를 듣고 스승이 내라는 소리를 내야 했다. 그렇게 일 년이 흐르고 이 년이 흘러갔다. 어린 마음에 죽는 것이 편하겠다 생각되었고, 혹시 죽으면 부모에게 돌아갈 수 있지 않을까 바라던 때에 사저를 만났다. 세 살 위의 사저는 붉은 옷을 입고 생글생글 웃으며 밥 먹기를 거부하던 유청에게 밥을 먹여주었다. 화수인(火手印) 모비령(毛緋玲)이었다.

 이후 유청은 서서히 부모를 잊었다. 더 이상 도망치려는 생각도 버려서 갇혀 있던 우리에서 나올 수 있었다. 불을 연마하던 모비령은 늘 유청을 놀렸고, 연습을 한다면서 유청에게 불을 쏘아대서 화상을 입히기도 했으나, 그래도 유청이 다치면 항상 약을 발라주고 붕대를 감아주었다. 나이가 들면서 모비령은 유청의 몸에 더 이상 화상을 입히지 않게 되었지만, 늘 그의 마음을 갖고 놀며 화상만큼 아프고 쓰린 상처를 입혔다.

 모비령은 늘 사내가 있어야 했다. 보름 이상 오래가는 사내는 없었다. 늘 사내를 바꾸어가며 놀았고, 놀이에 싫증나면 말도 없이 그 사내를 떠나거나 그냥 죽였다. "어쩔 수가 없어"라고 모비령은 말한다. 화공을 연마하는 모비령은 늘 마음 안에 불길이 일어나서 그 불길을 재우려면 사내가 필요하단다.

나로 충분하지 않나? 유청은 모비령의 벗은 어깨에 입 맞추며 비굴하게 묻곤 했다. 그러면, "미안해. 충분하지 않아"라고 정직한 모비령은 대답한다. 화를 낼까…… 하고 생각하다가 모비령의 까르르 웃는 웃음에, 따뜻하게 감싸오며 돌려주는 입맞춤에 그만 잊곤 했다.

스승도 그랬지만 큰사형인 기철도 사제와 사매가 어떤 관계인지는 상관하지 않았다. 빙공을 연마하면서 그 후유증으로 사내의 기능을 잃어버린 큰사형에게 여인이란 그저 자신의 몸을 덥혀주는 도구일 뿐이었다.

모비령이 다가온다. 모비령은 사향이 담긴 향낭을 지니고 다녔는데 일반인의 그것과는 다른 독특한 향내를 풍기곤 했다. 모비령의 몸은 늘 일반인보다 뜨거웠고, 향낭이 그 뜨거운 체온 때문에 은근히 달궈져 있기 때문일 것이다. 저녁나절 없어졌던 모비령은 아마 어느 저잣거리에서 사내를 구해 한바탕 놀고 오는 길일 것이다. 이젠 무디어질 때도 되었는데 매번 가슴 안쪽이 쓰리다. 뜨거운 인두에 스친 것처럼.

화수인이 천음자의 뒤에서부터 나긋한 몸을 기대오며 묻는다.

"사형은 별말이 없나?"

"뭘."

"의선이라는 여인. 그냥 놔두는 거야?"

"몰라."

"봤어?"

"봤어."

"청이 눈에 고와 보였어?"

"몰라."

목 뒤를 간질이며 모비령이 웃는다.

"보고 와야지."

떠나려는 모비령의 손목을 잡는다.

"아무도 건드리지 말라 했어."

"왜애?"

"몰라."

큰사형 기철은 기원이 끌고 온 의선을 별채에 가두라 이르고는 그 말만 했다. 아무도 건드리지 마라.

모비령이 나긋하게 유청과 유청의 대금 가운데로 파고들더니 그의 무릎에 앉는다. 고개를 그의 어깨에 묻는다.

"쓸쓸해."

하고 모비령이 말한다. 유청은 차가워지려고 애쓴다. 다른 사내의 냄새가 사향에 섞여 있다. 이런 냄새를 풍기며 유청의 품에 파고들어 "쓸쓸해"라고 한다.

"쓸쓸해. 누군가 죽이고 올까? 그럼 덜 쓸쓸할까?"
할 수 없이 유청은 대금을 놓고 모비령을 안아준다.
"모자라."
유청이 팔에 힘을 주어 더 힘껏 끌어안는다. 이제 모비령은 조용해진다. 유청은 고개를 숙여 모비령의 볼에 흐르는 눈물을 핥아준다. 모비령이 눈물을 흘리며 만족하여 흐흥 소리를 낸다.

그들의 스승은 네르구이라는 이름을 가지고 있었다. 그는 곡예단에서 나고 자란 모비령을 돈을 주고 샀고, 대갓집 외아들이던 유청은 훔쳤다. 그렇게 수단과 방법을 가리지 않고 제자들을 두기로 결정한 것은 첫 번째 제자인 기철을 만나고부터였다.

네르구이는 원래 의원이었다. 몽골 출신인 그는 언제부터인가 고려에 정착하더니 고려의 곳곳을 방랑하며 지냈다. 숙박비를 해결하기 위해 저잣거리에서 떠돌이 의원 노릇을 하곤 했는데, 그가 난폭하고 기괴한 방법을 쓰긴 했지만 죽어가던 사람을 살려낸다는 소문이 나기 시작했다. 그러던 어느 날 기씨 집안에서 그를 모시러 왔다.

기씨 집안의 장자인 기철은 날 때부터 몸에서 냉기가 떠나지 않았다. 손가락 발가락은 늘 퍼렇게 얼어 있었고, 동상에 걸리게 하지 않기 위해 그의 방에는 밤낮으로 타오르는 화로를 몇 개씩 두어야 했다. 기철의 몸을 진맥한 네르구이는 기뻐 어쩔 줄을 몰랐다. 내공을 연마하는 이들이 평생을 두고 염원하는 그 다음 단계를 아예 타고난 아이였던 것이다.

이렇게 타고나기도 하는구나. 이런 자도 있는데 나는 평생을 죽자고 연마해온 것이구나. 네르구이는 기철을 질시하면서 필요로 했다. 아예 기철의 스승이라 자처하며 기씨 집에 눌러앉았다. 기씨 집에서는 기철의 냉증을 단번에 없애준 그인지라 높이 여겨주었다.

미쳐도 더럽게 미친 늙은이였다, 라고 기철은 기억한다. 네르구이는 어린 기철을 약탕에 담그고 며칠 동안 점혈요법을 쓰더니 그의 냉기를 단전에 몰아넣어버렸다. 그러고는 그 냉기를 다스리는 법을 가르치기 시작했다. 말이 가르침이었지 기철의 입장에서는 밤낮으로 괴롭힘을 당하는 것이었다. 기철이 여느 아이들 같았으면 진작에 포기하고 도망가거나 그를 쫓아냈을 것이다. 그러나 기철은 영민했고, 그 괴롭힘의 강도가 높아질수록 그의 무공이 진척되고 있다는 것을 알았다. 기철은 그의 스승을 증오하면서 필요로 했다.

스승 네르구이는 틈만 나면 하늘의 세상에 대해 말했다. 땅의 세상이 있는 것처럼 하늘의 세상이란 것이 있다. 하늘의 세상에 갈 수만 있다면 자신의 병도 고칠 수 있을 것이며, 하늘의 물건들을 가져올 수 있다면 이 땅의 모든 것을 발아래 둘 수 있다고 침을 튀기며 떠들어대곤 했다.

네르구이는 자신의 내공을 증진시키기 위해 각종 약물을 섭취했고, 더 빠른 결과를 내기 위해 각종 편법을 사용해왔다. 그 결과 그의 몸은 점차 굳어가기 시작했다. 나중에는 하반신을 전혀 쓰지 못하는 몸이 되었는데, 그런 몸을 바퀴 달린 의자에 얹고 일 년에 반은 세상을 헤매다니는 데 썼다. 그는 하늘로 가는 길을 찾는다고 했다. 그런 와중에 두 번째, 세 번째 제자를 찾아냈다.

스승은 하늘의 물건이라는 것을 가지고 있었다. 그는 그 물건을 쓰기 위해서는 특정한 진기가 필요하다고 믿었고, 어떤 종류의 진기가 그것을 작동시킬지를 평생 연구했다. 기철에게는 빙공을, 그리고 다른 제자들에게는 화공과 음공을 연마시킨 것도 제자를 위해서가 아니라 오로지 그 물건을 작동시키기 위해서였다. 그 물건을 특정 장소에서 제대로 작동시키면 하늘문이 열리게 될 것이라고 굳게 믿었다.

"미친 늙은이였어"라고 기철은 소리 내어 중얼거린다.

그런데 하늘문을 통해서 하늘의 여인이 왔다고 한다. 그 여인이 지금 기철의 집 별채에 갇혀 있다. 기철의 얼굴을 빤히 보며 하늘의 주문을 외웠다. 땅의 것이 아닌 머리색을 하고, 땅의 것이 아닌 빛나는 눈을 가지고 있다.

"요망한 협잡꾼이다"라고 또 소리 내어 말해본다. 나는 스승처럼 미친 생각에 농락당하며 남은 생을 헤매지 않을 것이다. 그렇게 반신불수의 몸이 되어 분하다는 말을 지껄이며 죽지는 않을 것이다.

그래서 기철은 의선을 만나지 않을 생각이었다. 그 계집에게 무슨 요사스런 재주가 있는지는 모르겠으나 자신을 내놓고 시험해볼 생각은 없었다.

옆에서 양사가 조심스레 묻는다.

"문초를 하지 않으실 생각이십니까?"

"문초?"

"아무리 요물이라고 하지만 주상전하가 아끼던 계집이고, 무엇보다 원의 공주께서 비호하는 계집입니다. 명분이 없이는 죽이기가 어렵습니다."

울컥 짜증이 솟구친다.

"만들어봐."

"예?"

"내일 해가 뜨면 수구문 밖에 내다버릴 것이야. 살려서 내보낼 생각은 없으니 네놈이 알아서 명분인지 뭔지 만들어봐."

양사가 약삭빠르게 눈을 굴린다.

"하늘의 의술은커녕 땅의 재주도 없어서 병자를 고치라 했더니 몰래 도주하려 했다. 그렇게 도주하는 중에 순찰을 돌던 사병들에게 죽었다. 어떻습니까?"

기철은 대답하기도 성가셔서 손짓으로 양사의 입을 다물게 한다.

위험한 계집이었다. 당당히 맞서던 배짱이나 말재간도 뛰어났지만 특히 그 눈이 위험했다. 자칫 기철은 흔들릴 뻔했다. 스승이 말하던 하늘세상을 믿을 뻔했다.

"아. 최영이라는 자. 보이지가 않던데."

"아무래도 주상과의 사이에 문제가 있는 듯합니다. 칭병하여 어전에 나오지 않고 있다 들었습니다."

"좋군."

"호군 자리를 내어줄까 하는데…… 그 정도면 되겠습니까?"

"그 부하들의 기세를 보니 대호군도 아깝지 않더구먼. 논마지기도 좀 내어줘. 내 아래 데려만 와. 필요하면 우달치 부하들을 골라서 데려와도 좋다고."

"그리 조처하겠습니다."

양사가 물러간다. 적막해진 방 안에서 기철은 자신의 손을 내려다본다. 진기를 움직이자 오른손에 냉기가 모이기 시작한다.

불면의 밤이 깊어가고 있다. 도통 잠을 잘 수가 없다. 머리가 복잡한 것도 아니고 근심거리가 있는 것도 아니다. 너무나 생각할 것이 없고 근심할 것이 없어서 잘 수가 없다.

세상이 너무나 쉽다.

한때는 몸의 건강을 찾기 위해 노심초사했었다. 빙공의 후유증이 점점 깊어가며 이대로라면 십여 년도 버티지 못할 것 같아서 그럴싸한 약초를 구하고 그럴싸한 침술사를 구하느라 별짓을 다했다. 심지어 원 황제의 어의까지 데려 나와서 진찰을 받았다. 덕분에 몸이 얼어가는 속도는 늦춰졌으나 멈춰진 건 아니었다.

그러던 어느 날 침상에 누워 있는데 갑자기 뻥 뚫려버렸다. 가슴이 말 그대로 뻥 뚫려버린 느낌에 압도되었다. 가슴이 뻥 뚫려서 찬바람이 드나드는 것까지 느껴졌다. 이게 뭐지? 천장을 보며 자문했다. 이 구멍은 뭐지?

그 답은 알 수 없었지만 이후로 세상을 뒤져 명의를 찾는 일은 그만두었다. 그 대신 가슴의 구멍을 잊을 만한 일들에 매달렸다. 나라를 흔들고 사람들을 죽였다. 그런데 이렇게 밤이 되면 할 일이 없다. 죽일 자도 없다. 구멍을 드나드는 바람이 시려서 잘 수가 없다. 더 이상 매달릴 것이 없다.

이제 오른손은 냉기가 감돌아 서리로 한 겹 두른 형태가 되었다. 얼음손을 왼편 가슴 부근에 대어본다. 찌르르하니 냉기가 가슴으로 전해진다. 이쯤인가. 구멍이 뚫려 있는 부분은? 손을 쑤욱 집어넣으면 얼음으로 구멍이 메워질까?

문득 요사한 계집의 말소리가 들린다.

'댁이 어떻게 죽는지도 제가 알죠. 언제 어떻게 끝나는지

알고 싶으세요?'

기철은 진저리를 치며 손의 냉기를 풀어버린다.

기철은 겁이 난다. 이대로 미친 스승처럼 되어버릴까 봐 두렵다.

은수가 갇혀진 방에는 창문도 없었다. 엊저녁에 이 방에 그녀를 처넣고는 밤이 깊도록 아무도 얼씬도 하지 않았다. 문을 두들기며 고함도 쳐보았고 사정도 해보았지만 누구 문밖에서 듣는 사람도 없는 듯했다.

지쳐서 방의 한구석에 있는 침대에 잠깐 몸을 눕혔는데 잠이 들어버렸다.

꿈에서 산길을 걸었다.

한쪽으로는 시냇물이 흐르고, 다른 한쪽으로는 나무마다 단풍이 들어 현란한 산길이었다. 한 번도 가본 적이 없는 길인데 몇 번이나 걸었던 길처럼 알아졌다. 내가 평생 산행을 한 적이 있었나? 그럴 리가. 집 앞의 공원도 걷기 싫어했는걸. 꿈에서 신기해한다.

저 앞에 누군가 걸어가고 있다. 그 뒷모습이 이상하게 친근하다. 푸른 옷자락이 바람에 흩날렸는데 그 옷자락마저 친근하다. 긴 다리로 성큼성큼 걷던 그가 돌아본다. 아…… 놀라서 멈춰 선다. 그 사람이다. 그가 나를 보더니 웃는다.

멈춰 기다린다. 아니, 잠깐만. 그가 나를 기다릴 리가 없다. 그가 나를 향해 웃을 리가 없다. 그가 나를 향해 한 손을 뻗는다. 어서 이 손을 잡으라는 듯이. 무슨 꿈이 이래.

혼란스러워 하다가 잠에서 깨어났다.

어두웠다. 간밤에 홀로 타오르던 촛불이 완전히 꺼진 모양이다. 두통이 시작되려 하고 있다. 당이 부족한 거 같아, 하고 스스로 진단해본다. 어제 점심은 임금님께 호출당하는 바람에 건너뛰었고, 저녁은 최영 그 사람을 돌보느라 정신이 없어서 넘겼다.

또 멈칫한다. 꿈에서 보았던 그의 얼굴이 깨어서도 생생하다. 실제로 그는 나를 향해 한 번도 웃은 적이 없다. 한 번도 본 적도 없는 웃는 얼굴을 꿈에서 볼 수도 있나?

어둠이 눈에 익었다. 몸을 일으켜 주위를 둘러보니 어렴풋 물체들이 분간이 된다. 문틈으로 가느다랗게 햇살이 새어들고 있다. 아침 해가 밝은 모양이다. 아침밥을 주기는 할까? 감옥에 갇힌 죄수도 밥은 주는 거잖아. 울어버릴 것 같아서 크게 심호흡을 한다.

그러니까 지금 이게 다 뭐야. 어젯밤에 생각하다 지쳐 잠든 문제를 다시 꺼내본다. 난 지금 끌려와서 갇혀 있다. 왜? 어제 임금님 앞에서 욕했기 때문에? 기철이라는 그자가 잡아온 거야? 그래도 돼? 임금님은 내 편이잖아. 그러나 어제 우달치의 부장은 분명히 그렇게 말했다. 어명이라고.

그러니까 가라고. 그럼 나 임금님한테 버림받은 거야? 그럼 나 이제 어떻게 되는 거지?

불안한 생각이 들어서 얼른 고개를 젓는다. 좋은 쪽으로. 응? 좋은 쪽으로만 생각하자. 나쁜 일은 생각해봤자 기분만 나쁘고 스트레스 수치만 높이고 아무 도움이 안 되니까. 그래서…… 좋은 일이 뭐가 있을까? 은수는 자신의 손목을 들여다본다. 어제 거친 사내들에게 잡혀 끌려오느라 양쪽 손목에는 멍이 들어 있다. 이렇게 멍이 들게 끌려와서 좋아질 일이 있기는 할까? 요물, 요물 불러대더니 설마 중세 유럽의 마녀처럼 불태워 죽이는 건 아니겠지?

이게 아니야. 이건 좋은 생각이 아니지. 좋은 생각은…… 그러니까 그 사람의 웃음 같은 거야. 은수는 꿈에서 본 그의 웃음 띤 얼굴을 기억해본다. 행여 허튼 꿈들이 그렇듯 흩어져 잊어질까 봐 숨을 죽이고 조심스레 떠올린다.

꿈에서 그는 나를 보며 웃어주었다. 손을 내밀어주었다. 그 모습이 천 번은 보았던 듯이 친근했다.

최영이 누워 있는 내실에도 아침 햇살이 스며들고 있었다. 동쪽의 작은 창문으로 들어온 햇살은 문갑 위에 놓인 귀검을 비추고 경찰방패를 비추고 그리고 침상 위의 최영을 비춘다. 햇살이 그의 얼굴에 드리운다. 검게 죽어가던 그늘은 이제 가신 듯했지만 입술은 아직 허옇게 말라 갈라져 있다.

대만은 장빈 선생이 가르쳐준 대로 그 입술을 축여주기 위해 면 수건을 물에 적셔 돌아섰다. 그러다 그만 수건을 떨어뜨렸다. 대장이 움직였다. 대장의 손이 꿈틀하더니 허공으로 들려진다. 대만은 눈을 비비고 다시 본다. 대장은 스스로 손을 들어올리고 있다. 대장이 올린 팔을 스스로의 눈 위에 걸친다.

대장…… 그 옆으로 달려갔더니 대장이 입을 열어 말했다. 마른 입술만큼이나 갈라져 나오는 소리였지만 대장은 분명히 소리를 내어 말했다.

"눈이…… 부시다."

대만은 울고 웃으며 옆으로 한 걸음 움직여 대장의 얼굴 위로 쏟아지는 햇살을 제 몸으로 가려준다. 대장이 돌아왔다.

최영은 조심스레 눈을 가렸던 팔을 내린다. 그러나 아직 눈을 뜨지 못하고 있다. 눈을 감고 있어도 햇살이 눈 안에 가득 들어오고 있다. 천지가 햇살로 가득하다. 마치 빛 안에 둥둥 떠 있는 듯하다. 그래서 어지럼증이 인다.

누군가 나를 불렀다고 기억한다. 그래서 돌아보았고 그래서 돌아왔다.

가까스로 눈을 떠본다. 빛에 눈이 시려 눈물이 고인다. 빛 안에 어렴풋이 대만의 모습이 보인다.

"그분은?"

물었더니 대만이 대답을 못한다. 그 머뭇거림에 최영은 빠르게 정신을 수습한다. 천근같이 무거운 몸을 일으켜 앉으며 좀 더 명료해진 목소리로 묻는다.

"뭐냐."

장빈은 빠르게 걸어가며 그답지 않게 당황하고 있다. 장빈을 부르러온 대만은 눈밭에 풀려난 강아지처럼 신이 나 있었다.

"그래서 얘기를 다했단 말인가. 의선이 끌려간 이야기까지?"

"그럼 물어보는데 대답 안 합니까? 대장이 물어보는데?"

대만은 그저 신이 나서 들떠 있는데 장빈은 마음이 무겁다.

아니나 다를까. 내실에 들어섰을 때 최영은 이미 의복을 갖춰 입고 있었다. 잠자코 다가서 최영의 손목 맥을 짚어본다. 아직 한참 약하다.

"복부를 한 번 더 개복해야 했습니다. 명줄이 한 번 넘어갔었고요. 의선이 아니었다면 지금 살아 있는 목숨이 아닐 것입니다."

그러나 최영은 슬그머니 손을 빼내더니 그 손으로 검을 집어 허리에 묶으며 묻는다. 그 목소리에 노기가 깔려 있다.

"그냥 보고만 있었습니까? 의선이 끌려가는걸?"

"어명이었습니다."

그 말에 최영의 이마에 골이 더 깊어진다. 장빈은 방패를 잡으려는 최영의 팔뚝을 잡아 저지한다.

"어명이라고요. 의선을 그 댁에 보낸 것은."

"들었습니다."

"왕을 지키는 우달치가 어명을 거역할 셈입니까?"

"그럼 못 들은 걸로 하지요. 방금 어명이라 한 내용."

최영은 팔뚝을 돌려 장빈의 손아귀에서 빼내더니 기어이 방패를 집어 등에 멘다.

장빈과 실랑이를 하면서도 최영은 속으로 면밀하게 셈해 보고 있는 중이다. 그 집에는 내공을 쓰는 이들이 있다. 불을 쓰는 여인은 이미 만나보았다. 나무방패라면 그 불을 막다 불붙을 수 있으나 하늘에서 가져온 이 방패는 웬만한 불길은 튕겨내줄 수 있을 것이다.

막을 수가 없다. 장빈은 단념한다. 품에서 환약 주머니를 꺼내 주머니째 넘겨준다.

"보원단입니다. 딱 세 알 남은 거지요. 한 알이 하루 정도는 맥을 지켜줄 겁니다."

최영이 받아들더니 두말없이 그중에 한 알을 꺼내 씹어 먹는다.

"되도록 진기를 쓰지 마세요. 아직 대장의 진기가 제자리를 잡지 못하고 있습니다. 이대로 고갈되어버리면 다시 모으지 못할 수도 있습니다."

"그 참, 대단히 힘이 되는 말만 해주는 의원일세."

하면서 최영이 눈으로 웃는다. 장빈은 마주 웃어줄 수가 없다. 시간을 내어 운기조식이라도 하고 떠나면 좋을 것인데. 문을 막아서며 한마디 또 한다.

"지금 덕성부원군은 명분을 찾고 있습니다. 의선을 혹세무민하는 요물이라 단정할 만한 명분. 그러니 괜히 그 명분이 되어주지 말고 우선 진기를 다스려서 힘을 갖춘 다음……."

"의선이 편전에 불려갔다 들었습니다."

"그랬습니다."

"중신들 앞에서 전하의 편을 들었다고요."

"그랬지요."

"그럼 일단 죽이려 들 겁니다. 소문이 더 퍼지기 전에. 명분은 차후에 만들어 붙이겠지요."

장빈은 옆을 지나가려는 최영을 또 막는다.

"지금 대장은 의선이라는 요물을 조종한 장본인이 되어 있습니다. 무슨 계책이라도 있어서 이렇게 움직이는 겁니까?"

최영이 장빈을 잠시 보더니 끄덕인다.

"어떤 계책입니까?"

필요하면 도울 생각이었다. 그러나 최영은 무뚝뚝하게 답했다.

"정면돌파."

그러더니 장빈의 움직임을 읽은 듯 장빈이 막으려는 방향의 반대쪽으로 빠져나갔다.

대만이 남들 모르게 최영의 말 주홍을 끌어왔다. 주홍은 오랜만에 만난 주인이 반가워 머리를 비벼대었다. 주홍을 쓸어주며 대만에게 명한다.

"따라오지 마라."

"따라가겠습니다."

"이건 어명을 어기는 일이야. 그러니."

"따라가겠습니다."

대만은 그간 제대로 수면을 취하지 못해 충혈된 눈으로 최영을 노려보고 있다. 억지로 머물게 하면 대만은 아마 미쳐버릴 것이다. 무엇보다 이렇게 낭비할 시간이 없다. 최영은 한숨을 쉬며 말에 올라탄다. 말의 배를 걷어차 달리기 시작한다. 순식간에 뒤에 남겨진 대만이 멀어졌으나 아마 금방 따라올 것이다.

그분이 잡혀갔다. 왕이 내어주었다고 한다. 최영은 냉정하게 그간의 사정을 추측해본다. 처음으로 중신들 앞에 서게 된 왕은 기철과의 기세싸움을 하고자 하셨겠지. 의선을 내세워 왕의 기를 올리고자 한 것은 조일신의 계략일 테고.

덕성부원군 기철이 의선을 눈앞에 두고 보았을 것을 생각만 해도 몸서리가 쳐졌다. 그 간교한 눈이 의선의 위아래를 훑으며 무엇을 보고 무엇을 생각했을지 짐작해보고 싶지도 않지만, 둘 중의 하나일 것이다. 의선을 자기 사람으로 만들든가, 아니면 왕의 기세를 자르는 모양새로 죽이든가. 그자 앞에서 의선은 아마도 고분고분하지는 않으셨을 것이다. 그럴 분이 아니다. 그러니 그분은 아마 죽을 것이다. 막을 수 있을까.

말의 요동질에 따라 끔찍한 통증이 퍼지는 복부를 한 손으로 누른다. 말을 달리며 어떻게든 진기를 모아보려 애쓰는 중이다. 장빈이 내어준 약효가 돌기 시작하고 있다. 뜨거운 기운이 경맥을 따라 돌며 최영을 돕고 있다.

나무를 끼고 길을 돌자 덕성부원군의 저택이 나타났다. 사병들이 대문 앞을 지키고 있다. 멀리서 최영을 발견한 사병들이 분분히 무기를 꼬나들며 앞으로 나선다. 안에서도 열댓 명의 사병들이 달려나온다. 문밖에서부터 싸우면서 힘을 소비할 필요는 없지. 주홍의 고삐를 당겨 속도를 늦춘다.

왕이시여. 전하의 명에 따라 하늘에서 데려온 여인이 전하의 명에 의해 죽게 생겼습니다. 왕을 상대로 원망 같은 것은 하지 않습니다. 이 여인은 저세상에 있는 저를 불러내었습니다. 그 부름을 따라 이곳에 왔습니다. 그러니 여기에 온 것은 왕과는 상관없는 나와 이 여인의 일입니다.

최영은 천천히 사병들 앞으로 다가서 말을 멈췄다. 그리고 우달치라는 소속도 중랑장이라는 직함도 빼고 일개인으로 자신을 소개했다.

"본관 철원. 최씨 집안의 영이 덕성부원군을 뵈러 왔다."

양사는 별채의 의선에게 가는 중이었다. 소매 속에는 독낭이 들어 있다. 계집을 향해 독낭을 두어 번만 흔들어주면 모든 게 끝날 것이다. 너무 쉬운가, 하고 갸웃해본다. 양사는 처음부터 그 계집이 싫었다. 편전에서 주인인 기철이 그 여인을 보는 눈을 보았다. 홀린 듯이 바라보더니 주인답지 않게 머뭇거렸다. 주인이 격동하여 한 손에 냉기를 모으는 것도 보았다. 그런 계집은 그 자리에서 쳐 죽여야 했다. 그런데 주인은 손에 냉기를 슬그머니 거두어버렸다. 감히 주인을 흔드는 요사스러운 년이다.

독이 아니라 산을 쓸까? 그 반반한 얼굴부터 지글지글 태워주는 거야.

생각만으로 흥분하여 안절부절 걷는데 서문 쪽에서 소란스러움이 전해졌다. 사병 하나가 달려오더니 숨차하며 전한다.

"그자가 왔습니다. 우달치 대장이 왔습니다."

우달치 대장이라면 최영?

"우달치들을 끌고 왔는가?"

"아닙니다. 혼자 왔습니다."

양사는 일순 망설이다가 기철이 있는 서재로 달려간다. 계집은 좀 더 있다 죽여도 되지만, 주인이 원하는 아이가 제 발로 왔다는 소식은 누구보다 먼저 전해야겠다. 주인이 기뻐할 것이다.

최영은 대문 안쪽의 담에 기대어 앉아 있었다. 검을 안은 채 눈을 감고 있는 편안한 모습이 마치 잠깐 잠이라도 든 듯 보인다.

근처의 사병들은 감히 가까이하지는 못하고 거리를 두고 그를 지켜보고 있다. 수군거리며 최영에 대해 들었던 이야기를 나누는 이들도 있다.

최영은 자는 듯 눈을 감은 채 필사적으로 진기를 모으고 있었다. 몸의 여기저기에 흩어져 떠도는 진기들을 갈무리하여 단전으로 보내며 한편으로는 몸에 남아 있는 힘을 점검하는 중이다.

장빈이 계책을 물었을 때 이미 협상의 여지가 없다는 것을 셈했었다. 기철에게 고개를 숙이고 부탁을 한다면, 기철은 최영을 원하고 더하여 의선을 원할 것이었다. 그건 왕을 배신하는 일이었고, 의선을 그자에게 넘겨주는 일이 될 것이다. 협상은 불가.

은밀히 잠입하여 구출해내는 방법도 셈에서 제했다. 지난번에 이 저택에 왔을 때 그 규모의 방대함과 지키는 자들의 숫자는 확인한 바다. 지금의 몸상태로 밝은 낮에 잠입은 불가.

그래서 결론은 정면돌파. 문제는…… 상대의 수와 능력에 달려 있다.

순간 최영은 숨을 죽인다. 지금 다가오는 발걸음소리는 내공을 익힌 자다. 눈을 떴더니 다섯 걸음쯤 앞에 장신의 사내가 멈춰 서며 최영을 본다. 이만치나 가까이 올 동안 전혀 몰랐다. 그저 그런 내공의 소유자가 아니다.

최영이 천천히 자리에서 일어섰다. 그자가 한 손을 뻗어 안쪽을 가리킨다. 최영의 시선이 그자의 다른 한 손에 들려진 대금을 놓치지 않는다. 철끈으로 묶여져 있는, 철만큼이나 단단해 보이는 재질의 대금이다. 부원군의 집에 음공을 하는 자가 있다더니 이자구나.

그자의 안내에 따라 걷기 시작한다. 음공의 사내는 말이 없다. 그자는 최영보다 비스듬히 한 걸음을 앞서 걷고 있었는데 그 발걸음이 진중한 것이 역시 최영에게 온 신경을 모으고 있는 듯하다. 최영은 조용히 주변을 살핀다. 안에서 무슨 지시를 받은 것인지 한 떼의 사병들이 구석구석 빠르게 몰려들고 있다.

그랬다. 양사의 보고를 받은 기철은 어린아이처럼 기뻐하며 사제와 사매를 불렀다.

"가라. 가서 그자의 무공이 얼마나 되는지 알아봐. 내공을 쓰게 해봐. 그 내공이 얼마나 깊은지 내가 알아야겠다."

천음자 유청은 한 걸음 뒤를 따라오는 자의 발소리로 그 내공을 가늠해보려고 했으나 뭔가 석연치가 않다. 언뜻 듣기로는 내공 따위는 모르는 자인 듯 무거운 발걸음이었는데, 그 일정한 보폭이며 일정한 무게감이 그저 외공만 익혀온 자라고 하기에는 너무나 정연하다. 물이 흐르는 것 같은 걸음이다.

중문을 들어서자 저택 안의 것이라고는 믿어지지 않을 만큼 거대한 정원이 나타났다. 작은 들판과 작은 호수와 작은 숲을 모아놓은 듯한 정원이었다. 천음자 유청은 그 정원의 가운데를 가로지르는 길로 최영을 이끌어간다.

그의 뒤를 따르며 최영은 빈틈없이 주위를 살핀다. 그분을 찾게 되면 모시고 도주할 길을 가늠하고, 정원의 주변으로 모여들고 있는 사병들의 수를 세고, 그분이 있을 만한 곳을 찾는다. 그러다가 한쪽 지붕 위에 납작 엎드린 모습을 발견했다. 어느새 쫓아온 대만이 들고양이처럼 지붕 위에 자리하고 있다. 최영이 움직이는 딱 그만큼씩 이동하고 있다. 최영이 눈짓으로 지시한다. 아직은 아니다. 대만이 고개를 끄덕인다. 다시 시선을 돌리다가 최영이 멈칫 선다.

동쪽의 호수, 그 너머의 누각. 그 위에 돌아앉은 여인의 뒷모습. 전의시에서 만들어진 듯한 하얀 의복.

최영은 더 생각할 것 없이 그쪽으로 달린다. 그 뒷모습을 보는 순간 더 이상 무엇을 재고 셈할 여유 같은 건 다 사라졌다. 길을 벗어난 곳에 숨어 지키던 사병들이 우르르 달려 나온다. 최영은 달리며 검을 뽑는다.

내 진기가 충분하고 내 힘이 넘치고 이토록 내 마음이 절박하지만 않다면 어떻게든 살생은 금하겠지만, 어쩔 수 없다. 부디 알아서들 목숨을 지켜라. 나도 최선을 다할 것이니.

앞을 가로막는 사병 하나는 칼등으로 목을 쳐서 졸도를 시켰지만, 옆으로 달려드는 둘은 정강이와 넓적다리를 베어 쓰러뜨린다. 피가 튄다. 그사이 서넛이 한꺼번에 창을 찔러온다. 할 수 없이 진기를 끌어올린다. 어김없이 찔러오는 복부의 통증을 왼손으로 누르며 몸을 날린다. 앞을 막은 자의 어깨를 밟고 그 뒤로 넘어가 떨어진다. 동시에 최영의 검이 등 뒤로 크게 호를 그린다. 그 호에 걸려 하반신의 한 곳을 베인 자들이 일제히 고꾸라지거나 무릎을 꿇는다. 최영이 다시 달린다.

누각으로 올라가는 계단을 지키던 사병들이 일제히 창검을 휘둘러 진로를 막는다. 등에 메었던 방패를 풀어내어 한꺼번에 막아 튕겨내고 휘둘러 물리친다. 후려친 방패에 머리통을 맞은 자 하나가 계단 아래로 구른다. 그 바람에 발이 엉긴 사병 서넛이 휘청이는 사이로 최영의 검이 뱀처럼 휘어지며 곡선을 그린다. 그 검이 교묘하게 사병들의 손목을 그어대며 일제히 병장기들을 떨어뜨린다. 비명소리와 함께 또 피가 튄다. 그사이 최영은 누각 위로 뛰어 올라갔다.

누각 위 계단 입구에도 몇 명의 사병이 있어서 일제히 최영을 공격해 들어왔지만 최영의 시선은 누각 가운데를 향하고 있다. 거기 탁자 옆 의자에 앉아 있는 여인의 뒷모습. 그 여인의 몸을 감아 묶고 있는 밧줄. 사병들의 공격을 막아내면서 최영이 소리 내어 수를 세기 시작한다. 하나. 둘. 셋. 넷. 수를 셀 때마다 사병이 하나씩 방패에 찍혀 무너지거나 칼에 베어 쓰러진다. 다섯 번째 사병은 저도 모르게 뒤로 물러섰는데 그 틈에 최영은 여인에게 달려들었다.

막 여인에게 도착하기 직전, 여인의 몸을 두르고 있던 밧줄이 스르르 풀리며 여인의 손에서 불덩이가 튀어나왔다. 그러나 최영은 이미 예상하고 있었던 듯 방패로 날아오는 불덩이를 쳐내고 검으로 여인의 목을 겨누어 찔러갔다.

여인, 화수인 모비령은 최영의 예상 밖의 공격에 간신히 몸을 굴려 빠져나가며 까르르 웃어댄다.

"이걸 어째. 속아주질 않네."

"속을 뻔했는데……."

하며 최영은 빠르게 주위를 살핀다. 더 많은 수의 사병들이 누각을 향해 몰려오고 있다. 모비령이 오른손에 또 다른 불덩이를 만들어내며 묻는다.

"그대가 찾는 여인하고 나, 비슷하지 않았어?"

"내가 아는 그분은 호기심이 많으셔서 그렇게 얌전히 앞만 보며 기다리지 못하시지."

최영은 대꾸를 하며 시간을 끈다. 그사이 어디로 달려야 할지 파악한다. 북쪽이다. 그쪽을 수비하는 사병들의 수가 제일 많다.

모비령의 손에서 불덩이가 쏘아져나간 것과 최영이 옆의 사병 하나를 잡아채 그 불덩이 앞에 밀쳐내고는 그 반동으로 누각 아래로 날아내린 것은 거의 동시였다.

기철의 본가를 지키는 사병들은 제대로 훈련을 받은 정예들이었다. 두려움을 보이지 않으며 일제히, 적절한 위치를 점하며 공격해 들어왔다. 그러나 최영은 검을 앞세우고 방패의 도움을 받으며 마치 파도를 가르듯이 전진해나간다. 쓸데없는 움직임이라고는 한 치도 없어서 그의 검은 한 번의 가름으로 상대의 빈틈을 파고들어 피를 보고, 그의 방패는 수비와 공격을 한 번에 수행해내고 있다.

그러나 북쪽을 향하여 달려가던 최영은 다시 멈춰야 했

다. 그 앞을 천음자 유청이 막아선 것이다. 뒤를 돌아보자 화수인 모비령이 사뿐히 날아내려와 선다. 그들 셋을 중심으로 큰 원을 그리며 사병들이 포위를 하기 시작한다.

최영은 방패를 크게 돌려 땅을 찍는다. 최영의 시선은 천음자 유청을 향하고 있었지만 그것은 지붕 위에서 막 뛰어내리려던 대만을 막는 지시였다. 최영이 검을 들어 공중에 휘릭 뿌린다.

대만아. 내 명을 알아들어라. 여긴 내가 버티고 있을 테니 가서 그분을 찾아봐. 속히 찾아줘야겠다. 내가 마음이 너무나 조급하구나.

슬쩍 지붕 위쪽을 보니 대만은 사라지고 없다. 언제부턴가 하늘에서 온 그분을 생각하면 알 수 없는 불안함에 가슴 부근이 울렁였다. 이제 이 요동치는 느낌은 익숙해져서 굳이 누르고 가라앉히려 애쓰지 않게 되었다.

부디 살아만 있어달라. 그러면 그대로 인한 무엇이든 감수할 것이다.

최영은 손목을 사용해 검을 두어 번 휘둘러본다. 생각보다 몸에 남은 힘이 부족하다. 곧 약점을 드러낼 것 같다. 쾌검(快劍)을 쓸 생각이다. 적월대 시절 최영은 귀검보다 짧고 가벼운 검을 사용했었는데, 한 번 뿌리는 중에 서너 번씩이나 방향을 바꾸며 갈수록 속도를 더하여 공격해가는 그 검법은 최영 스스로가 창안했던 것이었다. 다수의 적을 맞아

맨 앞에서 길을 뚫으며 돌진해갈 때 최영의 쾌검은 빛을 발하곤 했다.

옆의 사병을 공격하는 듯 찔러가던 최영의 검이 순식간에 직각으로 방향을 바꾸더니 천음자 유청을 향한다. 유청은 대금으로 그 검을 받아내려 했으나 헛손질을 한다. 순간 아차 한다. 앞으로 찔러오던 최영의 검이 눈에 보이지도 않을 만큼 빠르게 방향을 바꿔 뒤쪽에 있던 화수인 모비령을 향한 것이다. 유청은 기겁을 하여 몸을 날려 최영에게 달려든다. 그것이 최영이 바라던 바였다.

모비령은 최영의 공격을 예측하지 못해 중심을 잃고 휘청였고, 그 모비령을 보호하기 위해 유청이 몸을 날려 최영을 공격하는 순간, 최영은 유청의 대금을 맞이하는 것이 아니라 그 옆을 스쳐서 유청이 있던 자리로 이동해갔다. 이제 유청이 막던 길이 뚫렸다.

다급하게 북으로 향하는 길을 막으러 달려들던 사병들 중에 둘이 한꺼번에 최영의 검에 베여 쓰러진다. 그 틈으로 몸을 날리려 하던 최영이 멈칫 선다. 복부의 통증이 순간 극심했던 것이다. 그 바람에 유청이 다시 달려와 최영을 공격해왔고, 겨우 뚫었던 길이 다시 막힌다.

그리고 유청은 최영의 호흡이 거칠어지고 있다는 걸 알아챘다. 이자, 몸이 정상이 아니다. 유청은 대금에 진기를 넣어 거세게 최영의 머리를 쪼개 들어간다. 최영이 방패를 들어 막는데 그 얼굴이 일그러지는 것을 보았다. 힘을 쓰면 통증을 느끼는 것인가. 유청이 빙긋 웃는다. 최영의 뒤에서는 모비령이 허리에 둘렀던 연검을 풀어내고 있다. 모비령도 최영의 빈틈을 알아냈다. 조금만 더 양쪽에서 압박을 해 들어가면 최영은 무릎을 꿇을 것이다.

같은 시각, 강안전 왕의 서재에 충석을 비롯한 조장급 이상의 우달치들이 몰려들었다. 왕께서는 심기를 다스리기 위하여 손수 먹을 갈고 계셨는데, 우달치들이 일제히 바닥을 울리며 그 앞에 무릎을 꿇었다.

맨 앞에 자리한 충석이 간절하게 고한다.

"우달치군 한 조 열두 명만이라도 허락하여 주십시오. 가서 대장을 돕게 윤허하여 주십시오. 전하."

왕은 냉정하게 거절한다.

"불가하다."

충석이 두 손으로 땅을 짚더니 왕을 우러른다. 마치 피를 토할 듯 충석의 목소리는 갈라지고 있다.

"소인, 지난 칠 년간 대장을 모셔왔습니다. 그 칠 년 동안 대장은 주상전하의 안위를 위해서라면 목숨 따윈 언제라도 내놓곤 했습니다. 대장의 충정이라면 누구보다 전하께서 잘 알고 계시지 않습니까."

"물러가라."

"대장이 전하의 명을 어긴 데에는 그럴 만한 이유가 있을 것입니다. 일단 대장을 살려놔야 그 이유를 들으실 수 있을 것이 아닙니까. 그러니 우선 저희가 가서……."

"우달치 대장이 내 명을 어긴 일은 없다."

"전하, 부디……."

충석에 이어 다른 우달치들도 소리를 합해 왕을 부른다.

"전하아……."

순간 왕이 버럭 소리를 질렀다.

"네놈들은 대체 생각이란 게 있는 놈들이냐. 왕인 내가, 내 명으로 의선을 내어주었어. 그 자리엔 네놈들도 있어서 내 명을 똑똑히 들었고. 그런데 이제 그 의선을 데리러 가겠다고? 그것은 내 명을 거역하는 것이고. 그건 곧 반역이며 죽음으로만 갚을 수 있다. 이제 대장을 살리는 길은 단 하나뿐이야. 너희는 내 명을 알았으나 최영은 몰랐다. 하여 최영을 도우러 갈 수가 없어. 왜? 네놈들은 어제 이후 최영을 만난 적이 없고, 그에게 무슨 말도 전한 적이 없고, 따라서 지금 그가 어디 있는지 알지 못하니까."

그제야 말귀를 알아들은 이들이 머뭇거리며 서로의 눈치를 본다. 왕은 비통한 심정으로 명한다.

"물러가라."

우달치들이 물러나가고 안도치만이 책상 옆에 서서 대기

한다.

왕은 붓을 들어 먹물을 찍는다. 붓에 먹물이 듬뿍 스며들었지만 왕은 자꾸만 먹물을 찍어댄다. 그런 왕을 안도치는 마음이 아파서 보고 있다. 문득 왕이 묻는다.

"그 사람, 몸상태는 어떠하다 하든가."

"어의 말로는 죽었다 살아난 사람이니 서서 걷는 것조차 믿을 수 없다 하였습니다."

"그런 자가 단신으로 부원군을 찾아갔다…… 의선을 되찾기 위해서."

"계책이 있느냐 물었더니 정면돌파를 하겠다고 했답니다."

붓을 잡은 왕의 손이 떨린다.

"과인을 비웃는구나. 이리저리 잔꾀를 부리고 권모에 술수를 쓰느라 노심초사하는 과인을 비웃고 있어. 정면돌파라……."

왕은 웃었는데 안도치는 그 웃음이 더 안쓰럽다.

"나는 저를 믿었는데, 저 하나만 믿고 있다 말도 해주었는데 저는 나를 믿지 않는구나."

왕은 붓을 들어 하얀 종이 위로 이동한다.

"왕비는 나를 믿지 못하여 달려와 비난하고, 최영 그자는 나를 믿지 못하여 저 혼자 죽을 각오로 가버렸어. 내겐 한 마디 항의조차 안 했다."

왕이 들고 있는 붓에서 검은 먹물이 뚝뚝 떨어져 종이에 떨어져 번진다. 안도치는 그만 그 앞에 부복하며 간곡하게 아뢴다.

"전하. 옥체를 생각하시어 부디 어지러운 심기를 가라앉히시옵소서."

왕이 거칠게 그림을 그려가기 시작한다.

"항의해봐야 소용없다 여긴 거겠지. 왕이란 자가 워낙에 비겁하고 무능하고 염치가 없는 위인인데 무얼 더 기대하겠는가. 아니 그런가."

안도치는 소리 없이 울기 시작한다. 전하 그만하십시오. 생각을 그만하십시오. 스스로를 해치는 생각 따위는 제발 그만하십시오.

종이 위에 말이 한 필 그려지고 있다. 갈기를 휘날리며 말은 어딘가로 달려가는 모양새다. 지면을 박차고 달려나가는 다리를 그리다가 왕은 멈춘다.

달려갈까. 덕성부원군 그자에게 달려가서 내가 졌다고 할까. 내가 졌으니 그들을 살려달라고 할까. 만약에 그리해서 최영과 의선을 살릴 수 있다면? 최영은 부원군 같은 자에게 고개를 숙인 나를 왕으로 여겨줄까? 그러지 않을 것이다. 앞으로 영영 그의 마음을 가질 수는 없게 될 것이다.

어차피 잃어버릴 사람이다. 왕은 냉정해지려고 애쓴다. 살아도 떠나버릴 사람이다.

그러나 그래도 왕은 바란다. 그가 살아 돌아와주기를. 그러면 어명을 어긴 것에 대해 짐짓 엄하게 꾸중을 하고 용서해줄 텐데. 용서해줄 터이니 조금만 더 내 곁에 있어달라고 청해볼 것인데.

왕은 이 순간 사무치게 최영이 그립다. 사려 깊은 큰형처럼 조용히 지켜봐주던 그의 눈길이 견딜 수 없이 그립다.

덕성부원군 댁의 정원은 높다란 담으로 둘러져 있었고, 그 담장의 중앙과 모퉁이마다 높다란 성루가 자리하고 있었다. 그 중앙 성루, 정원이 한눈에 내려다보이는 곳에 기철과 양사가 나란히 서 있었다.

기철이 이곳에 도착한 것은 한참 전이다. 최영의 몸놀림을 놓치지 않고 보느라고 눈이 가늘어져 있다. 성루의 난간에 바짝 붙어 관전을 하던 기철이 못마땅한 듯 투정을 한다.

"저 아이, 내공을 쓴다 하지 않았는가."

양사가 얼른 다가선다.

"적월대였으니까요. 당연히……."

"그런데 봐라. 그저 검술만 좀 능하다. 몸이 날래기는 하지만 저 정도의 내공이라면 볼 것이 없어. 약장사 떠돌이 중에도 골라낼 수 있단 말이다. 그러니……."

짜증을 내던 기철이 무엇을 생각했는지 다시 눈이 반짝인다.

"음공을 시켜보아."

"나리, 그것은⋯⋯."

양사가 기겁을 하고 말린다.

"천음자가 수련을 할 때면 주변에 새나 고양이들이 죽어 나가는 걸 보지 않으셨습니까? 천음자가 아직 목표한 상대만 가려서 음공을 펼치는 단계에 이르지 못했습니다. 저기엔 우리 사병들이 많습니다. 그러니⋯⋯."

기철이 조급증을 다스리지 못하며 양사의 허리춤에 꽂혀 있던 약저를 빼들더니 난간을 빠르게 쳐댔다. 내공이 실린 약저에 돌로 된 난간이 부스러져 나가며 날카로운 소리를 낸다.

유청이 그 소리에 성루 쪽을 돌아본다. 큰사형 기철이 거기 있다. 귀를 열었더니 저 멀리 있는 큰사형의 말소리가 귓전에 들려왔다. 너무나 예민한 귀라서 평소에는 늘 열에 여섯은 닫아놓는 귀다.

"음공을 써라. 저 아이의 바닥을 알아야겠다."

금방 굴복시킬 수 있을 것인데 왜 굳이⋯⋯ 유청은 내키지 않았지만 큰사형의 명을 거역할 생각은 없다. 유청은 귀의 기능을 전부 닫으며 모비령에게 신호를 보낸다.

순간 최영은 뭔가가 잘못되었다는 것을 알았다. 눈앞의 유청이 갑자기 뒤로 훌쩍 몸을 날리더니 공격거리를 벗어났다. 뒤를 돌아보니 모비령이 갑자기 몸을 돌려 빠르게 달려 멀어지고 있다.

그때였다. 엄청난 압력이 밀려오기 시작했다. 앞을 보니 유청이 대금을 입에 대고 있다. 달려가 막아야 한다는 걸 알았으나 압력 때문에 한 걸음도 움직일 수가 없다. 압력은 귀와 코, 뚫려 있는 모든 구멍을 통해 밀려든다. 순간 진기를 일으켜 몸에 돌린다. 가까스로 방어막을 형성하기는 했으나 잠깐 사이 내상을 입고 말았다. 울컥 목구멍 속에서 피냄새가 솟구친다. 귀가 상하며 어지럼증에 저도 모르게 한 무릎을 꿇고 만다. 땅을 짚어 간신히 버티는데 코와 귀에서 피가 흘러내리는 걸 느낀다. 주위를 둘러보니 사병들이 코와 귀, 그리고 눈에서 피를 흘리며 고통스러워하며 쓰러지고 있다. 그렇게 피를 흘리며 순식간에 죽어가고 있다.

대체 이자들은 뭔가. 적과 아군조차 가리지 않는다. 분노가 그의 몸 안에 흩어져 있던 진기를 한꺼번에 일으켜 세우고 뭉치게 했다.

음공에 집중하고 있던 유청보다 멀리에 있던 기철이 먼저 그 변화를 알아차렸다.

"봐라. 저 아이의 손을 봐."

기철이 흥분하여 소리쳤으나 그 소리를 들어야 할 양사는 이미 멀찍이 달아난 뒤였다.

최영의 양손에 번개의 힘이 모여들고 있었다. 기철이 황홀하여 그 힘의 이름을 부른다.

"뇌공이다. 저 아이가 뇌공을 써."

최영의 손에 모여진 번개의 힘이 한편으로는 귀검에 스며들고 다른 한편으로는 방패에 스며들었다.

유청이 새로이 형성되는 기운에 멈칫하는 순간, 그가 대금으로 생성하여 밀어내던 음파가 단단한 벽에 부딪혔다. 그 반동으로 유청은 자칫 대금을 떨어뜨릴 뻔한다. 최영이 방패로 음파를 막고 있었다. 유청이 놀라 진기를 더욱 끌어올려 밀어내는 힘에 더한다. 그러나 방패로 앞을 가린 최영은 뚜벅뚜벅 느리지만 한 걸음씩 유청을 향해 다가온다. 유청이 단전의 모든 진기를 끌어올려 대금으로 모아내는데도 최영의 걸음은 멈추지 않는다. 최영의 귀와 코, 그리고 입가에 피가 흘러내리는데 그 눈만은 번뜩이며 유청을 노려보고 있어서 섬뜩해진다. 둘의 내공이 방패에서 부딪히는 바람에 강화플라스틱으로 만들어진 방패에 잔금이 가기 시작했다.

유청의 날숨이 한계에 이르고 막 숨을 들이쉬려던 순간 기다렸다는 듯 최영의 검이 일직선으로 뻗어왔다. 서로 간의 거리가 아직 멀었는데 검에서 뻗어나온 한 자 이상 길이의 검기가 순식간에 유청의 손목을 찔러온다.

유청은 결국 대금을 입에서 떼며 가까스로 비켜나고 말았다. 그러나 최영의 검에서 뻗어나온 검기는 다시 반 자의 길이를 더하며 집요하게 유청의 목을 파고든다. 결국 유청은 땅으로 뒹굴어 간신히 검상을 모면한다. 그러나 그가 다시 중심을 잡았을 때 눈앞에 최영은 없다. 최영은 이미 북문으로 달려 들어가고 있었다. 그 북문 위에서는 대만이 우뚝 서서 최영에게 방향을 가리키고 있는 중이었다.

"이쪽입니다."

대만이 가리킨 것은 북문 너머에 자리한 별채였다. 별채의 입구에는 이미 대만이 처리한 듯한 사병이 셋 쓰러져 있다. 그중의 하나는 대만의 고문을 받아 잡혀온 여인의 거처를 실토한 자였다. 최영이 빠르게 별채의 안으로 달려든다.

별채의 규모는 겉보기보다 훨씬 깊고 컸다. 내부는 미로 같은 회랑으로 이어져 있었는데 최영은 거침없이 방향을 잡아 이동한다. 어둠 속에서 암습하는 것은 적월대의 장기였고, 기준깃발 따위는 없어도 방향을 찾는 것이 기본이었다.

앞을 막는 자들은 최영의 속도를 늦추지 못했다. 최영의 손에서 새어나간 자들은 그 뒤를 따르는 대만에 의해 처리되었다. 최영은 돌아나올 때 걸리는 자가 없기를 원했다. 이 길로 그분을 모셔나와야 할 것이기 때문이다.

또 하나의 모서리를 지났을 때 최영은 알았다. 그분이 저기 있다.

막다른 곳에 방문이 하나 있었고, 커다란 자물쇠가 문고리에 걸려 있었다.

 문 앞에서 최영은 멈췄다. 거칠어진 숨을 고른다. 귀검을 들었다가 다시 내린다. 명검인 귀검은 놋쇠로 만들어진 자물쇠 따위는 단숨에 두 동강을 낼 것이었으나 최영은 망설인다.

 미안한 마음이 너무나 크다. 지켜준다 해놓고 지키지 못했다. 그분이 더러운 벌레 같은 자들 앞에 홀로 서 있어야 했던 동안, 거친 자들에게 끌려오는 동안, 겁에 질려 밤을 보내는 동안 나는 정신을 놓고 있었다. 부끄러움과 죄스러움에 최영은 잠시 숨이 막힌다. 환기가 잘 안 되는 복도는 음습한 공기로 가득 차 있다. 빛으로 이루어졌던 세상에 살던 분이 이런 곳에 갇혀 밤을 지냈다. 내 탓이다.

 문을 열고 들어가 내 모습을 보이면 또 얼마나 놀라실까. 최영은 그제야 생각이 나서 옷소매로 얼굴에 흘러내린 피를 닦는다. 끈적이는 피가 잘 닦여지지 않아 몇 번이나 닦는다.

 면목이 없어 망설여진다. 실은 겁이 나서 망설여진다. 행여 놈들이 밤사이 그분에게 어떤 해를 입힌 것은 아닐까. 그 생각에 최영은 겁에 질린다. 부디 무사하시길. 기운차게 나를 향해 성을 내주시길. 부디⋯⋯.

 검을 들어 단칼에 자물쇠를 잘라냈다. 검을 검집에 갈무리하고 두 손으로 방문을 연다.

 창문이 없는 방 안은 넓고 어두웠다. 들어온 빛이 방 안을 채우며 최영은 방 한구석에 자리한 침상을 발견했고, 그 침상 옆에 선 그분을 보았다. 서 계시다. 무사하시다.

갑자기 밀려든 빛에 눈이 부신 듯 감았던 그분이 눈을 뜨더니 최영을 본다. 최영은 두어 걸음 들어서지만 더 다가가지 못하고 선다. 달리 할 말을 찾지 못해서 그렇게만 말한다.

"좀 늦었습니다."

그때 그분이 활짝 웃었다. 눈에 눈물이 그렁해지더니 단 걸음에 최영에게 다가섰다.

"살았네."

하고 그분이 말한다. 원망도 아니고 하소연도 아니고 성내는 것도 아니고 그분은 최영을 보며 말했다. 살았네. 그러더니 한 손을 들어 최영의 볼에 대었다.

예상하지 못했던 손길에 최영은 꼼짝하지 않는다. 감히 피할 수가 없다. 따뜻한 손이 최영의 볼에서 잠시 머물다 거두어진다. 그분이 다시 웃는다.

"열도 내렸고. 살아났네. 내가 살렸어. 근데요."

그분이 최영에게 더 가까이 바싹 다가와 선다. 최영은 그래도 움직이지 않는다. 너무 가까워서 그분이 올려다보는 눈동자가 바로 아래 내려다보인다. 기억하고 있던 그 향내가 가득히 전해진다. 그분이 숨죽여 속삭인다.

"나 지금 갇혀 있어요."

최영은 미소가 지어지려는 것을 참는다.

"압니다."

"어젯밤에 끌려와서요. 지금까지 방에 갇혀가지고……."

하다가 그분이 말을 멈추고 기웃해서 최영의 뒤를 본다.

뒤쪽의 동정은 아까부터 알아차리고 있었다. 그러나 그분의 무사함을 좀 더 확인하고 싶어서, 그분의 생기 넘치는 눈을 좀 더 보고 싶어서 최영은 지체한다. 그분이 불안한 눈이 되며 최영의 옷자락을 잡더니 두어 번 당긴다. 예. 알고 있습니다.

최영이 천천히 돌아선다. 그분을 제 몸으로 다 가리며 막아선다.

거기 대만이 뒷걸음질로 밀려 들어오고 있다. 기세만으로 대만을 밀어내며 덕성부원군 기철이 들어서고, 그 뒤를 따라온 천음자 유청과 화수인 모비령이 입구의 양옆에 나누어 선다. 양사가 그 너머에서 힐끔거리고 있다. 최영과 의선을 힐끗 돌아본 대만은 최영의 앞을 막아서며 양 팔목의 손칼을 뽑아낸다. 마치 저 혼자 뒤의 둘을 지키겠다는 듯이.

그러나 최영은 기철의 한 손에 모여드는 냉기를 알아차렸다. 기철은 앞을 막는 성가신 대만을 단번에 치워버리려 하고 있다. 기철이 한 걸음 더 나서는 순간 대만이 그를 향해 몸을 날리려 했고, 그보다 한숨 먼저 최영은 대만의 등덜미를 잡아 옆으로 던져버렸다. 던져진 대만이 중심을 잡느라 벽에 박은 손칼이 마찰음을 내며 지익 옆으로 밀린다.

기철이 최영의 세 걸음 앞에 선다. 만면에 가득 미소를 머금고 있다.

"우달치 대장. 최영."

"다시 뵙습니다."

최영은 고개를 숙이지 않았다. 기철과 그 뒤의 무리들을 시선 안에 두고 셈해보고 있는 중이다. 등 뒤의 분을 무사히 지키며 앞에 있는 자들과 싸울 수 있을까. 선제공격을 했을 때 상대의 반응을 한 수 두 수 예측해본다. 그러나 저 뒤의 둘과는 싸워보았으나 기철의 전력은 알 수가 없어서 예측은 오리무중이다. 게다가 천음자를 상대하며 소모해버린 진기는 아직 다시 모이지 않고 있다.

최영의 등 뒤에서 의선이 조금 움직이는 것이 느껴진다. 그 바람에 의선이 기철의 눈에 띄었다. 기철이 의선을 보더니 찌푸린다.

"그리고 너."

최영이 슬쩍 반걸음을 움직여 의선을 다시 다 가린다.

"전하께서 의선이라 칭하신 분입니다. 예를 갖추시는 게 좋지 않겠습니까?"

기철의 시선이 다시 최영에게 온다.

"지난번에 만났을 때도 자네는 예를 주장하였었지. 그런가? 최영. 자네는 목숨보다는 예를 더 중시하는 자인가?"

"설마 그럴 리가요. 그저 예를 들먹이며 잠시 시간을 버는 중입니다."

"무엇을 위한 시간이 필요한고?"

"제 뒤에 계신 분을 모시고 도망칠 생각이거든요."

기철이 하하 웃는다. 최영은 다시 셈한다. 이번에는 승산이 없는 싸움을 피하고 살아남는 셈법이다. 저자는 나를 원한다. 내가 강해 보일수록 값이 올라갈 것이다. 나보다는 의선의 값을 더 높여야 할 터. 기철이 즐겁다는 듯 묻는다.

"나와 내 뒤의 아이들을 다 뚫고 도망을 치겠다? 그것도 그 여인까지 데리고?"

최영은 넉살 좋게 되묻는다.

"안 되겠습니까?"

"혹시 우달치 전 대원을 우리 집 지붕 위에 숨겨놓기라도 했는가?"

"아닙니다. 저 개인적으로 온 것이라 전하께서는 모르십니다. 우달치군은 전하의 명이 없이는 움직이지 않습니다."

"개인적으로 왔다. 왜?"

드러내지는 않고 있지만 최영은 긴장한다. 이제 내놓을 한마디로 전하를 배역할 수도 있고, 등 뒤의 계신 분을 살리지 못할 수도 있다.

"개인적이라는 말의 뜻. 모르십니까? 제가 개인적으로……."

최영은 달리 더 좋은 방도를 찾지 못하여 그대로 말을 잇는다.

"뒤에 계신 분을 연모하기 때문에 온 것이란 뜻입니다."

순간 방 안에 정적이 흘렀다. 기철은 의외의 기습을 받은 표정이었고, 대만은 입이 쩍 벌어졌으며, 화수인 모비령은 눈을 반짝이며 웃는 얼굴이 되었다. 그러나 누구보다 놀란 것은 최영의 등 뒤에 있던 은수였다.

뭐라고?

기철이 은수의 마음을 대신하여 물어주었다.

"지금 뭐라 했는가?"

최영은 한 마디 한 마디 정확하게 전달한다.

"연모하는 여인이 거친 자들에게 끌려가 낯선 곳에 갇혀 있다 하는데 그 어떤 사내가 손 놓고 있겠습니까. 그래서 달려왔습니다. 그러니 사람들이 더 다치지 않게 우리, 그냥 보내주시면 안 되겠습니까?"

기철이 가는 눈을 더 가늘게 하여 최영을 본다. 최영은 속마음을 짐작할 수 없는 표정으로 기철의 시선을 똑바로 받고 있다. 기철이 입을 연다.

"사매."

화수인 모비령이 생글거리며 답한다.

"왜요."

"이자와 겨눈 것이 오늘로 두 번째지. 어떻더냐?"

"시험만 해보라기에 내 힘을 다하진 않았는데……."

모비령이 살랑살랑 최영에게 다가온다.

"이자도 가진 힘을 다하진 않더이다. 그래서 아직 모르겠수. 이자의 무공의 깊이나……."

모비령이 최영의 팔뚝에 나긋하게 손을 얹으려는데 최영이 타악 그 손을 쳐낸다. 모비령이 상체를 기울여 최영의 뒤에 선 은수를 본다.

"이자의 마음의 깊이나……."

모비령이 은수 쪽으로 한 걸음을 내딛으려는 순간, 최영이 방패를 휘릭 돌리더니 모비령의 발 바로 앞의 바닥을 터엉 찍으며 막는다. 반사적으로 한 걸음 물러났던 모비령이 까르르 웃는다.

기철이 최영을 새삼 살펴본다.

"무공도 보통은 넘지만 그보다 자네, 검만 쓰는 무사가 아니구나."

무엇을 들켰는가 해서 최영은 마음을 졸이며 말을 받는다.

"가끔 활도 쓰고, 이도 저도 없으면 주먹도 씁니다."

"머리를 쓰는 무사라……."

기철이 활짝 웃더니 물어왔다.

"최영. 자네, 술 좋아하는가?"

장빈은 왕비가 계시는 곤성전의 회랑을 빠른 걸음으로 걷고 있었다.

좀 전에 숨이 넘어가게 달려와 장빈을 부른 곤성전의 무각시는 장빈보다 몇 걸음 앞을 종달음질치고 있다. 왕비의 상처에 문제가 생겼나 해서 약상자를 들고 가려 했더니 무각시는 급히 말렸다.

"아닙니다. 부르신 것은 최상궁이십니다."

"최상궁이 왜?"

"도와달라 하십니다. 어서. 급합니다."

왕비는 곤성전의 춘우각에 계셨다. 장빈이 들어섰더니 최상궁을 비롯한 무각시들이 둘러선 가운데 왕비는 서슬이 퍼렇게 노하고 있었다.

"너희가 감히 나를 막는 것이냐?"

최상궁이 장빈도 들으라는 듯 왕비에게 고한다.

"왕비마마께서 궁을 나가시는 것은 보통 일이 아닙니다. 먼저 전하께 허락을 얻으셔야 하고……."

"기철. 그자의 집이 어딘지 그것만 일러라."

"마마께서 움직이실 행로를 미리 점검하고, 위험요소는 미리 제거하고. 수행할 자들은 가려서……."

"여기에 왕비의 말을 존중하는 자는 하나도 없구나. 나 혼자 알아서 찾아갈 밖에."

왕비가 벌떡 일어서더니 한쪽으로 간다. 거기 걸려 있는 검을 집어 든다. 여성용의 작은 검이라지만, 장빈은 일찍이 그 검을 살펴본 적이 있다. 그저 장식용이 아니다. 왕비의 손때가 묻은 실전용이다.

최상궁이 옆으로 다가선 장빈의 발을 걸어찬다. 그래도 장빈이 머뭇거리자 최상궁이 장빈의 뒤를 퍽 밀쳤다. 왕비 쪽으로 두어 걸음 밀쳐진 장빈이 어쩔 수 없이 왕비를 가로 막은 꼴이 되었다. 왕비가 장빈을 노려본다.

"막는 자는 죽이겠다. 죽기 싫으면 나를 대적하여 싸우든가."

"덕성부원군 댁에 가려 하십니까?"

"네가 안내하겠는가."

"좋은 생각이 아니십니다."

"너에게 내 생각을 평하라 한 적 없다."

"가서 우달치 대장과 의선을 내놓으라 하실 것입니까?"

"나는 이 나라의 왕비며, 원의 공주다. 내가 그만 한 요구도 할 수 없는가?"

"그런 분이 직접 찾아가기까지 하셔서 그들을 달라 하시면 더 주기 싫어질 겁니다. 그만큼 그들이 중요하다는 것을 들키게 될 것이니까요."

최상궁이 얼른 끼어든다.

"최영, 그놈이 어려서부터 머리가 제대로 돌아가는 놈이었습니다. 그런 놈이 의선을 모시러 갔다지 않습니까. 그러니 심려 마시고 기다리시면……."

"최영, 그자를 어려서부터 아는가?"

"그놈과는 고모 조카 사이가 됩니다. 그래서 제가 그놈을 잘 아는데……."

"고모라는 자가, 같은 의원으로 동료라는 자가 기껏 내놓은 대책이 앉아 기다리자?"

장빈이 달랜다.

"때로는 기다리는 것이 상책이 될 수도 있습니다."

"기다리라. 두 분은 계속 기다리라."

"마마."

"나는 그런 건 할 줄 모른다."

왕비는 그대로 문 쪽으로 이동한다. 감히 그 몸을 잡아 막을 자가 없어서 분분히 비켜선다. 최상궁이 어쩔 수 없이 그 뒤를 따르며 장빈을 잡아채어 귀엣말로 묻는다.

"원에서 이곳까지 왕비마마를 모셔오는 동안, 최영이 그놈하고 왕비마마, 무슨 일이 있었소?"

장빈이 금방 그 뜻을 알아차리지 못해 되묻는다.

"무슨 일 말입니까?"

"행여 최영이 그놈이 마마의 마음을 흔드는 짓은 하지 않았는가 말이오."

그제야 말뜻을 알아차린 장빈이 최상궁을 다시 보고는 그만 실소한다.

"잘못 짚으셨습니다."

"확실한가?"

"두 번 생각하실 거 없습니다. 그런 일 없습니다. 대장을 잘 아신다면서요."

최상궁이 장빈을 힐끗 노려보고는 나인 하나를 불러 은밀히 지시를 내리려다가 멈칫 멈춘다. 앞서 가던 왕비가 가던 속도 그대로 돌아서 걸어오더니 최상궁의 앞에 멈춰 서서 물었다.

"나를 왕비로 생각하는가."

최상궁이 놀라서 고개를 조아린다.

"제가 어찌 감히 다른 생각을……."

"그렇다면 왕비의 명을 제대로 듣거라. 이제 내가 궁을 나서 기철의 집을 직접 찾아가려 한다. 이 일은 전하께 고할 필요가 없다. 들었느냐?"

왕비의 지엄한 명은 제아무리 최상궁이라도 어찌 거역할 수가 없어서, 왕비의 움직임에 대해 왕이 보고를 들은 것은 한참 후의 일이다.

그러나 궁 안 요소요소에는 덕성부원군 기철이 심어둔 간자들이 있었고 그들의 연락망은 뛰어난 것이어서, 왕비가 궁의 북서쪽에 자리한 금요문을 지나고 영평문을 지날

쯤에는 이미 기철의 집에 소식이 전해졌다.

왕비의 출궁 소식에 기철은 짜증스러운 표정을 지었다. 그는 지금 한참 최영이라는 새 장난감에 빠져 있었던 것이다.

"주상이 보냈는가?"

기철이 역정을 내며 물었더니 아우 기원이 얼른 고한다.

"그게…… 주상전하 몰래 오신답니다."

"의선을 달라?"

"대장까지 함께 요구하실 모양인데요."

"맹랑하시구만."

"어찌할까요. 이러니저러니 해도 원의 공주이십니다. 함부로 문전박대를 할 수도 없고, 청을 해오면 거절하기도 껄끄럽고……."

"그러니 청을 해오기 전에 처리해야지."

"처리……합니까?"

기철은 아우의 맹한 반응에 더욱 짜증이 솟구친다.

"어차피 살아서 고려 땅을 밟을 분이 아니었잖은가."

"그랬습니다. 예."

"그 아이는 뭐하고 있는가."

"그 아이면, 누구…… 최영이요?"

기원이 또 맹하게 반문하다가 폭발 직전인 형의 표정에 기겁을 해서 답한다.

"누각으로 안내하라 했습니다. 의선이라는 계집과 함

께 아니면 꿈쩍도 안 할 기세라 같이 안내하라 했습니다만……."

"내가 잘못 생각했다."

"예?"

"그 아이가 원하는 것은 재물도 직위도 아니야. 그런 것으로 그 아이를 데려오려 했다니 내가 한참 잘못 생각하였어."

"아…… 예……."

기원은 제대로 이해는 안 되지만 일단 대답을 한다. 형인 기철은 가만 서 있지를 못하고 서성거리고 있다.

"어찌할까. 어찌하면 온전히 내 것이 될까."

"계집을 끔찍이 생각한다 하니 그 계집으로 인질을 삼으면 안 되겠습니까?"

"계집은 두 번째인 듯하다."

"예?"

"계집을 구하러 달려왔으되 왕의 사람으로 왔다. 왕의 사람으로 있는 이상, 그 아이는 내 것이 되지가 않아. 나는 최영 그 아이가 내 것이 되었으면 하는 것이야."

"예에……."

"무엇하고 있어. 가서 원의 공주를 처리하라지 않나."

기원이 요란스레 쿵쾅거리며 달려나간 뒤에도 기철은 계속 혼잣말을 하며 서성인다.

"어찌할까. 달래볼까. 을러볼까. 몰이를 해야 하나?"

이제 괜찮아. 이 사람이 옆에 있으니까 이제 다 괜찮은 거야.

최영의 옆에 붙어서 웬만한 동네의 공원보다 커다란 정원을 걸어 가로지르며 은수는 후들거리는 다리를 억지로 움직이고 있다. 최영은 은수의 걸음에 맞추어 천천히 걷고 있다. 앞을 안내하던 양사라는 남자가 짜증이 난 듯 몇 번이나 돌아보았지만 최영은 아랑곳하지 않는다. 은수의 다른 한쪽에는 대만이라는 아이가 붙어서 걷는다.

또 잠깐의 현기증이 지나간다. 정원의 곳곳에서는 피냄새가 났고, 길의 이곳저곳에 번져 있는 얼룩을 자세히 보니 피 흔적이었다. 수술실에서 메스로 가르면 순간 풍기는 냄새. 오래되지 않은 피의 냄새란 뜻이고, 그건 내 옆을 걷는 이 사람이 나에게까지 오면서 흘린 피라는 뜻일 수도 있다.

은수는 힐끔거리며 최영을 살핀다. 옷자락에도 목덜미에도 피의 흔적들이 남아 있었지만 눈에 띄게 다친 데는 없어 보인다. 바람이 불어 지나치자 후욱 피냄새가 전해져 왔다. 이번에는 땅이 아니라 바로 옆을 걷는 그에게서 나는 냄새다.

도대체 무슨 짓을 한 거예요?

최영의 먹살이라도 잡아 흔들고 싶은 것을 참는다. 어제 저녁만 해도 다 죽어가고 있었잖아요. 아니지. 죽어가는 게 아니라 죽었었다고. 그런 사람이 대체 무슨 짓을 했기에 그렇게 피를 뒤집어썼냐고요.

 호수를 건너는 다리 앞에 이르자 최영은 멈춰 서더니 은수의 걸음을 살핀다. 은수가 무사히 세 개의 계단을 오르는 것을 확인하고야 다시 걷는다.

 그래, 괜찮아. 난 안전해. 옆에 있는 이 사람은 어떻게 해서든 날 지킬 것이다. 나 때문에 자기 피를 흘리고 남의 피를 뒤집어쓰며 지켜낼 것이다. 빌어먹을.

 아까 화수인이 최영을 맞아 싸우던 누각 위에는 어느새 화려한 술상이 마련되어 있었다.

 탁자의 저편에 화수인이 앉아 있다가 들어서는 최영을 보며 배시시 웃는다. 누각의 한구석 난간에는 천음자가 걸터앉아 있다. 기철은 보이지 않는다. 안내해온 양사가 못마땅한 듯 탁자 이쪽의 의자를 가리켜 보였다.

 최영은 은수를 먼저 앉게 한다. 여기까지 오는 동안 의선의 발걸음이 내내 허청거리며 불안했다. 의선이 땅에 남은 피의 흔적들을 살피는 것도 보았다. 그러면서 점점 얼굴색이 파리해지며 굳어가는 것도 보았다. 그러면서 두려움을 내색하지 않으려 애쓰는 모습도 보았다.

 문득 잠깐 머물렀던 하늘세상이 떠오른다. 그곳에선 누

구도 사람을 해치는 무기 같은 것은 갖고 다니지 않았다. 최영을 잡으러 달려온 병사들조차 날카로운 병장기 대신에 뭉툭하고 짧은 봉이 가진 무기의 전부였다. 아마도 그 세상에선 이처럼 서로를 향해 검을 휘두르고 피를 뿌리는 일은 없겠지. 그런 세상에서 살던 분이다.

기철이 만면에 미소를 띠고 누각에 들어섰다. 싸우지 않고 이 자리를 모면할 수 있을까. 옆에 계신 이분 앞에서는 더 이상 피를 뿌리고 싶지 않은데.

기철이 의선의 건너편에 자리하여 앉더니 최영을 본다.

"앉지."

최영이 잠깐 망설인다. 앉는 것보다는 서 있는 쪽이 시야나 반격의 범위가 넓지만 어쩔 수 없다. 은수의 옆에 앉는다. 기철이 만족한 듯 이번에는 은수를 본다.

"하늘에서 오신 분."

은수는 기분 나쁜 그자를 잠시 바라본다. 어쩌지? 비위를 맞춰줘? 그건…… 싫은데.

"왜요."

기철이 잔에 술을 따르더니 은수의 앞에 밀어놓았다. 술 향이 진하게 올라온다. 뭐지? 과일주 같은데. 은수는 저도 모르게 침이 고인다. 마침 목이 타던 참이다. 술잔을 향해 손을 뻗는데 그보다 먼저 최영의 손이 그 잔을 덮어 잡는다.

"제가 먼저."

하더니 최영이 그 잔을 들어 단숨에 마셔버린다. 뭐야. 붉은 옷의 여자가 소리 내어 웃는다. 왜 웃는데? 기철이 웃음 띤 얼굴로 최영에게 묻는다.

"어떤가. 독은 안 들어 있는 거 같은가."

그 말이 뒤통수를 후려친 듯 은수는 정신이 번쩍 들었다. 최영을 돌아본다.

"설마. 독이 들었나 먼저 마셔본 거예요?"

최영이 무뚝뚝하게 답한다.

"예."

"미쳤어요? 그러다 독이 있으면."

최영이 그제야 은수를 돌아본다.

"의선이잖습니까? 치료해주셔야지요."

은수가 어이없는 표정으로 주위를 돌아본다. 장난이지?

"장난이죠? 이거 다……."

그때 기철의 뒤쪽에 서 있던 양사가 끼어들었다.

"장난은 네년이 먼저 친 거 아닌가."

뭐라고?

"하늘에서 내려와? 끊어진 목을 다시 붙여? 죽은 자를 살려? 여기 네년의 헛소리에 장단 맞춰줄 분은 아무도 없으니 이쯤해서 바른대로 고하라. 대체 네년 정체가 무엇이냐?"

최영이 내려놓았던 술잔을 다시 잡았다. 술잔을 날려 양사의 입을 틀어막을 생각이었는데 그보다 먼저 은수가 말했다.

"아주 지랄들을 하세요."

그 말이 술잔보다 더 효과적으로 양사의 말문을 막았다.

"욕은 나도 좀 하거든요. 피차 욕으로 대화 계속할 거 아니면 좀 점잖게 구시죠. 그리고 이 집에 환자 있다면서요. 데리고 오세요. 아니면 날 데리고 가든가."

은수가 팔꿈치로 옆에 앉은 최영을 툭 치는 바람에 최영이 움찔한다. 은수가 최영 쪽으로 몸을 기울이더니 남들 다 듣게 이른다.

"저 앞에 기씨 아저씨가 그쪽 임금님하고 내기를 했대요. 내가 이 집에 있는 환자를 제대로 치료해주나 못하나. 그래서 날 데리고 왔다는 거예요. 이 얘기 들었어요?"

은수가 최영을 빤히 바라보는 바람에 최영이 어쩔 수 없이 대꾸한다.

"못 들었습니다."

"그럴 줄 알았어. 도대체 말도 안 되는 얘기잖아요. 그쵸? 그렇게 급한 환자가 있으면 날 환자에게 먼저 데려가야죠. 나 끌고 와서는 밤새 방에 가둬놓고…… 문 잠가놓았으니까 가둔 거 맞죠?"

"……예."

"환자가 있다는 거 암만해도 거짓말 같아요. 그러고는 아침밥도 안 주고…… 그리고 이건 뭐야. 밥상이 아니라 술상이네. 근데 이거 안주는 먹어도 되요? 독 같은 거 넣었을까요? 진짜로?"

대답을 해야 되는 건지 난처해진 최영을 구해준 건 화수인 모비령이었다.

"그 말은 못 들었나 보네."

모비령이 일어서 살랑살랑 탁자를 돌아 은수에게 다가온다. 최영이 한 팔을 들어 은수의 의자 등을 감쌌다.

"치료에 실패하면 어찌되는지. 만약에 그대가 실패해서 환자를 죽이게 되면 그대는 혹세무민한 요물로 처형을 당하게 되요."

모비령은 은수의 앞에서 목을 긋는 시늉을 해 보인다.

"이렇게 목이 댕강. 그래서 그 예쁜 머리통을 삼문 밖에 걸어놓는 거야. 온 백성들이 다 볼 수 있게."

은수가 보다가 허 웃는다.

"이건 뭐 재미도 없고, 웃기지도 않고."

이분은 아직 이 땅의 세상이 어떤지 감도 못 잡고 있다. 최영은 은수의 어깨를 짚는다.

"가만 계십시오."

그러나 은수는 최영의 손을 탁 떨쳐내더니 벌컥 성을 내고야 만다.

"내가 지금 가만있게 생겼어요? 이 인간들 말하는 것 좀 보라고요."

은수가 벌떡 일어서려는 것을 최영이 그 어깨를 다시 눌러 앉혔지만 그 입은 막지 못했다.

"좀 놔봐요. 안 싸워요. 싸워봤자 나도 똑같은 인간 되니까 안 싸운다고. 우리 그냥 가요. 이놈의 집구석엔 일 초도 더 있고 싶지 않으니까……."

"좀 가만……."

최영은 아까부터 기철을 신경 쓰고 있었다. 은수의 하는 양을 보고만 있는 기철이 불안하다. 처음에는 최영에게 관심이 있던 그의 눈길이 어느새 은수에게 못 박혀 있다. 최영이 기철에게 묻는다.

"이 댁에 환자가 있어서 의선을 모셔오신 겁니까?"

그 말에 은수도 기철을 본다. 기철은 은수를 줄곧 보며 최영에게 답을 한다.

"그리 말씀드렸지. 주상께."

"환자는 어디 있습니까?"

"환자라…… 자네가 오는 바람에 문득 생각난 분이 계시구먼. 그런데 좀 멀리 계시네."

"누굽니까."

"지난 삼 년간, 자네가 주군으로 모셨던 분."

그제야 기철의 시선이 최영에게 온다. 최영이 그 눈길과 그 말의 뜻에 마음이 철렁한다.

"강화도에 유배 중이신 경창군께서 병이 깊으시다네. 이

분이 정녕 하늘에서 오신 의선이 맞다면 치료해주실 수 있겠지. 그러니 최영, 자네가 모시고 다녀오게. 정인이라면서 먼 길 혼자 보낼 수야 없지 않은가."

"거절하면 어찌 됩니까?"

"병자의 치료를 거절하는 의선이라니. 영 쓸모가 없지 않은가. 쓸모없는 존재는 없어져야 세상에 이득이 되지."

은수가 뭐라 한 소리 하려는 것을 최영이 그 어깨를 눌러 조용히 시키며 기철에게 말한다.

"우달치의 직책을 가진 자가 주상의 허락 없이 개경을 벗어날 수는 없습니다."

"주상의 허락은 내가 대신 받아놓지. 그리 걱정할 거 없네. 자네까지 신경 쓸 만큼 한가하지 않으실 것이니."

최영이 잠시 말을 못한다. 철렁이던 마음의 불안이 급속도로 불어나 커진다.

"덕성부원군 나리."

"듣고 있네."

"지금 뭐하자는 수작이신지 여쭤봐도 되겠습니까?"

기철이 유쾌하게 웃는다.

"일전쌍조. 한 대의 화살로 두 마리의 독수리를 잡을까 하는데. 잘하면 일전삼조. 세 마리를 잡을 수도 있을 거 같네."

7장 — 엇갈리는 연인

뼈가 없는 듯 부드러운 손이었다. 놓칠까 봐 잡은 손에 힘을 주었더니 그녀가 마주 힘을 주어 잡아왔다. 알 수 없는 기쁨이 가득 몰려와서 그는 문을 열며 마음속으로 다시 말했다. 가자. 같이 가자.

 같은 시각, 왕비의 일행은 서문교를 건너서고 있었다.
 워낙에 왕비가 몰아치는 바람에 말도 가마도 준비할 겨를이 없었다. 그러나 왕비의 걸음은 궁에 계시는 분답지 않게 빨라서 호위를 하는 자들은 바싹 긴장을 해야 했다. 왕비의 양옆으로는 최상궁과 장빈이 붙고, 앞으로 셋, 뒤로 네 명의 무각시들이 진을 짜서 이동 중이다. 장빈을 제외한 여인들은 모두 머리쓰개가 달린 장옷으로 신분도 무기도 숨기고 있다.
 수가 적은 쪽이 잠행에는 더 나을 수도 있겠다고 최상궁은 속으로 합리화를 한다. 궁문을 나서면서 슬그머니 보초서는 금군에게 눈치를 주긴 했는데 제대로 왕께 보고가 들어갔는지 모르겠다.

 대체 왜 이리 무리를 하시는지 알 수가 없다. 최상궁은 옆의 왕비를 훔쳐본다. 어두운 보랏빛 장옷의 머리쓰개 아래로 얼핏 보이는 왕비의 눈은 차갑게 앞만 보고 있다. 최영이 그놈에 대한 마음이 아니라면 무슨 마음이 이렇게 왕비를 다급하게 몰아세우는 걸까.

 사실 왕비의 마음은 왕비 자신도 잘 알 수가 없다. 그저 가만히 있을 수가 없었다. 속에서 불이 났다. 정작 가고 싶은 곳은 기철의 집이 아니라 왕이 있는 곳이었다. 그러나 제 입으로 다시는 찾지 않겠노라고 왕의 앞에서 말했다. 그 이후로 왕은 가타부타 말이 없다. 어쩌면 앞으로 영영 다시는 부르지 않을지 모른다. 그렇게 잊혀질지도 모른다.

 그래서 이렇게 했다. 기철의 집을 찾아가서 의선과 대장을 내놓으라고 할 것이다. 설마 원의 공주인 자신을 대놓고 업신여기지는 못하겠지. 필요하다면 아버지인 위왕을 내세울 것이다. 무역의 이득을 원하면 그것도 들어줄 것이다. 해줄 수 있는 건 다 해줄 것이다. 그래서 둘을 되찾을 생각이다.

 그 둘을 데리고 궁으로 돌아가면 왕은 적어도 무어라 말을 붙여올 것이다. 성을 내더라도 말을 해올 것이다. 노한 눈이라도 보고 싶다. 차가운 말이라도 듣고 싶다. 그렇게 매달리는 자신이 애처로워 견딜 수가 없다. 그러나 이미 늦었다. 단념을 하려면 일찍이 그날 단념을 했어야 했다.

그날, 아버지 위왕은 고려국의 왕자를 궁으로 불렀다고 했다.

'대체 어떤 자인지 내 눈으로 직접 보아야겠다. 그러니 너는 그런 줄 알고 있어라.'

절대 방에서 나올 생각을 말라는 아버지의 명을 어기고 외궁으로 숨어들었다. 멀리서라도 한 번 보고 싶었다. 가능하다면 말을 걸어보고 싶었다. 왕비는 우스갯말을 여러 개 준비했다. 그 사람을 다시 웃게 하고 싶었다. 그 웃음을 다시 보고 싶었다. 보름달보다 환하던 그의 웃음이 그녀의 소원이었다.

"마마."

옆에서 최상궁이 왕비를 상념에서 깨운다.

일행은 저잣거리에 접어들고 있었다. 인파로 붐비고 있어서 더 이상 속력을 낼 수가 없다. 왕비는 할 수 없이 걷는 속도를 늦춘다. 최상궁은 더욱 왕비에게 가까이 붙으며 주위를 날카롭게 살핀다. 뭔가 여느 때와 다르다. 상인들이 길거리로 내놓았던 좌판들을 상점 안으로 거둬들이고 있다. 슬쩍 거리 양쪽의 지붕 위를 본다. 지붕 한 곳이 번쩍이는 것을 놓치지 않는다. 숨어 있는 누군가의 병장기가 햇빛을 반사하고 있다. 장빈에게 슬쩍 물어 확인한다.

"있지요?"

장빈도 무엇인가를 본 듯하다.

"있습니다."

왕비가 눈썹을 모은다.

"무엇이 있다는 것이냐?"

"저것들입니다."

최상궁의 대답이 끝나기도 전에 왈짜패들이 모습을 드러냈다. 수는 열 명 정도. 장빈이 뒤쪽을 돌아보니 역시 비슷한 복장의 사내들이 길을 막아서고 있다. 그들이 들고 있는 병장기를 살펴본 장빈이 품에서 부채를 꺼내들며 최상궁에게 이른다.

"무기를 보아하니 그저 왈짜패가 아닙니다."

"그래 보이는군요."

최상궁이 바람막이를 뒤로 제친다. 허리춤에 검이 드러난다. 왕비가 긴장하여 묻는다.

"도적들인가?"

그러나 왈짜패 복장의 사내들은 무엇을 달라거나 을러댈 생각이 없는 듯했다. 앞에 막아선 자들이 한마디 말도 없이 일제히 공격해 들어왔다.

순식간에 저잣거리가 난리판이 되었다.

"용서하십시오."

장빈이 왕비를 한 팔로 감싸안아 중앙으로 위치한 것과 거의 동시에 최상궁의 지시가 떨어졌다.

"칠방진."

무각시들이 빠르게 왕비를 에워쌌다. 보호 대상을 가운데 두고 칠방을 물샐틈없이 방위하는 무각시 특유의 진형이었다.

최상궁이 근처에 있던 말 한 필의 엉덩이를 때려 앞으로 돌진하게 했다. 수레까지 끌고 달리는 그 말 때문에 앞을 가로막은 자들이 분분이 옆으로 비키는 틈을 타, 한 덩어리가 된 왕비의 일행이 달리기 시작했다. 칠방진의 가운데는 장빈과 최상궁이 왕비를 보호하며 달리고, 원형의 가장자리를 점한 무각시들은 걸리는 이들을 무자비하게 베며 달린다.

그러나 그 거리를 벗어나자마자 또 한 무리의 사내들이 앞을 막아섰다. 뒤에는 두 배로 불어난 사내들이 달려들고 있다. 장빈이 간파한 대로 그저 왈짜패들이 아니었다. 마구잡이로 덤벼드는 것이 아니라 오래 손발을 맞춰 훈련해온 듯, 공격에도 선후가 있고 방위가 잡혀 있다.

최상궁이 골라온 일곱 명의 무각시들은 그중에도 정예들이었다. 근접하는 적들을 어김없이 베거나 물러서게 만들고 있지만 상대가 워낙 많다. 최상궁이 날카롭게 다음 지시를 내린다.

"삼보원방!"

순간 일곱 명의 무각시들이 허리띠를 풀어내며 각자의

방향으로 삼보를 나서며 원을 넓힌다. 각각 허리띠를 옆으로 날려 한 손에 모아쥐어 잇는다. 가죽에 철끈을 넣어 꼬아 만든 허리띠다. 무각시들이 이은 허리띠가 커다란 원을 그리며 형성되었다. 공격보다는 방어를 위주로 하는 진형이다. 누군가 허리띠의 원 안으로 들어서려 하면 허리띠로 튕겨내거나 감아서 막아내고, 와중에 다른 손에 쥔 검이 그를 베게 될 것이다. 무각시들이 만들어낸 원은 고정되어 서 있는 것이 아니라 끊임없이 왼쪽으로 혹은 오른쪽으로 돌며 이동을 해서 공격해오는 자들을 어지럽히기 시작했다.

사내 중의 하나가 기합소리와 함께 공중으로 튀어올라 원 안으로 진입을 시도한다. 그러나 순간 치솟은 허리띠가 그의 발목을 감아들어 잡아당긴다. 그가 제대로 중심을 잡아 서기도 전에 안에서 튀어나온 최상궁의 검이 그의 목을 갈라버렸다. 무각시들이 만든 원은 원으로 고정된 것도 아니었다. 상황에 따라 끊임없이 들고 나며 일곱 개 더하기 최상궁의 한 개 검이 마치 하나의 주인을 따르는 듯 공수를 돕는다.

순식간에 공격해오던 사내들 중에 대여섯이 부상을 입거나 죽었다.

원의 중앙에는 왕비를 감싸듯이 선 장빈이 자리하고 있었다. 사내들 중에 뒤쪽에 있던 자가 왕비를 겨냥하여 던진 단검이 무각시들의 원진을 뚫고 날아든다. 장빈이 재빨리 그 단검을 부채로 쳐내며 힐끗 왕비를 본다.

왕비는 자신의 검을 빼들 생각도 못하고 있다. 검술을 배우긴 했으나 어디까지나 궁의 후원에서 장난처럼 배운 것. 자칫 날카로운 검을 빼들었다가 앞뒤의 아군에게 걸리적거리기나 할 것이다.

순간 왕비는 저도 모르게 아, 소리를 낸다. 앞쪽을 막고 있던 무각시 중의 하나가 한꺼번에 공격해 들어오는 세 명을 다 막지 못해서 복부를 갈리며 피를 뿌렸다. 창자가 드러나는 부상을 당하면서도 그 무각시는 원 안으로 들어서려던 자의 목에 검을 찔러넣더니 그대로 검과 사내를 밀어 원 밖으로 이동해 쓰러진다. 원에서 빠지며 다른 무각시들에게 걸림이 되지 않으려는 것이다. 빠르게 빈자리가 메워졌으나, 원진은 한 명의 무각시가 빠진 만큼 지름이 줄어들었다.

최상궁은 사방으로 움직이며 빈틈을 메우고 공수를 돕는 중이다. 막 허벅지를 베일 뻔한 무각시 대신에 공격을 받아내고 그대로 검을 밀어 상대의 가슴에 칼을 박아 넣는다. 상대의 복부를 발로 차서 검을 뽑아내며 주위를 살핀다.

지붕이다. 거리 양쪽의 지붕에 궁수들이 자리 잡고 있다. 좋지 않다. 아주 좋지 않다.

궁문을 지키던 금군은 최상궁의 언질을 제대로 받았다. 그는 그 즉시 상관에게 보고했으나 그 상관은 왕이 아니라 조일신에게 그 내용을 전했다. 조일신은 자신이 직접 왕께 고하겠노라며 또 시간을 지체했다. 조일신은 왕이 있는 강안전까지 무거운 몸을 이끌고 오며 왕비의 거처인 곤성전에 심어놓았던 나인들을 불러 자세한 이야기를 들었다. 그러느라 또 시간을 허비해서 왕이 그 소식을 들었을 때는 이미 왕비가 궁을 빠져나가고도 한참 뒤였다.

조일신으로부터 소식을 들은 왕은 처음에 믿지 못하였다.

"어째요?"

"왕비마마께서 궁을 나가셨답니다. 덕성부원군 집에 가시겠다고요. 최상궁이며 장어의며 옆에 있던 자들이 극구 말렸으나 도저히 그 고집을 꺾을 수가 없었답니다. 혼자라도 가시겠다며……."

그러나 조일신이 말을 끝내기도 전에 왕은 이미 입구 쪽으로 이동하고 있었다. 왕의 앞을 충석이 막아섰다.

"전하."

"들었는가."

"들었습니다."

"데려와야겠다. 왕비가 위험하다."

그러나 충석은 왕의 앞길을 비키지 않았다.

"아이들을 보내 모셔오겠습니다."

"허나……."
"전하를 모시고는 못 갑니다."
"그리하지. 그리할 테니……."
그러면서 왕이 충석의 팔을 움켜잡아 그를 놀라게 했다.
"자네가 직접 가. 가서 그 사람 반드시 살려서 데려와."
왕의 목소리가 심히 떨려서 충석은 혹여 왕께서 우실까 봐 겁이 났다.
"내 자네에게 모든 권한을 줄 것이야. 손발을 묶어 질질 끌고 와도 좋으니까 데려와. 그 사람. 내 눈앞에."
충석이 달려나간 뒤에도 왕은 넋이 나간 사람처럼 그 자리에 서 있었다. 조일신이 조심스레 다가와 왕을 부른다.
"전하."
그러나 왕은 마음이 다른 곳을 헤매고 있다.
그날, 위왕이 그를 불렀다. 궁에 도착하기까지 그 이유를 몰랐다. 대기실에서 기다리는 동안 조일신을 비롯한 신하들이 홍분하여 떠드는 것을 듣고서야 전말을 알았다.
"위왕께서 따님을 주실 생각이 있으신 모양입니다."
"이것은 기회입니다."
기회일 수 있었다. 아직 고려국의 왕자였던 그는 그동안 고려 왕위 계승 기회가 두 번이나 있었다. 친형이었던 충혜왕이 유배길에서 죽었을 때 모두는 그가 다음 왕이 될 거라 생각했다. 그러나 원의 황실은 충혜왕의 장자였던 흔(昕)에게 왕위를 내렸다. 그는 고려 여인의 아들이었고, 흔은 원의 공주였던 역련진반공주의 아들이었기 때문이었다. 흔은 왕이 된 지 사 년 만에 죽었다. 충목왕이었다.

충목왕이 죽고 다시 한 번 기회가 왔다. 고려의 신하들은 일제히 그를 왕으로 추대하였다. 왕위 계승 명령이 그에게 떨어졌다. 그러나 그의 귀국 행차가 고려로 향하기 직전 원의 황제는 변덕을 부렸다. 충혜왕의 서자였던 경창군에게 왕위를 내린 것이다.

그때 따르던 신하들의 대부분이 그를 버렸다. 조일신을 비롯한 몇몇의 신하만 남았다. 믿지 못하면서도 조일신을 버리지 못하는 것은 그 때문이다.

"원의 공주와 혼인을 하지 않는 이상 다시는 왕위 계승의 가능성이 없습니다."

"그러니 오늘 어찌 되었든 위왕의 마음을 잡아 그 딸, 공주님을 받으십시오."

신하들이 다급히 간청하는 가운데 그는 말없이 일어나 자리를 떴다. 심란하기 이를 데 없었다.

어린 나이에 원나라로 볼모가 되어 끌려온 이래, 움츠린 거북이처럼 살아오면서 그에게는 꿈이 있었다. 그는 원의 사위국이 아닌 저 혼자 서는 나라인 고려를 꿈꾸었다. 원에 의해 왕이 임명되거나 폐위되지 않는 나라. 원에게 조공을 바치느라 백성들의 고혈을 짜지 않아도 되는 나라. 백성들은 왕을 왕으로 믿어 의지하고, 왕은 왕으로 불리우며 백성들에게 부끄럽지 않은 나라.

대륙에서는 홍건적이 급격하게 세를 불리면서 원은 안에서부터 흔들리고 있었다. 원에서 십 년을 살아오며 그는 원의 기둥과 대들보에 금이 가는 것을 보았다. 원을 배척하려면 지금이다. 지금 왕이 된다면 나는 할 수 있다. 그러나 문제는 먼저 왕이 되어야 한다는 것이었고, 왕이 되려면 원의 사위가 되어야 한다는 것이다.

어지러운 마음에 궁의 정원을 거니는데 안도치가 그를 찾아 부르는 소리가 들렸다. 그는 안도치를 피해 옆문으로 들어섰다. 그저 잠시 혼자 있고 싶어 들어선 그 방에서 그는 그녀를 보았다.

홀로 탁자 뒤에 앉아 있던 그녀가 놀란 눈으로 그를 보았다. 부용무늬의 옷을 입고 있었고, 눈 아래는 가리개를 하여 얼굴은 알 수 없었지만 그 눈이 어찌나 크고 맑은지 그는 그 눈빛만으로 가슴이 철렁하였다. 그 복장이 화려해서 원의 귀족 여식인 줄 알았다. 그래서 원의 말로 실례를 사과했다.

"놀라지 마오. 잠시만 몸을 피할 것이니 없는 사람으로 생각하시오. 금방 나갈 것이요."

그 눈빛이 하도 강렬하여 그는 더 오래 보지 못하고 돌아섰다. 문밖에서 안도치가 대군마마를 찾아 부르며 지나갔다. 안도치의 발소리가 멀어지길 기다려 문을 열려는데 뒤에서 그녀가 명확한 고려말로 물었다.

"강릉대군…… 아니십니까?"

놀라움과 반가움으로 그녀를 향해 돌아섰다.

"고려 여인인가?"

고려말에 대한 반가움이 너무 깊었다. 그래서 그녀가 그 물음에 머뭇거리는 것을 의아해하지 않았고, 혼자 추측해 버렸다.

"혹시 이번 조공 행렬에 끌려온 여인인가?"

며칠 전에 고려에서 조공 행렬이 도착했다는 이야기를 들었다. 그중에는 고려 귀족 가문의 여인들이 있다고 했다. 원의 귀족들 중에서는 고려의 여인을 첩으로 삼는 것이 자랑이었다. 더 높은 고려 가문의 여인을 가질수록 원에서 자신의 지위가 더 높아진다고 생각했다. 그렇게 억지로 끌려온 여인들의 이야기를 들으며 그는 부끄러움에 어찌할 바를 몰랐다.

고려 귀족 가문의 여식이니 강릉대군에 대한 이야기를 들었을 것이다. 밖에서 안도치가 대군마마를 불러대어서 그가 누군지 알았을 것이다. 얼굴이 화끈거렸다.

"미안하구나."

그의 말에 그녀가 놀란 눈을 했다. 그 눈이 그를 저도 모르게 성큼 다가서게 했다. 그가 바로 앞까지 다가서자 그녀는 얼어붙은 듯 그를 바라보았다.

"위에 있는 자들이 변변치가 못하여 아래 있는 백성들이 곤욕을 치루고, 그대 같은 여인들이 치욕을 당하는구나. 내가 대군이란 소리를 감당치 못하겠다."

그의 말에 그녀는 아무 대꾸도 하지 않았는데 그래서 그의 마음이 더 불편했다. 한마디 원망이라도 해주면 미안함이 덜하련만. 그래서 불쑥 물었다.

"돌아가고 싶으냐? 우리 땅 고려로 돌아가고 싶으냐?"

그녀는 대답하지 않았다. 내 말을 믿지 못해서 대답하지 않는 것이냐? 그 눈만으로는 그 마음을 알 수가 없어서 그녀의 눈 아래로 드리워진 가리개를 걷어내고 싶었지만, 그는 그 대신에 그녀의 손목을 잡았다. 그녀는 놀라는 듯했으나 손을 빼지 않았다.

"가자."

손목을 끌었더니 그녀는 저항하지 않고 일어섰고 그가 앞장을 서자 끌리듯 따라왔다. 그즈음 들어 처음으로 그는 즐거웠다.

그래. 이 고려 여인을 데리고 가자. 원의 위왕이 곧 알게 되겠지. 사윗감으로 그럴싸한가 보려고 불러들였더니 고려 여인을 데리고 도망갔다? 생각만으로 통쾌했다. 소문이 퍼지면 이제 그를 원의 사위로 삼겠다는 원의 왕들은 없겠지.

돌아보았더니 그녀의 눈이 가까이에서 그를 보고 있었다.

처음부터 한순간도 피하거나 외면하지 않는 눈길이었다.

"이제 그대를 데리고 이 궁을 빠져나갈 것이다. 중간에 잡히면 그대를 뺏기게 될 것이야. 그래서 이리저리 숨어나가려 한다. 따라올 수 있겠느냐?"

잠시 머뭇거리던 그녀가 끄덕였다.

"두려워하지 마라. 내가 그대 손을 놓지 않을 것이니."

그녀의 눈이 살포시 가늘어졌다. 웃는 것인가? 그녀가 끄덕였다. 그래서 그는 그녀의 손목을 잡았던 손을 미끄러뜨려 손을 잡았다. 뼈가 없는 듯 부드러운 손이었다. 놓칠까 봐 잡은 손에 힘을 주었더니 그녀가 마주 힘을 주어 잡아왔다.

알 수 없는 기쁨이 가득 몰려와서 그는 문을 열며 마음속으로 다시 말했다.

가자. 같이 가자.

또 한 명의 무각시가 부상을 당해 쓰러졌다. 왕비는 미칠 듯한 심정이 되었다. 내가 억지를 부리는 바람에 이들이 나를 지키다가 피를 흘리며 쓰러진다. 고려의 여인도 아닌 내가 고려의 왕비가 되어 고려의 사람들을 이처럼 해치고 있다. 왕은 이런 나 때문에 또 얼마나 진저리를 칠 것인가. 왕비는 남들이 보는 눈만 없다면 소리 내어 울고 싶다.

일곱의 무각시 중에 하나는 이미 숨이 끊어졌고, 둘은 심한 부상을 당했다. 무각시들의 칠방진이 이제 그 위세를 다하지 못하며 자꾸 적의 침입을 허용하고 있다.

원을 이루었던 허리끈 중에 한 곳이 적의 검에 끊어지며 틈이 생겼다. 최상궁이 바람같이 달려들어 그쪽으로 새어 들려는 사내 둘을 한꺼번에 상대한다. 최상궁은 근래에 꺼낸 적이 없던 쌍검을 쓰고 있다. 오른손의 좀 더 긴 검이 적의 검을 막아내는 동안, 땅을 스치며 뻗어간 왼손의 좀 더 짧은 검이 다른 쪽에 있던 사내의 발뒤꿈치 인대를 끊어버린다. 팔괘를 그리며 돌아가는 보법으로 순식간에 자리 이동을 한 최상궁이 오른쪽으로 기어들려던 다른 사내의 검을 튕겨낸다.

그러나 최상궁이 아무리 번개 같은 신법을 쓴다 해도 사방으로 밀려드는 적들을 다 막을 수는 없었다. 사내 하나가 뒤쪽의 빈틈을 통해 원 안으로 뛰어들었다. 그의 검이 똑바로 왕비를 찔러온다. 장빈이 미처 허락을 구하지 못한 채 왕비를 감싸안으며 부채로 그 검을 막는다. 검을 막은 부채가 검을 타고 미끄러져 들어가며 사내 손목의 맥을 찌른다. 그러나 사내는 보통의 솜씨를 넘어선 칼잡이라 쉽게 맥을 내주지 않는다. 장빈은 왼팔로 왕비를 안은 채 오른손만 쓰는 중이라 거의 진퇴를 하지 못하는 상태로 싸우고 있다. 게다가 장빈은 양쪽 지붕 위의 궁수들에게도 신경을 쓰고 있는 중이다. 그들이 자리를 잡은 것은 좀 전이다. 어째서 아직 공격을 하지 않고 있을까.

그 생각이 미처 끝나기도 전에 어디선가 호각소리가 들렸다. 그것이 신호였던 듯 궁수들이 일제히 화살을 잰다. 최상궁의 날카로운 지시가 들렸다.

"살방!"

원을 그리며 흩어져 있던 무각시들이 일제히 중심으로 모여들었다. 동시에 화살이 쏟아져 날아왔다. 무각시들이 왕비를 막아 화살을 쳐내기 시작한다. 그러나 화살이라는 것은 검으로 죄다 쳐낼 수 있는 것이 아니다. 그랬다. 그들의 살방은 왕비를 가리며 왕비 대신 자신이 살을 맞으려는 살방이었다. 왕비의 오른쪽을 가로막았던 무각시의 오른어깨에 화살이 한 대 날아와 박혔다. 그러나 그 무각시는 오른손의 검을 왼손으로 바꿔 잡으며 왕비의 앞으로 날아오는 화살을 하나 더 쳐낸다. 그러느라 또 한 대의 화살이 복부에 박힌다.

왕비는 더 이상 참지 못하고 앞으로 뛰쳐나가려 했다.

그만두라. 내가 누군지 아느냐. 알고 공격하는 거라면 나만 상대하라.

그리 외치려 했다. 그러나 장빈의 굳센 팔이 왕비를 감싸 움직이지 못하게 하고 있다. 장빈이 부채를 펼쳐 왕비의 얼굴을 노리는 화살 하나를 튕겨냈을 때였다.

갑자기 지붕 위에서 둔중한 비명소리가 들렸다. 이어서

하나둘 지붕 위의 궁수들이 굴러떨어졌다.

왕비 일행의 혈투 때문에 사람들이 숨어들어 비어버린 저잣거리를 전속으로 말을 달려온 우달치들이었다. 우달치 전 대원의 삼분의 일은 족히 출동한 듯했다. 그들은 말을 타고 달려오며 일제히 지붕 위의 궁수들을 향해 화살을 날리고 있었다. 우달치들은 달려오는 기세 그대로 두 개의 대열로 나누어지더니, 앞선 대열은 왕비의 일행을 양쪽으로 갈라져 지나치며 지상에 있던 사내들을 휩쓸며 공격해 들어간다. 나머지 반은 달리는 말에서 뛰어올라 지붕 위의 궁수들을 쫓는다.

삽시간에 전세가 역전되었다. 지붕 위에 있던 자들은 다급히 쫓겨 땅으로 뛰어내렸고, 땅에서 쫓기던 자들과 엉겨서 우왕좌왕하다가 도주하기 시작했다. 왕비의 앞을 막아선 충석이 우렁차게 지시한다.

"살려서 잡아! 반만 죽여!"

그때였다. 또 한 번의 호각소리가 들렸다. 추격하던 우달치 중의 누군가가 외친다.

"저것들은 뭐야."

쫓겨가는 사내들의 저만치 앞. 수십 보는 떨어진 곳에 또 한 무리의 사내들이 모습을 드러낸 것이다. 추격하던 우달치들을 지휘하던 주석이 손을 들어 부하들을 멈추게 했다. 새로 모습을 드러낸 자들은 모두가 복면을 하고 있었는데 그 손에 강궁을 들고 있었다.

"살이다."

우달치들이 일사불란하게 등에서 방패를 꺼내들어 화살의 공격에 대비함과 동시에 저쪽에서 화살이 일제히 발사되었다. 그러나 그 화살들은 우달치를 노린 것이 아니었다. 도주하고 있던 사내들을 향해 화살이 비처럼 쏟아졌다. 순식간에 그들이 쓰러져갔다. 그렇게 화살을 퍼붓더니 재빨리 복면들은 골목의 양쪽으로 흩어져갔다.

"잡아!"

주석이 외치기 전에 이미 우달치들이 쫓아 달렸다. 주석이 쓰러진 사내들을 뒤집어 보다가 놀라 손을 뗀다. 그들의 몸을 꿰뚫고 박힌 화살촉에는 독이 있었던 듯했다. 아직 숨이 붙어 있던 자들의 입에서는 부글거리며 거품이 삐어져 나오고 있었다. 왕비의 일행을 공격했던 자들이 그렇게 눈앞에서 죽어갔다. 살인멸구다.

충석은 감히 왕비에게 직접 묻지 못하고 최상궁에게 물었다.

"무사하십니까?"

그러나 왕비가 먼저 답을 한다.

"이 아이들이 다쳤다."

왕비는 꼿꼿이 선 채 부상당해 쓰러진 무각시들을 보고 있었다. 장빈이 어느새 그들 옆에 주저앉아 상세를 살피고 있다가 왕비를 돌아본다. 왕비는 몸에는 상처가 없었으나 마음이 다친 듯했다. 평소 늘 차갑고 고요하던 눈빛이 사정없이 떨리고 있다. 왕비가 그렇게 상처받은 눈으로 부상당한 무각시들을 내려다보고 서 있다. 장빈이 충석에게 이른다.

"먼저 모시고 돌아가십시오. 이 아이들은 제가 챙기겠습니다."

충석이 왕비를 조심스레 부른다.

"왕비마마."

왕비가 그제야 충석을 돌아보더니 입을 연다.

"전하께서는……."

말을 맺지 못하는 왕비의 물음을 알아듣고 충석이 답한다.

"전하께서 보내셨습니다. 모셔오라 하셨습니다."

"내가 가려던 곳이 있다."

"바로 모셔오라 이르셨습니다."

"이 아이들의 희생을 헛되이 할 수 없다. 비켜라. 가서 내가 하려던 것을 끝내겠다."

그러나 충석은 오히려 그 앞을 막아섰다.

"전하께서 모든 권한을 주셨습니다. 필요하다면 강제로 모셔야 합니다. 그러지 않게 해주십시오."

왕비의 마음이 검게 타들어간다. 언제나 그랬다. 그와 나는. 그에게 가까이 다가서려 할수록 더 큰 상처를 입혔다.

만회해보려 할수록 그 상처를 더 후벼 파는 꼴이 되었다. 어떻게 해도 그를 기쁘게 할 수가 없다.

 그날, 그가 그녀의 손을 잡아끌었을 때, 그녀는 이제 되었다고 생각했었다. 이제 되었다. 긴 기다림이 끝났다. 어렸던 그날처럼 그가 내 손을 잡았다. 그가 그녀를 이끌어 궁의 회랑을 걸어갈 때에 그녀는 그 길이 끝이 없기를 바랐다. 그래서 인기척이 들렸을 때 그녀가 먼저 그를 당겨 옆방으로 숨어들었다.
 그들이 숨어들었던 곳은 당장 쓰지 않는 가구나 병풍 등을 보관해두는 작은 방이었다. 종이를 바른 창문에 걸러진 햇살로 방 안은 은은한 빛이 가득했고, 그 빛으로 보는 그의 얼굴은 상상했던 것보다 더욱 섬세했다. 그가 그제야 생각난 듯 손을 놓았는데 그래도 더 멀어지지는 않았다.
 그가 밖의 소리에 귀를 기울였다. 청년이 된 그의 얼굴은 소년이었을 적보다 야윈 듯 날카로운 각을 이루고 있었으나, 그 깊은 눈과 긴 속눈썹은 여전했고, 그 입술은 여인의 것인 듯 고와서 그녀의 마음을 설레게 했다. 조금 전까지 그녀의 손을 감싸 잡았던 그의 손은 기억하던 그날에 비해 훌쩍 커지고 마디가 굵어져 있었다. 손을 놓았어도 그의 손이 여전히 느껴졌다. 가까이 있는 그의 숨소리가 명료히 다

들려서 그녀의 가슴이 걷잡을 수 없이 뛰었다. 그가 손가락을 입술에 대고 조용히 하라고 했다. 뛰는 심장소리가 밖으로 들릴까 봐 그녀는 기를 쓰고 숨을 참았다.

문밖으로 어지러운 발소리들이 지나가더니 이내 조용해졌다.

그가 그녀를 돌아보고 싱긋 웃었다. 그가…… 웃었다. 예전처럼.

그가 말을 건네왔다. 숨을 죽인 그의 음성이 더할 수 없이 부드러웠다.

"웃고 싶으면 웃어도 된다."

그녀도 덩달아 숨을 죽여 물었다. 지난 세월 고려인 말선생과 고려인 벗을 두고 배우고 익혀온 고려말이었다.

"무엇이 우습습니까?"

"일국의 왕자며 대군이라 불리는 자가 이처럼 허둥지둥 도망 다니고 있지 않느냐. 이 숨어 있는 꼴을 보아라. 좋은 옷을 차려입은 쥐처럼 보이지 않느냐? 소리 내어 웃어도 용서해주마."

그렇게 말하며 그는 계속 웃음 띤 얼굴이었다. 그 웃음에 용기를 내어 물었다.

"무엇을 피하고 계신지 여쭤봐도 되겠습니까?"

그의 웃음이 사그라졌다.

"……형편없는 잔꾀를 부리는 중이다."

이해하지 못하여 보았더니 그가 씁쓸하게 웃었다.

"사람들이 나더러 원의 여인과 혼인을 하라고 한다. 원의 사위가 되라 한다. 내 아래에 있는 내 사람들마저 그리 종용한다."

가까스로 소리를 내어 물었다.

"싫으십니까?"

"나는 고려의 왕이 될 생각이다. 고려의 왕이 원의 사위가 된다는 게 무슨 뜻인지 아느냐? 그들에게 고개를 숙이고, 부복을 하고, 부르면 기어가고, 내어쫓으면 차여야 한다는 뜻이다. 왕인 내가 그리하면 내 백성들 또한 그리해야 한다. 대체 그들에게 무슨 죄가 있느냐. 잘못된 나라에서 태어난 것이 죄인가? 모자란 왕을 모시는 것이 죄인가? 제 백성을 그리 만드는 왕이 어찌……."

언성을 높이던 그가 말을 멈추고 그녀를 돌아보았다. 그제야 그녀는 그의 팔에 자신의 손을 얹고 있었다는 것을 알았다. 황급히 거두어들였는데 그는 그녀를 보는 시선을 거두지 않았다. 떨리는 마음으로 물었다. 물어봐야 했다.

"상대는 이 궁의 공주입니까?"

"그렇다."

"만나보지 않으셨습니까?"

"일면식도 없다."

"일면식도…… 없으십니까?"

"없다."

그리고 그는 이어서 말했다.

"설령 만났었다 한들 원의 계집 따위는 기억하지 않아."

그 말을 믿을 수가 없어서 그저 보았다. 순식간에 그의 눈에 서리는 차가움을. 그가 몇 걸음 걸어서 멀어지는 것을. 골똘히 생각에 빠지는 것을. 그러다 천천히 그녀를 향해 돌아서는 것을.

"어느 가문의 여식인지 물어도 되겠느냐?"

대답할 수 없었다.

"아니다. 어느 가문이라도 상관없다. 내가 아까 한 말을 기억하느냐? 내가 지금 형편없는 잔꾀를 부리는 중이라고."

대답할 수 없었다.

"난 충숙선왕의 둘째 아들이고, 왕기라 한다. 힘없는 나라의 왕자로 지난 십 년, 이곳에 볼모로 잡혀와 살고 있다. 이런 내가 청하는 것이다. 그대, 나와 혼인해주겠는가."

아무 말도 할 수 없었다. 머리 안이 하얘졌다.

"아무래도 나는 원의 계집과 혼인을 해야 할지 모르겠다. 그래야 왕이 될 수 있을 것이야. 그러나 고려인인 그대가 나의 첫 번째 부인이 되어주겠는가? 내 어머니도 고려인이셨고, 아버지의 첫 번째 부인이셨다. 뒤에 들어온 원의 여인이 정비로 올라앉았으나 아버지는 평생 어머니만 아끼셨다. 나도 그리할 것이다. 이것이 나의 형편없는 잔꾀다. 마음만은 고려에 뿌리박고 싶은 마음의 잔꾀야. 이해하겠는가."

얼어붙은 듯 미동도 하지 않는 그녀가 안타까웠는지 그가 다가와 섰다. 서로의 숨이 섞일 듯 가까운 거리에서 그가 그녀의 눈을 간절하게 보며 청했다.

"그대가 내 옆에 있어주었으면 좋겠다. 그 눈으로 늘 나를 지켜보아주면 좋겠다. 지금처럼 고려말로 내가 하소연하면 들어주고, 평정을 잃으면 손을 잡아주면 좋겠다. 그대가 내 마음에 한 번 자리하면 원의 계집 따위는 평생 그 자리에 근접도 못하게 할 것이야."

순간 가슴속 깊은 곳에서 치밀어 오른 울음이 목에서 흐느낌소리를 내었다. 소리는 간신히 삼켰는데 눈물이 미처 멈추지 못하고 흘러내렸다.

그가 당황하여 그녀를 보더니 다정하게 말했다.

"내가 그대를 놀라게 하였구나."

충석은 왕에게 고하기 위해 강안전으로 달려오다가 거기 바쁘게 오는 왕의 일행을 보았다. 왕이 충석을 보더니 멈춰 섰다.

"왕비마마께서는 무사하십니다. 곤성전으로 모셨습니다."

하고 고하자 왕은 말없이 충석을 지나치더니 가던 길을 빠르게 걸었다. 안도치를 비롯한 내관들과 왕의 호위를 담당하는 우달치들이 우르르 그 뒤를 쫓는다. 충석도 부지런히 쫓으며 마저 보고를 했다. 무각시들의 희생이 있었던 것. 습격한 자들이 아무래도 정규훈련을 받은 자들인 것 같다는 최상궁의 의견. 생포하여 그 뒤를 캐고자 했으나 자객들이 나타나 살인멸구를 하였다는 것. 자객의 뒤를 쫓았으나 미리 도주할 길을 마련해놓은 듯 하나도 찾을 수 없었다는 것.

왕이 갑자기 멈춰 서는 바람에 모두 우르르 멈춘다.

"미안하다고는 하더냐."

충석이 머뭇거렸더니 왕이 더욱 노한 소리로 다그친다.

"어째서 바로 곤성전인가. 내게 와서 사죄를 하든지 고맙다 하든지……"

"그것이……"

"궁까지 모시고 오면서 뭐라 변명 한마디도 못 들었단 말인가. 뭐라 한 말이 있을 것이 아닌가."

"주상전하께서 심려하시며 기다리신다고…… 말씀드렸더니……"

"그랬더니……"

"그러실 리가 없다……라고만……"

"그럴 리가 없다. 내가."

왕이 어이없어 실소를 하더니 몸을 돌이켰다. 왔던 길을 왔던 속도로 빠르게 걸어가는 바람에 수행하던 자들이 우왕좌왕 다시 대열을 맞추어 따라 걷는다. 그러다 또 왕이 갑작스레 멈춰 서서, 급히 따르던 충석은 앞의 내관에게 부딪힐 뻔했다.

왕이 손을 들어 주위를 몇 걸음 물러서게 하더니 충석만 가까이 부른다.

"살인멸구를 하였다 하나 짐작은 갈 것이 아닌가. 습격한 자들. 덕성부원군이 보낸 것인가."

"달리 생각나는 곳이 없습니다."

"참으로 무서운 것이 없는 자로구나. 감히 일국의 왕비를……"

하다가 그만둔다. 하나마나 한 소리다.

"대장하고 의선. 다른 소식은?"

"부원군 댁에서 큰 싸움이 있었다 합니다. 부상자가 많아 인근의 의원들을 불러들였고, 시신들이 무수히 실려나왔다 하고요."

시신이라는 말에 왕이 긴장한다.

"대장이 그깟 사병들에게 당할 일은 없으십니다. 부원군 나리가 워낙 간계가 깊으신 분이긴 하지만 우리 대장도 병법이 뛰어나신데…… 그런데…… 아직 못 나오시는 게……"

말을 이어갈수록 충석의 얼굴에 불안감이 더 커진다.

"사람을 더 풀어볼까요. 부원군 댁 안의 사정을 알아보라

하겠습니다."

왕이 고개를 저었다.

"아니다. 기다리겠다."

애당초 최영 그자가 혼자 갔고, 아직 흉한 소식이 없는 것은 나름 수단이 있다는 얘기일 터. 사실 그가 부원군 댁에서 싸웠다는 것만으로 왕은 남몰래 안도하고 있다. 왕은 두려웠다. 최영이 왕에게 실망했을 것이, 그래서 왕이 아니라 다른 자를 섬기게 될 것이.

대장은 그럴 리가 없다고 생각하면서도 왕은 불안하다. 그동안 그는 너무 많이 보아왔다. 어제까지 입안의 혀처럼 굴던 이들이 하루아침에 등을 돌리는 것을. 절대 그럴 리 없다고 생각되던 이들일수록 돌아설 때는 더 잔인했고, 당하는 마음은 더 처참했다.

문득 왕은 멈춘다. 정신을 차려보니 어느새 저도 모르게 곤성전을 향해 걷고 있었다. 스스로가 한심해서 웃는다. 천천히 돌아서 왕의 처소로 향한다. 호위하는 이들도 우르르 방향을 돌려 걷는다.

당한다 해도 그 사람에게만큼이야 하겠는가.

그날 숨어들었던 위왕 궁전의 그 작은 방에서 눈물을 흘리던 그 사람. 자신을 외면하던 그 눈길. 내가 무엇을 잘못하였는지 속 태우던 그날의 내 마음.

함께 숨어 있던 그 방에서 안도치가 부르는 소리가 들렸을 때 그는 내심 안도하였다.

"내 사람이 나를 부르고 있다. 그의 도움을 좀 받아야겠는데…… 기다려주겠느냐?"

그녀는 고개를 숙이고 있어서 그 눈을 볼 수가 없었다.

"긴 이야기는 차차 하자. 우선은 이곳에서 나가야 할 것이니 조금만 참아다오."

기다리라고 또 이르고 문을 열어 나섰다. 멀어져가던 안도치를 쫓아가 불렀더니 엎어질 듯 달려왔다. 왠지 마음이 급해 설명도 해주지 않고 재촉했다.

"도치야. 내가 이곳에서 데려나갈 사람이 있다. 그러니 네가 길을 내줘야겠다."

이르고 돌아온 방에 그녀는 없었다. 그녀가 있던 자리에 얼굴 가리개만 떨어져 있었다. 그 가리개를 주워들고 한참을 찾아다녔다. 위왕이 사람을 보내왔을 때도 그는 그녀를 찾고 있었다.

이후로도 오래 그녀를 찾았다. 그 달에 고려에서 들어왔다는 조공 행렬에 사람을 보내 수소문했고, 위왕의 궁을 방문했었다는 고려 역관을 불러들여 묻기도 했다. 그럴듯한 여인의 소식을 듣게 되면 그곳이 어디라도 달려가서 기어이 그 얼굴과 목소리를 확인했다.

얼굴이라고 해봐야 제대로 본 것은 두 눈뿐이었다. 그러나 그런 눈은 다시 없었다. 세상 어디에도 그런 눈을 가진 여인은 또 없을 것이었다. 그녀 외에는.

한순간 만났다 헤어진 여인이었는데 어찌 그리 마음에 깊이 박혔는지 스스로도 당황했지만 어쩔 수가 없었다. 자려고 누우면 똑바로 바라보던 그녀의 눈이 점점 더 선명하게 떠올랐고, 그의 팔에 얹히던 그녀의 손길이 생생했으며, 어눌한 듯 조심스럽던 그 음성이 귓가에 들리는 듯했다. 눈물이 가득한 그 눈 때문에 놀라 잠에서 깨어나기도 했다. 그렇게 깨어난 밤에는 아쉬워서 한숨이 나왔다. 꿈이 좀 더 길었으면 좀 더 오래 그녀를 보았을 것인데.

수백 번 자문해보았다. 어째서 그대로 가버렸는가. 내가 무엇을 잘못했는가.

상실감이 커서 야속함이 되었다. 나의 무엇이 그렇게나 마음에 들지 않았는가.

그래서 위왕의 딸과 혼인 이야기가 진행될 때 그는 아무런 반대도 하지 않았다. 어차피 해치워야 할 것이라면 빨리 해치우자. 여인이니 혼인이니 하는 것들 때문에 내 시간이나 마음을 더 낭비하고 싶지 않다는 심술도 있었다.

혼인 첫날 밤, 붉은 등불 아래 앉아 있는 신부를 보았을 때는 좀 미안하기도 했다. 붉은 옷을 입고 붉은 면사포로 얼굴 전체를 가리고 있었다. 평생을 언약한 사람인데 그는 그때까지 단 한마디도 건네지 않았었다. 그리고 앞으로도 말을 섞을 마음이 없었다.

 술상 앞에 앉았다. 술을 잔에 따르고 그 잔을 다 마실 때까지 신부는 움직이지 않았다. 숨소리조차 내지 않았다. 종일 혼례식에 시달린 그는 그저 피곤했다.

 궁에 마련되어진 넓은 신방은 화려한 장식들로 가득했고, 붉은 휘장 너머에는 금수 침구가 깔린 침상이 있었다. 잘 수 있을까, 하고 막연하게 생각했다. 그때쯤 그는 목석처럼 앉아 있는 신부에 대해서는 잊었다. 겉옷을 벗어 바닥에 떨구며 침상 쪽으로 갔다. 그때 뒤에서 옷자락 부딪히는 소리가 들렸다. 돌아보았더니 신부가 일어서고 있었다. 문득 짜증이 일었다. 무시해버리자. 생각하는데 신부가 면사포를 벗었다.

 면사포 아래 희고 작은 얼굴이 드러났다. 그다지 궁금하지도 않았기에 외면하고 막 침상에 올라가려던 참이었다. 무언가가 그를 멈추게 했다. 뭐지? 그리고 알았다. 그 눈이었다.

 믿을 수 없어서 돌아섰다. 거기 신부가 숨죽여 그를 보고 있었다. 그 눈이 그를 보고 있었다. 저도 모르게 성큼성큼 다가서 다시 보았다. 그런 눈은 다시 또 없을 것이었다. 그러나…… 그럴 수는 없는 일이었다. 저도 모르게 고려말로 물었다.

"나를 본 적이 있는가."

답이 없었다. 그렇지. 그럴 리가 없지. 내가 피로함과 황초 불빛에 정신이 어지러워져 있구나. 탄식을 하는데 그녀가 입을 열어 말했다. 기억 속의 그 목소리였고 그 고려말이었다.

"이제는 저를 기억하십니까?"

그 대답을 듣고도 믿을 수가 없어서 또 물었다.

"설마 그대가 그날 나와 함께 있던 그 고려 여인……"

"고려 여인이 아니었습니다."

"그대가 위왕의 딸이었다고?"

"그렇습니다."

뒤로 물러났다. 참을 수 없는 분노가 일어서 자칫 그녀를 해하게 될까 겁이 났다. 충격으로 목소리가 갈라져 나왔다.

"그날…… 우연이었습니까? 우리가 만난 것이?"

그녀가 잠시 망설이더니 대답했다.

"아닙니다. 오신다는 이야기를 듣고 만나러 갔습니다."

"그대 부친의 지시였습니까? 어떤 자인지 한 번 만나 떠보라 하던가요?"

"저의 생각이었습니다."

"그날 내가 한 말들 기억합니까?"

"기억합니다."

"앞으로도 계속 기억하십시오. 한 마디 한 마디 다 나의 진심이었으니까."

 그는 그대로 방을 나와버렸다. 방문을 벌컥 열고 나섰는데 어쩐지 다시 돌아보게 되었다. 그녀는 그 커다란 눈으로 그를 하염없이 바라보고 있었다. 육중한 나무 여닫이문이 천천히 닫히면서 그녀의 모습이 천천히 가려졌다. 다 닫혀버린 문을 바라보며 서 있었다.

 어째서 그대가, 왜 그대가 그런 눈을 가지고 있는 것인가.

 다시 문을 박차고 들어가 큰소리로 따져 묻고 싶은 것을 참고 참으며 그렇게 서 있었다. 그들이 부부의 연을 맺었던 그날, 그들의 사이를 가로막고 있던 닫힌 문 앞에서.

8장

시작해서는 안 되는 마음

그가 보는 곳을 보게 되고, 그의 목소리가 듣고 싶어서 자꾸 말을 건다. 그의 정직한 반응, 그의 난처한 눈길, 그의 모든 것에 마음이 설렌다. 그가 나를 똑바로 보고 있으면 숨이 차다.

 "꿈도 꾸지 마세요. 내가 저런 애 위에 올라갈 거라거나. 저런 애 위에서 한발이라도 움직일 거라는 생각은 하지도 마시라고요. 난 절대 안 그럴 거니까."
 최영은 뒷짐을 진 채 서서 난감해져 있다.
 덕성부원군 기철의 집에서 나온 지 한 식경이 되었는데 그들은 아직 그 동네도 벗어나지 못하고 있었다. 저만치에서는 대만이 최영의 말인 주홍과 부원군 집에서 내준 암말의 고삐를 나누어 잡고는 눈치를 보고 있다.
 개경에서 강화도까지는 사내가 쉬지 않고 걸어도 이삼일이 걸리는 거리다. 말을 타면 하루거리. 그런데 은수는 대만이 끌고 온 말을 보자마자 슬슬 거리를 벌리더니 그 근처로는 오지도 않으려고 했다.

"걸어가겠어요. 급하면 먼저 말 타고 가시든가."

하더니 씩씩하게 앞장서 걷기 시작했다. 방향을 잘못 잡아서 할 수 없이 그 옷깃을 잡아끌어 바른 방향으로 돌려놓긴 했지만.

평생 제대로 걸어본 적이 없는지 얼마 걷지도 않아서 걸음이 점점 느려졌고 급기야 지금은 길바닥에 퍼질러 앉아 있다.

"여기 이 안에 뭐가 들어가서 그래요. 조금만 기다려달라고요."

하며 신발을 벗어 털고 있는데 그 손길이 영 건성이다.

최영이 하늘을 본다. 오후 햇살이다. 얼마 못 가서 해가 저물 것이다.

부원군 댁에서 나오면서 뒤를 따르는 자들의 기척을 알아차렸다. 그냥 병사가 아니라 제대로 경공을 익힌 자들인 듯했다. 덕성부원군 기철이 살수 집단인 묵가와 연이 닿아 있는 것을 기억한다. 그들 패거리일지 모른다. 아마 최영이 강화도가 아닌 궁으로 방향을 잡으면 바로 행동에 나설 것이다. 굳이 도발할 생각은 없다. 최영은 기철이 내준 미끼를 물고 낚싯줄을 따라갈 생각이었다.

그곳에 경창군마마가 계시다. 지난 이 년 동안 그가 모셨던 주군. 열두 살 나이에 원나라의 명에 의해 왕위에 올랐고, 이 년 만에 무능력하다는 이유로 폐위되신 분. 궁에서 쫓겨나가실 때 최영은 그분을 남문까지 배웅했다. 궁문을 나서며 그분은 몇 번이나 최영을 돌아보았다. 눈물이 그렁한 그 눈을 보면서도 최영은 궁문을 나설 수 없었다. 이후로 찾아가볼 수도 없었다. 나라의 녹을 먹는 자가 폐위된 왕을 만나는 것은 곧 반역의 시도. 생각할 수도 없는 일이었다. 그분을 만나뵈러 간다.

그런데 이분은 어쩌나. 은수는 양쪽 신발을 다 털고 나서도 일어날 생각을 안 하고 있다. 그 앞으로 다가선다.

"시간을 지체할 수가 없습니다."

"저기요."

"예."

"거기 꼭 가야 되요? 누구 지키는 사람도 없는데 우리 슬쩍 빠지죠."

"가기로 하셨잖습니까."

"뭐 계약서에 도장 찍은 것도 아니구만. 그리고…… 댁 같으면 가고 싶겠어요? 가서 환자를 치료하라는데, 어떤 환자인지 알 수도 없고, 검사할 기계도 없고, 내가 지금 무슨 도구나 약을 갖고 있는 것도 아니잖아요. 게다가 그 환자 치료 못하면 내 목 뎅강 자른다면서요. 나…… 싫은데요."

은수가 눈치를 보니 최영이 한숨을 쉬는 게 느껴진다. 뭐라고 말로 반박을 해오면 이겨줄 말이 천 마디는 되겠는데,

말은 없이 그저 앞에 버티어 선 채 난감한 눈으로 보고만 있다. 할 수 없어서 은수는 손을 내민다. 일으켜주는 정도는 하라고. 이 남자야.

최영은 그 손을 잡기가 난처해서 소매로 가려진 손목을 잡아당겨 일으켰는데 아아…… 아파하는 은수의 반응이 심상치가 않았다. 얼른 그 소매를 걷어 올려본다. 가느다란 팔목에 검푸른 멍이 들어 있다.

"이건……."

"아. 이거……."

은수는 얼른 손목을 빼내며 옷소매를 내려 가린다.

"어제 잡혀올 때요. 내 발로 걸어간다는데 사람들이 자꾸 잡아당기잖아요."

"다른 데는 없습니까? 다친 데."

은수는 그렇게 묻는 최영을 올려다본다. 금방 험상궂은 얼굴이 되어 있다. 잠시 잊었다. 이 사람이 언약에 목숨 거는 사람이란걸. 그는 은수를 지켜주겠다고 했고, 이렇게 멍이 든 것 또한 그 범주에 들어가는 모양이다. 은수는 일부러 새침한 표정을 짓는다.

"있어요."

"어딥니까."

"이쪽도."

하면서 다른 쪽 팔소매를 걷어 올려준다. 그쪽 멍이 더 시커멓고 크다.

"그리고 여기."

하면서 머리를 가리킨다. 최영의 눈이 커진다.

"자존심이 엄청 다쳤죠. 나 평생 그런 짓 당해본 적이 없거든요. 이건 뭐 현장에서 잡힌 범인도 아니고. 사람을 그렇게 개처럼 질질 끌고 가나."

최영의 눈이 다시 난감해진다. 은수는 자기 가슴을 가리킨다.

"여기도. 말로는 연모한다면서 이 남자도 또 질질 끌고 가려고 하잖아요. 다리도 아프고. 신발은 밑창이 얇은 게 무슨 종잇장 같아서 발바닥에 불이 나는구만. 길이라고 뭐 얌전한가? 포장도로도 아니고. 돌맹이가 사방에 삐죽삐죽. 봐. 저기 저건 똥인가. 엄청 큰 거 보니 말똥인가 보네. 그렇게 데려가고 싶으면 업어서 데리고 가든가. 안고 가든가. 완전 가슴 아프다고요. 지금 내가."

최영이 잠시 은수를 보다가 돌아서 걸어가버린다. 어라? 진짜로 성큼성큼 간다. 대만이 말 두 필을 끌고 이쪽 눈치를 보면서 따라간다. 할 수 없이 뻐근한 다리를 놀려 쫓아간다. 반쯤은 달려서야 간신히 따라잡았다.

"이봐요."

돌아보지도 않는다. 뭐라고 부르지? 최영 장군님? 아직 장군은 아니고.

"최영 씨."

옆으로 붙으며 봤더니 얼굴이 굳어 있다. 이 남자, 다리가 길어서 또 금방 앞으로 멀어진다. 어쩐지 알아졌다. 그가 화를 내는 건 내 손목의 멍 때문이다. 지키겠다는 자신의 말을 지키지 못해 정말 자존심이 상한 것이다. 그 뒤를 쫓으며 말을 걸 만한 화제를 찾는다. 정말 묻고 싶은 것은 상처는 괜찮은지, 열은 나지 않는지, 그렇게 걸어도 되는지 그런 것들이었지만 묻지 않기로 한다. 그런 질문은 더 그의 자존심을 상하게 할 것이다.

"언제부터예요?"

대꾸가 없다. 뭐가요? 정도는 되물어봐야지. 이 사람아.

"그니까 그 연모라는 것이 연애할 때 연, 사모할 때 모. 아주 좋아한다는 말 맞죠? 그럼…… 사랑? 여기 사랑이란 말 써요? 아직 안 쓰나?"

역시 대꾸가 없다. 미래의 장군님은 잡담이란 거 모르시나.

"언제부터 날 연모한 거예요? 난 전혀 몰랐는데."

이 정도 들어가면 반응이 있어야지…… 없다.

"이야. 그렇다고 그 무시무시한 집까지 날 구하겠다고 무작정 달려오나 그래. 몸도 성치 못하면서 말이지. 그 집 가만 보니까 무슨 마피아 두목 집 같더만. 경비들이 쫘악 깔린 게."

최영이 걸음을 재촉하여 거리가 더 벌어진다. 그 뒤를 종종 붙으며 또 묻는다. 이번에 물어본 건 은수 자신도 모르게 튀어나온 질문이었다.
"근데 나이가 어떻게 되요? 대충 보아하니 나보다 좀 아래인 거 같은데."
하며 최영의 어깨에 손을 얹었는데, 순식간에 그 어깨가 사라지더니 어느 틈에 최영이 은수의 뒤로 가 섰다.
"기억하십시오."
어떻게 한 건지 은수의 팔꿈치가 찌르르하니 아파온다.
"아야!"
"절대 칼을 쓰는 자의 뒤에서 다가서지 말 것. 특히 예고 없이 손대지 말 것. 그 손모가지 바로 잘려나가는 수가 있으니까."
그러고는 다시 은수의 옆을 바람처럼 지나 앞서 걷는다. 훗. 이젠 알지. 당신은 절대 나를 해치지 않아. 그 옆으로 다시 쫓아가 걷는다.
"그 정도로 겁 안 먹어요."
"칼 쓰는 자들이라 함은……."
"내가 외과 쪽에서 레지던트 합해서 몇 년을 굴렀는데. 그때도 사방에 죄다 칼 쓰는 사람들이었구만."
최영은 일단 그쪽 주제는 단념한다. 그리고 그다지 입에 올리고 싶은 주제는 아니었지만 한 번은 해명해야 할 주제를 꺼낸다.

"그리고 혹여 오해하실까 봐 일러드리는 겁니다만 아까 임자를 연모한다고 했던 말. 그건 어디까지나……."

"아, 됐어요. 알아요. 이해한다고."

"뭘…… 이해합니까?"

그 정도 눈치는 있어요, 라고 은수는 말해주고 싶지만 이렇게 재미있는 소재를 그냥 날리긴 아깝지. 생각만으로 킥 웃음이 난다.

"안 그래도 그런 고백을 하고 나서 민망할 텐데. 그것도 그 사람 많은 데서 말이지. 근데 내가 푼수같이 자꾸 캐물어서…… 아, 내가 이렇게 웃으면 안 되는데……."

삐져나오는 웃음을 손으로 막아보려 애쓴다. 최영이 당황하는 것이 느껴진다. 이 돌덩이 같은 사람도 당황하는구나.

"그렇게 말한 데는 사정이 있었습니다. 그러니까……."

"알았다고요. 그냥 내가 못 들은 걸로 할게요…… 근데, 이미 들은 걸 어떡해."

웃음이 너무 터져나와서 최영의 가슴을 픽 치고는 앞서 걷는다. 이번엔 못 피했지?

최영은 어이가 없어서 멈춰 선다. 뒤를 돌아보았더니 쫓아오던 대만이 헤벌레해서 웃고 있다. 저도 모르게 그 멱살을 틀어잡아 묻는다.

"왜 하필……."

"예?"

"하늘에 그 많은 의원 중에 저 여인을 데려왔을까."
대만이 겁먹은 소리로 정직하게 대답하려 한다.
"저…… 저는……."
"응? 어쩌다가. 왜."
"모르겠습니다."
최영이 간신히 숨을 가다듬고 대만의 옷깃을 풀어준다.
"치료를 해야 할지 모르니 의선의 도구가 필요할 거야."
"가져오겠습니다."
"가서 누굴 만나든 아무 소리 말고."
"그러겠습니다."
"강화에는 내일 늦게야 도착할 거 같다."
"그전에 가져오겠습니다."
"그래."
대만이 돌아서려는데 최영이 다시 잡았다.
"밤이 되기 전에 와라."
"예?"
"파평현을 지날 것이야. 그쪽으로 와."
"아, 그러니까 두 분만 단 둘이서 밤을 지내시기 전에……."
최영의 손이 움찔하는 것을 보고 대만이 반사적으로 몸을 뒤로 뺀다.
"다녀오겠습니다."
대만이 달려가며 던져놓은 말고삐를 챙기며 돌아보았더

니 저만치 앞서간 그분이 손짓을 한다. 빨리 오란다. 또 한숨이 나오려 해서 얼른 삼킨다. 도대체가 예측이 안 되는 분. 그렇다고 화를 내거나 강제할 수 있는 분도 아니라 한숨만 늘고 있다.

그래도 마음이 놓인다. 멍이 들도록 잡혀 강제로 끌려가 밤을 보냈으면서 충격이 크지 않으셨던 모양이다. 여전히 웃고 떠들고 농을 하신다.

말을 끌어 걸어가며 정리해본다. 생각이 여러 갈래로 혼잡하다. 덕성부원군 기철의 술수를 따져본다. 무엇을 원하는 것일까. 그는 의선이나 자신을 죽일 수 있음에도 죽이지 않았다. 어째서?

최영은 부원군 기철이 의선을 바라보던 눈길을 떠올린다. 즉시 불쾌감이 치민다. 이대로 의선을 모시고 하늘문으로 가고 싶은 생각이 불쑥 밀고 올라온다. 그러나 전하의 허락이 없이 전하의 사람이 국경까지 갈 수는 없다. 한편으로 몸이 편찮으시다는 경창군마마도 걱정이 된다.

순서는 이렇다. 일단 경창군마마께 의선을 모시고 간다. 의선이 마마의 병세를 살피는 동안 의선을 맡겨 하늘문으로 모셔갈 사람을 찾는다. 강화도는 번화한 곳. 적월대의 연이 닿아 있거나 믿을 만한 자를 찾을 수 있을 것이다. 의선을 무사히 넘긴 뒤에 혼자 궁으로 돌아간다. 왕께서 노하시면 다 받겠다.

걸음이 느려지고 있던 의선이 돌아보다가 바로 뒤에 최영이 끄는 말들이 있는 것을 보더니 기겁을 해서 걸음을 빨리한다. 주홍이 그 뒤를 슬슬 쫓아간다. 주홍은 의선이 마음에 든 모양이다. 슬쩍 고삐줄을 놓아주었더니 주홍이 슬렁슬렁 걸음을 옮겨 의선의 바로 뒤에 붙는다. 어머어머…… 하며 의선의 걸음이 점점 빨라진다. 그 뒤를 따르며 주홍이 콧등으로 그 등을 스윽 밀었는지 짧은 비명소리도 들린다.

최영은 저도 모르게 미소가 지어질 뻔하다가 자제한다.

하늘문으로 간다고 해도 그 문이 언제 열릴지 알 수가 없다. 아무래도 앞으로 한동안, 어쩌면 더 오래 저분은 이 땅에 머물러야 할 듯싶다.

이 땅에서 사는 법을 조금씩 가르쳐드려야 하지 않을까. 적어도 무엇을 두려워해야 하는지, 언제 어떻게 도망을 쳐야 하는지는 알려드려야 할 것이다. 일단 말타기부터 시작할까.

그것은 각오했던 것보다 더 쉽지 않았다. 평소에는 하루에 대여섯 마디 이상을 할 필요가 없던 최영이었다. 은수를 설득하느라고 한 달에 걸쳐 말할 분량을 다 소모했다.

"말을 타지 않고 걸어갈 수 있는 거리가 아닙니다. 걷는 것도 잘 못하시잖습니까."

"그러니까 난 꼭 거기 가고 싶은 생각이 없다니까요."

"그리 가지 않으면 곤란해집니다."

"거기 가면 곤란해진다고요. 내가."

"일단 말에 올라앉는 데까지만 해보시겠습니까?"

"바로 그게 내가 제일 하고 싶지 않은 부분이에요. 말에 올라앉는 거."

무엇을 더 말해야 할지 막막해서 최영이 바라보자 은수는 할 수 없다는 듯 한 보 양보했다.

"내가 배가 고파서 그래요. 말 타는 거 체력이 엄청 필요한 거 아니에요? 난 배가 고프면 성질도 난폭해지고, 어지럼증도 생기고 그러거든요. 이 상태로 저 높은 데 못 올라가요. 그러니까 일단 뭐 좀 먹죠."

간신히 길가의 작은 만두가게를 찾아냈다. 만두를 사주었더니 우달치의 장정들만큼이나 잘 먹었다. 아예 만두를 양손에 들고 먹는다.

해는 이미 서쪽 산자락에 걸리고 있었다. 곧 해가 질 것이다. 해 지기 전에 예성강을 건너긴 어렵게 생겼다. 별로 이동하지도 못한 길. 지금쯤이면 대만이가 돌아왔어야 하는데 소식이 없다. 대만의 빠른 달음질을 따라잡을 자는 없으리라 생각했는데 미행하던 자들에게 잡힌 것일까. 아니면 전의시에서 누군가에게 저지당했나. 무슨 일인가.

"저기요."

은수가 부르는 소리에 최영이 돌아본다. 저도 모르게 초조한 얼굴이 되었던 모양이다. 탁자 너머에서 은수가 불안한 얼굴로 보고 있다. 최영이 얼굴을 펴고 자세를 바로 하여 마주 앉았다.

"말씀하십시오."

"우리 헤어져요."

한숨에 그 말뜻을 헤아리지 못해서 보다가 되물었다.

"무슨 뜻입니까."

"임금님께선 나, 당장 돌려 보내줄 생각 없는 거죠?"

"그러신 듯합니다."

"임금님의 허락이 없으면 최영 씨는 나 데리고 그 하늘문이란 데 못 가죠?"

"어렵습니다."

"그러니까요. 나 좀 놔주세요. 그동안의 정을 생각해서 그냥 보내줘요. 나 혼자 갈게요. 길만 가르쳐줘요."

최영의 마음 한 부분이 우지끈 내려앉는 기분이 된다. 은수는 계속 조른다.

"임금님께는 나 도망갔다고 해주면 안돼요? 그리고 여비 좀 빌려줘요. 뭐 갚을 수는 없겠지만 그 정도는 해줄 수 있잖아요."

"안 됩니다."

"나 연모한다면서요."

"혼자 갈 수 있는 길이 아닙니다. 위험하기도 하고."

"믿을 만한 사람 없어요? 친구라든가 경호원이라든가. 누구 하나 붙여주면 되잖아요."

"없습니다. 믿을 만한 사람."

왜 그런 대답이 튀어나왔는지는 모르지만 최영은 그렇게 대답해버렸다. 은수가 울상이 되어 본다.

"다 드셨으면 일어나십시오. 갈 길이 멉니다."

최영은 일어나 말이 있는 곳으로 걸어간다.

내려앉은 마음 한쪽이 계속 욱신거린다. 장빈의 말로 죽었다 살아났다고 하더니 아직 몸이 제대로 회복이 안 된 것인가. 몸에 담겨 있는 마음이 허약해져 있다. 금세 풀어졌다가 금세 옹졸해지고 상처받는다. "우리 헤어져요. 나 혼자 갈게요"라고 쉽게도 말하는 저분.

최영은 마음을 다스리려고 고개를 젓는다. 어서 다시 마음의 무심함을 찾지 못하면 검을 제대로 쓰지 못하게 될 것이다.

어서 헤어지는 게 낫겠다고 은수는 생각한다. 아침에 피 냄새를 풍기며 찾아온 그와 만난 이후로 생각이 제대로 돌아가질 않는다. 목을 자르겠다는 협박을 서슴없이 해대는 것들에게 둘러싸여 있으면서도 내내 정신의 더듬이는 그를 향하고 있었다.

그가 지금 무슨 생각을 하는지, 그가 지금 보고 있는 내 모습은 어떤지, 모든 신경이 그것을 알고 싶어서 곤두서 있다. 그가 보는 곳을 보게 되고, 그의 목소리가 듣고 싶어서 자꾸 말을 건다. 그의 정직한 반응, 그의 난처한 눈길, 그의 모든 것에 마음이 설렌다. 그가 나를 똑바로 보고 있으면 숨이 차다.
 내가 미쳤다. 다른 세상의 사람. 납치도 살인도 숨쉬는 것처럼 쉬운 사내. 무엇보다 교과서에 나오는 위인에게 이게 무슨 짓인가. 한밤의 바에서 만난 남자가 아니란 말이다. 그런데 말이지. 만약에 말이지. 여기서 내가 이 사람하고 연애라도 하면 나도 교과서에 실리는 건가?
 ……거봐. 내가 미쳐가는 거 맞아. 아무래도 더 늦기 전에 하루라도 빨리 이 남자하고 헤어져야 할 거 같다.

9장
왕, 아무도 없다

고개를 숙인 어머니의 머리칼은 거의 백발이었다.
왕은 한참 만에 비통한 마음을 누르고 조용히 대답하였다.
"그리하겠습니다. 가지 않겠습니다. 부르실 때까지 기다리겠습니다.
……부르시게 하겠습니다."

　대만이 전의시에 도착한 것은 그보다 한참 전의 일이었다.
　사람들에게 아무 말 말라는 최영의 말을 유념하고 있어서, 사람들 눈에 띄지 않게 약초원의 안채로 숨어 들어갔다. 의선의 도구는 하얀 면포에 감싸져서 의선의 방에 있었다. 왕비의 목숨도 살려내고 대장의 목숨도 살려낸 그것이다. 품에 넣고 돌아나와 마당에 내려서는 순간 그의 동물적인 감각이 일시에 곤두섰다.
　누군가 있다. 숨을 멈추고 집중하였는데도 상대가 어디 있는지 찾아지지가 않는다. 이 정도의 고수라면 싸우고 싶지 않다. 도망쳐야겠다. 대만은 빠르게 결정한다.
　지붕의 골에 모습을 숨기고 대만을 지켜보는 자는 천음

자 유청이었다. 애당초 덕성부원군의 집에서부터 최영의 일행을 미행한 무리 중에 그가 있었다. 대만이 혼자 되돌아오자 그는 무리에서 떨어져 대만의 뒤를 따라왔던 것이다. 중간에 부원군에게 연락을 넣었으니 누군가 그에 대한 지시를 가져올 것이었다.

유청은 아직 이 아이를 어찌할 것인지 결정을 내리지 못하고 있었다. 죽여도 되나. 아니면 살려서 잡아가야 하나. 일단은 지시가 있을 때까지 미행할 생각이었는데 순간, 대만이 쏜살같이 튀어오르더니 옆으로 달렸다. 순식간에 담을 넘는다. 그러나 유청은 더 빨랐다. 내공을 실어 속도를 더하여 지붕에서 지붕으로 이동하며 달린다. 장신의 그가 달리는데도 지붕의 기와를 밟는 소리는 거의 들리지 않는다. 대만이 또 하나의 담을 넘었을 때 지붕에서 유청이 날아내리며 그의 앞을 막았다. 대만이 순간 몸을 돌려 뒤쪽으로 달렸는데 어느새 대만의 머리 위를 날아 넘어온 유청이 또 가로막았다.

반사적으로 몇 걸음 물러나며 대만의 양 손목에서 손칼이 빠져나온다. 유청은 천천히 등에서 대금을 풀어내렸다. 그의 시선이 대만의 가슴 쪽으로 간다. 불룩하니 튀어나온 것이 새로 품에 넣은 물건이 있는 모양이다. 저것을 빼앗으려면 죽여야 하나? 살려서 무엇인지 물어봐야 하나? 어느 쪽이든 빨리 결정을 해야 할 것이다. 전의시는 궁 안의 부속건물. 금군이라도 눈치채고 달려오면 성가셔진다.

대만이 몸을 웅크려 두 손으로 땅을 짚는다. 이 사내라면 대장과 싸우는 것을 보았었다. 이길 수 없다. 그러나 등을 보여 도망친다면 바로 죽을 것이다. 대만의 목구멍에서 깊은 으르렁거림이 울려나온다. 대만에겐 싸워서 이기겠다는 호승지심 따위는 없다. 대장이 의선의 물건을 가져오라 했다. 그 명을 지킬 방법만 찾으면 된다.

순간 대만이 도약하며 천음자를 공격해 들어갔다. 유청이 대금으로 대만의 손칼을 받아 쳐냈더니 대만은 그 힘을 이용해 공중제비를 돌며 유청의 두 다리를 노린다.

유청이 훌쩍 뛰어 피하며 싱긋 웃는다. 그저 달리기를 잘하는 심부름꾼인 줄 알았는데 아이는 들짐승 같은 기운을 풍기며 제법 날카롭게 달려들고 있다. 대만이 다시 튀어 들어오는 것을 피하지 않고 우뚝 선 채 대금을 일직선으로 뻗어낸다. 천음자의 대금이 대만의 양 손칼을 투둑 쳐서 양쪽으로 벌리는가 싶었는데 그 사이로 주욱 밀고 들어가며 대만의 명치를 찍어버렸다.

커억 소리를 내며 대만이 뒤로 주르르 밀려났다. 제대로 숨을 못 쉬고 헉헉대며 땅에 주저앉는다. 유청은 대금에서 칼을 스륵 뽑아냈다. 더 장난칠 시간이 없다.

선인지로(仙人指路). 신선이 길을 가리킨다. 칼 든 손을 뒤로하고 대금을 든 손을 앞으로 뻗어오라고 까딱였더니 생각했던 대로 대만이 전속으로 달려들었다. 유청의 두 손이 크게 두 개의 원을 그린다. 대금으로는 대만의 칼을 막고 칼로는 머리에서부터 양단하여 쪼개어낼 것이었는데, 대만보다 먼저 그에게 달려든 것이 있었다. 대만이 달려오며 던져낸 돌맹이였다. 유청이 다급히 쳐냈으나 돌은 연이어 두 개, 세 개가 날아왔다. 대만이 땅에 주저앉는 척하며 그러모은 돌맹이들이다. 정작 대만은 유청에게 달려든 것이 아니라 유청의 옆을 지나쳐 담 위로 뛰어올랐다.

대만의 돌팔매 솜씨는 우달치들이 다 인정하는 것이었다. 어린 시절 산에서 생활할 때 대만은 돌팔매로 사냥을 하곤 했다. 물속을 헤엄치는 물고기까지 돌로 때려잡을 만큼 그 정확도나 세기가 대단했다. 대만의 돌팔매가 무서운 것은 그저 서서 던지는 것이 아니라 달리면서도 자유자재로 상대를 향해 던져낼 수 있다는 데 있다. 그 돌들이 정확하게 유청을 노리며 날아들었다. 급소만 노리며 날아오는 돌을 쳐내느라고 대만을 쫓는 유청의 걸음이 지체되었다. 대만은 어느 틈에 지붕 위로 뛰어올랐고, 이젠 돌이 아니라 기와 조각을 날려 보내고 있다.

됐다. 대만은 유청을 떼어낼 자신이 생겼다. 지붕 두 개만 넘으면 금군들이 모여 있는 초소가 있다. 그러나 대만은 순간 멈칫했다. 바로 아래 마당에 들어서는 이가 있었다. 덕성부원군 집에서 본 양사와 그리고 그의 손에 잡혀 질질 끌려들어오는 더기였다.

그 잠깐의 멈칫거림 때문에 유청과 벌려놓았던 거리가 좁혀졌다. 유청이 대만의 발목을 노리며 공격해 들어온다. 간신히 펄쩍 뛰어 피했는데 유청의 공격은 소나기처럼 퍼부어진다. 결국 버티지 못하고 대만은 지붕에서 미끄러져 떨어져버렸다.

부서진 기왓장들과 함께 요란하게 떨어져 내린 대만의 바로 앞에 양사가 있었다. 대만은 떨어져 내리면서 벌써 공격의 자세를 잡고 있다. 약초원의 더기는 대만의 유일한 벗이다. 대장은 대장이고 우달치 대원들은 대원들이었으나 더기는 벗이었다. 발이 땅에 닿는 것과 동시에 대만은 더기를 잡은 양사에게 달려들었다.

"아이쿠, 이놈이."

대만의 예기치 못한 공격에 양사가 놀라 몸을 사리는 틈을 타서 대만은 더기를 잡아채어 옆으로 밀친다. 도망가라. 그러나 몇 걸음 도망치던 더기의 앞으로 유청이 우아하게 날아내려 막아섰다. 유청이 양사에게 묻는다.

"어찌하라시는가."

"아이의 목적이 무언지 알아내라 하셨소."

"목적이라면 그 아이 품 안에 있다."

더기를 잡아당겨 자신의 등 뒤로 보내며 대만의 숨결이 거칠다. 당황한 마음에 호흡이 더 헝클어진다. 의선의 도구를 지키려면 도망쳐야 한다. 그러나 더기 혼자만 놓아두고 갈 수는 없다.

양사가 손을 내밀었다.

"이리 주렴. 그 품 안에 있는 것."

대만이 더기를 뒤로 밀며 한 걸음 물러선다. 양사가 짜증나는 얼굴이 된다.

"꼭 죽여서 뒤져야겠느냐."

양사가 한 걸음 두 걸음 다가오는데 그 손이 소매 속으로 들어간다. 암기를 꺼내려는가. 대만이 긴장하는데 갑자기 뒤에서 더기가 대만을 미친 듯이 잡아당겼다. 왜? 유청이 훌쩍 몸을 날려 거리를 벌린다. 왜?

소매 속에서 빠져나온 양사의 손에는 자기로 만든 작은 병이 들려 있었다. 더기가 짐승의 울부짖음 같은 소리를 내며 대만을 잡아당긴 것과 양사의 병에서 녹색의 연기가 새어나와 대만에게 흘러간 것은 거의 동시였다.

암기라면 되받아쳐낼 준비를 하고 있던 대만이 움찔했다. 숨이 탁 막혔다. 저도 모르게 자신의 목을 움켜쥐려 했지만 그 손끝에서부터 마비가 시작되었다. 무너져 내리는 대만을 받아안으며 더기도 숨 막힌 기침을 해대기 시작했다.

혀를 차며 다가온 양사가 대만의 품에서 은수의 수술도구를 꺼내들었다. 대만의 입가에 거품이 부글거리며 새어나오고 있어서 행여 묻을까 얼른 물러선다.

"이거요?"

하고 꺼낸 것을 들어 보여줬는데 유청은 이미 몸을 돌려 걸어가고 있었다.

유청은 독을 싫어했다. 그래서 독을 쓰는 양사도 싫어했다. 특히나 독으로 사람을 죽인 뒤에 번들거리는 그의 눈빛이 싫었다. 담을 넘으며 유청이 힐끗 돌아본다. 아니나 다를까. 양사는 선뜻 자리를 뜨지 않고 독에 고통스러워하며 죽어가는 아이들을 지켜보고 있다.

마음이 계속 불안해서 최영은 강바람을 맞으며 우뚝 선 채 망설이고 있었다. 해가 저물었는데 기어이 대만은 오지 않는다. 무슨 일이 있어도 최영의 명은 지켜낼 아이였다. 돌아가 살펴보고 싶은 마음이 목구멍까지 치밀었지만 누른다. 먼저 지켜야 할 분이 여기 있다.

사공이 배를 몰아 다가온다. 은수가 그 배를 노려보고 있다. 지난번 배를 탔을 때 뱃멀미를 심하게 하시던 게 생각났다.

"이 배는 요동이 그리 심하지 않을 겁니다."

안쓰러운 마음에 말을 건넸더니 은수가 이번에는 최영을 노려본다.

"말도 탔는데 이까짓 배 정도야 뭐. 문제없어요. 배에 다리가 네 개 달린 것도 아니고."

 노려보는 얼굴인데도 그 얼굴을 보자 최영의 불안하던 마음이 슬며시 풀어진다. 말 때문에 실랑이하던 걸 생각하자 그만 웃음이 나올 뻔했다. 그래도 내가 이분을 말에 태우긴 태웠지. 결코 쉽지 않았다. 차라리 부원군 집에서 사병들과 싸우는 게 더 쉬웠다.

 말이 너무나 키가 커서 탈 수가 없다고 주장하기에 바위에 올라서게 해서 타라 했더니, 이번에는 말이 움직이기 때문에 절대 탈 수가 없다고 버텼다. 결국 번쩍 안아서 말에 올려버렸다. 그랬더니 아예 말에 납작 엎드려서 고개도 쳐들려 하지 않았다.

"허리 펴시고."
"안 돼요."
"앉으시라고요. 엎드리지 말고."
"싫어요."
"계속 그렇게 엎드려 가실 겁니까?"

 최영이 다그치자 은수는 말에게 사정을 하기 시작했다.

"말아. 얘. 말아. 움직이지 말고…… 내가 일어나 앉을 건데 네가 움직이면 내가 떨어지거든. 그러니까 말아. 좀 봐주라. 가만히 이렇게……."

 살아 있는 말이란 것이 움직이지 않을 리가 없어서 허리를 펴고 앉는 데까지 또 한참이 걸렸다.

말에 올라탄 은수를 움직이게 한 것은 의외로 최영의 간단한 한마디였다.
"날 믿으십시오. 떨어지게 되면 받아줄 거니까."
"그럴 수 있어요?"
"다치게 하지 않을 겁니다."
그랬더니 은수는 끄덕였다.
"알았어요."
그러고는 물었다.
"이제 어떻게 하라고요?"
 최영의 가르침에 따라 말이 걷기 시작하자 어머어머 소리를 지르던 은수는 이내 말에 집중했다. 말의 배를 발로 좀 더 조여보라고 했더니 어떻게 걸어찼는지 은수의 말이 달리기 시작했다. 주홍을 몰아 급히 옆으로 다가서며 순간 그분이 떨어질까 마음을 졸였다. 은수의 말고삐를 잡아채려다가 최영은 놀랐다. 은수는 웃고 있었다. 웃으며 붉은 머리칼을 휘날리며 외쳤다.
"나 좀 봐요. 이거 봐요. 나 달리고 있어요. 어쩜 좋아. 내가 말 타고 달려요. 나 어떡해."
 그리고 그렇게 말을 달린 결과로 지금 은수는 똑바로 허리도 펴지 못하고 엉거주춤 서 있다. 한 걸음 걸을 때마다 엉덩이에서부터 온몸의 뼈가 비명을 지르는 기분이다.
 이게 내 문제야, 하고 은수는 혀를 찬다. 꼭 넘어져 무릎이 까지고 피를 봐야 뛰어서는 안 되었다는 것을 안다. 머리 안에서는 스톱 사인이 빨간 경광등을 번쩍여도 꼭 끝까지 가봐야 그 길이 왜 출입금지였는지를 안다. 지금도 그렇다. 이러면 안 된다고 이론적으로 결론을 내렸건만 은수는 그 남자를 바라보고 있다. 따라가고 있다. 마음이 자꾸 새어나가고 있다.

뭐 어쩔 수 없잖아, 하고 은수는 마음속에서 어깨를 으쓱이고 양손을 벌려 보인다. 혼자 돌아가겠다고 큰소리를 쳤지만, 십 년 가까이 살아온 강남에서도 수시로 길을 잃어버리는 주제에 혼자 어딜 가냐고. 어쩌라고. 이 세상에서 이 남자 아니면 누굴 믿고 따라갈 수 있는데?

뱃사공이 배를 대었다. 최영이 두 필의 말을 배에 싣는 동안 은수는 끙끙거리며 한 걸음 한 걸음 다가섰지만 배에 올라설 엄두를 못 내고 멈췄다. 최영이 손을 내밀었는데 은수는 그 손과 뱃전까지의 거리를 번갈아 보며 재보다가 결론 내렸다.

"너무 멀어요."

최영이 한마디 보태준다.

"배가 움직이기도 하고요."

"그렇죠."

최영은 더 따지지 않고 은수를 안아 들었다. 은수가 냉큼 최영의 목에 팔을 둘러 매달린다. "날 믿으십시오" 했더니

"알았어요" 하고 대답한 것처럼.

최영은 밤길이라고 난처해하는 사공에게 돈을 얹어주며 배를 띄우게 했다. 낮에는 오가는 배들이 많지만 이런 밤에 굳이 강을 건너려는 배는 없을 것이다. 그러니 이 배를 따라 건너는 다른 배가 있다면 눈에 띌 것이고, 그것으로 미행하는 자들의 수를 알아낼까 하는 것이다.

최영이 택한 강배는 밑바닥이 평평한 소형 평저선이었다. 뱃전은 얕고 배의 길이가 긴 대신에 폭이 좁다. 말을 두 필이나 실어서 기다란 배가 더욱 위태로워 보인다. 게다가 어두운 밤이다. 은수는 불안한지 돛대를 끌어안듯 바싹 붙어 앉아 있다.

강의 수면을 멀리까지 살피면서도 최영은 내내 은수가 신경 쓰였다. 다행히 아직 멀미 기운은 없어 보인다. 은수는 좀 전까지 고개를 꺾어 하늘의 별을 감탄하며 바라보더니 이제는 얌전히 강변을 구경하고 있다. 배는 강의 흐름을 따라 남서쪽으로 이동하는 중이다. 밤의 강바람이 제법 차다. 주홍의 등에 매달아놓았던 야전 침구를 내주었더니 은수가 몸을 감싸며 환하게 웃어 보였다. 그 웃음에 최영의 마음이 배처럼 출렁해서 얼른 외면한다.

그렇게 바라본 강변에 초가집이 한 채 빛에 드러나 있었다. 누구를 기다리는지 툇마루 기둥에 등을 밝혀놓아서 어둠 속에 그 집이 동그마니 환하다.

저런 집을 꿈꾸곤 했다. 물가에 위치한 싸리나무 울타리의 초가집. 그러나 꿈은 늘 그 한 장면뿐이었다. 그 장면에는 심지어 꿈을 꾸는 자신의 모습도 들어가 있지 않았다. 한순간 떠올랐다가 속절없이 스러지곤 하던 꿈이었다.

불쑥 은수가 말을 했는데 바람소리에 처음에는 잘 알아듣지 못했다.

"예?"

돌아보았더니 은수는 강변의 그 집을 가리켜 보이며 다시 말했다.

"언젠가는 저런 데서 살고 싶다고요. 열심히 일해서 돈 많이 벌어가지고 저런 데 땅을 사고 집을 짓고. 아, 집은 작아도 되요. 크면 청소하기만 힘드니까. 그냥 작은 집. 작은 마당. 개 두 마리. 요만한 텃밭 한 개에 상추랑 토마토 심고요. 방은 두 개면 충분하죠. 방 하나에는 만화책 잔뜩 쌓아놓고. 그리고 매일매일 놀고먹는 거예요."

은수가 하는 말에는 여전히 알아들을 수 없는 단어들이 들어 있지만 어쩐지 눈에 그려진다. 최영이 꿈꾸던 그 초가집 마당에서 개 두 마리와 장난치며 웃는 그녀.

순간 그 환상을 깨며 어두운 수면 위로 더 어두운 그림자가 감지되었다. 배 한 척이 따라오고 있다. 등도 매달지 않아 깜깜한 채로 운행하는 배라…… 미행하는 게 목적일 것이니 다가오지는 않겠지만 그래도 예비는 해놓아야 할 터.

"이리 가까이 오십시오."

"싫어요."

대뜸 거절하기에 어이없어 보았더니 은수는 더욱 돛대를 힘껏 부여잡는다. 은수가 있는 돛대 옆에서는 시야가 좋지 못하다. 최영이 검집으로 자기 옆을 툭툭 쳐 보인다.

"여기. 내 옆으로."

"왜요."

다시 찍어준다.

"여기."

은수가 노려본다.

"멀면 그만큼 지키기가 힘듭니다."

그제야 은수가 부여잡았던 돛대를 놓았는데, 일어설 엄두는 못 내고 기듯이 이쪽으로 온다. 이분은 한 번에 말을 들어주는 법도 없고 매번 되물어대지만, 납득을 시켜주면 더 이상 군말이 없다. 물론 질문을 그치는 건 아니다.

"원래가 지키는 걸 좋아해요? 아니면 직업병인가?"

그 물음에 대답할 만큼 그에 관해 생각해본 것도 없거니와 최영은 따라오는 배에 집중하고 있는 중이다.

"왕도 지켜야 하고 약속도 지켜야 하고 그리고 나도 지켜야 되고…… 그것도 그냥 대충 지키나. 목숨까지 걸어가면서 지켜야 돼."

그 배는 일정한 거리에 이르자 거리를 유지하고 있다. 진기를 올려 살폈는데 배 위의 검은 그림자들은 용의주도하게 몸을 웅크리고 있어서 그 수를 짐작하기가 어렵다. 그러나 유일하게 가느다란 그림자 하나가 뱃전에 선 채로 긴 치마를 펄럭이고 있다. 여인이다. 누군지 알 만했다.

"지금 만나러 가는 환자 분이요. 그러니까 지금 임금님 전에 임금님이셨던 거예요? 그 임금님도 지켰었겠네."

그제야 돌아봤더니 은수는 최영의 바로 옆에 자리를 잡느라고 부산을 떠는 중이다. 담요의 반은 깔고 그 위로 올라앉더니 다시 반으로 몸을 덮으며 연신 묻는다. 대답을 하기 전까지는 단념하지 않을 것이다.

"그러니까 그때도 우달치였잖아요. 그죠?"

"예."

"얼마나 오래 임금님이셨는데요?"

"이 년하고 석 달입니다."

"그분도 고약한 임금님이셨어요?"

최영이 잠깐 망설이다가 답한다.

"바르고 정이 많은 분이셨습니다."

"친했어요?"

"주상전하와 신하는 친하고 말고 하는 사이가 아닙니다."

은수가 빤히 최영을 본다. 돛대에 달린 등불이 그 눈에 비쳐 아롱거린다.

"친했구나."

은수가 단정 짓는다.

"방금 그 먼저 임금님 얘기하면서 최영 씨 눈이 웃었어요. 내가 봤어요."

"좀 주무십시오."

"얘기 좀 더해요."

"배를 내리면 바로 이동할 거라 달리 주무실 시간이 없을 겁니다."

"우리 서로 아는 게 너무 없잖아요. 내 이름은 알아요?"

최영이 멈칫한다. 하늘에서 오신 이분에게도 이름이 있겠구나, 하고 처음 의식한다.

"내 이름. 은수예요. 유 은수."

최영은 저도 모르게 속으로 되뇌어본다. 글로 쓰면 어찌 되는 것일까. 궁금하지만 묻지 못한다.

"결혼은 했어요? 그러니까 혼인. 했어요?"

하고 은수는 기어이 물어본다. 옛날 사람들은 혼인을 일찍 한다던데. 했겠지? 괜히 물어봤다. 더럭 후회하는데 최영이 대답했다.

"안 했습니다."

"안 했구나."

어쩐지 안심하면서, 안심하는 자신이 부끄러워서 은수는 담요로 입가까지 감싼다.

"나 먼저 자요."

은수가 어떻게든 편히 누워보려고 애쓰는 걸 보다 못해 최영은 뱃전에 있던 짚도롱이를 말아서 은수의 머리에 받쳐주었다. 그러느라 서로의 얼굴이 가까워졌는데 그 가까이에서 은수가 물었다.

"상처 좀 보자고 하면 안 된다고 할 거죠."
"곤란합니다."
"수술한 데가 깨끗한지 그것만 보면 되는데."
"주무십시오."
"열은 안 나요?"
"안 납니다."

최영의 대답이 참말인지 은수는 등불에 비친 그의 얼굴을 찬찬히 본다. 어색해진 최영이 자세를 바로 하여 앉았다. 은수가 담요를 얼굴에 끌어 덮으며 우물우물 말한다.

"최영 씨도 주무세요."
"예."
"굿나잇."
"예?"
"잘 자라고요."

그러고는 조용해졌다.

뱃전을 치며 지나가는 물소리. 물에 부대끼는 나무배의 삐걱거리는 소리. 바람에 펄럭이는 돛대. 펼쳐진 돛대 위로 흩뿌려진 별빛들.

이상하다, 하고 최영은 생각한다.

주상의 허락도 받지 못하고 떠나온 길. 어두운 강물 저만치에는 그 수나 그 목적을 알 수 없는 자들이 따라오고 있고, 아끼는 아이는 돌아오지 않고 있는데, 평화롭다.

최영은 숨쉬기를 시작한다. 깊이 들이마신 숨을 삼 할은 단전에 남겨놓고 칠 할은 내놓는다. 들숨은 가늘고 끊어지지 않게, 날숨은 드러나지 않게 조용히. 그다지 애쓰지 않아도 진기가 명료하게 모이고 편하게 길을 따라 돈다. 의식을 차린 뒤 줄곧 쉬지 못했는데 정신이 맑다. 이렇게 오롯이 맑게 깬 기분은 참으로 오랜만인 듯하다. 늘 의식의 한 부분은 잠든 것처럼 보내온 세월이었는데.

귀를 기울이자 은수의 숨소리가 헤아려진다. 그새 깊이 잠이 든 듯 숨소리가 고르고 평온하다. 믿어달라 했더니 정말로 이분은 한 점 망설이지 않고 믿어주는 건가. 그 믿음에 최영은 가슴이 뻐근하게 기쁘다.

그 믿음을 어기는 일은 하지 말아야지. 가실 수 있는 그날까지 지켜드리고, 그날에는 내가 직접 보내드려야지. 그러니 그날까지는 반드시 내가 살아 있어야지.

최영은 문득 생각이 나서 품을 뒤진다. 겉옷 안쪽에 만들어 놓은 주머니 속에 아직 있었다. 은수가 그의 손을 잡아 건네주었던 약병이다. 한 번에 두 알이라 했던가. 뚜껑을 열어 두 알을 꺼낸다. 입에 넣어 씹었더니 찝찔하면서도 알

싸한 맛이 입안 가득 퍼지며 최영의 남아 있던 부분들을 구석구석 깨운다. 참 오래 빛이 들지 않아 퀴퀴하게 남아 있던, 최영 스스로도 알지 못했던 구석들을.

"아이는 어떤가."

왕의 물음에 방금 전의시에 다녀온 안도치가 고한다.

"함께 있던 아이가 해독에 능해 대처가 빨랐고, 장어의가 계속 돌봐주고 있습니다. 목숨에는 지장이 없을 것이라 합니다."

대만이 독을 당할 때 함께 있던 아이, 더기는 스스로 독초를 먹어가며 약초를 키우고 공부하던 아이였다. 그 후유증으로 목을 상해 말을 못하게 되었지만, 그만큼 독에 면역이 되어 있어서 양사의 독을 함께 당했음에도 무사할 수 있었다. 양사의 독이 워낙에 독해서 당하던 순간은 거의 질식할 뻔했으나 게워내고 나서는 말짱했다.

양사가 자리를 뜨자마자 더기는 대만의 숨통부터 열어놓았다. 양사의 독은 사람 몸의 모든 장기를 마비시키는 것이어서 무엇보다 호흡을 제대로 하지 못해 죽게 되는 종류였다. 때마침 도착한 장빈이 대침으로 마비된 대만의 폐기능을 살리고 해독제를 먹여서 간신히 넘어가는 숨을 돌렸다. 하지만 아직 대만은 의식을 되찾지 못하고 있다.

왕이 우울한 얼굴로 또 묻는다.

"의선이 가져온 하늘의 도구를 빼앗아갔다 했는가."

"아이가 정신이 드는 대로 그 연유가 무엇인지 알아보겠습니다."

야심한 밤인데 왕은 밤바람이 부는 중정에서 떠날 생각을 않고 있다. 안도치는 속이 상한다. 왕은 또 저녁을 거르셨다. 그렇게 어두운 정원의 나무들을 바라보다가 문득 불렀다.

"도치야."

"예, 전하."

"만약에 내가 그자에게 승복을 하면…… 말을 잘 듣겠다 하면…… 그럼 내 백성의 안녕에 더 도움이 될까? 이렇듯 싸워보겠다고, 이겨보겠다고 버둥대지 말고?"

도치는 감히 대답하지 못하고 듣기만 한다.

"대장도 의선도 내 편이 아니라 그자의 편이 되면 생명의 위험 따윈 없어지겠지. 그리 씩씩한 의선이라면 훨씬 더 대접을 받고 크게 호령을 하면서 지낼 수도 있을 것이고."

도치는 이번에도 대답을 못했는데 그것은 뒤쪽에서 모습을 드러낸 분 때문에 놀라서였다.

"내가 지금 싸우겠다는 것은 나의 백성을 위해서가 아니라 내 체통을 위해서일까…… 그런 건가?"

도치는 얼른 허리를 굽히고 머리를 조아린다. 주변을 지키던 우달치들도 고개를 숙여 맞이하고 있다.

새 왕이 귀국한 이래 한 번도 모습을 드러내지 않던 왕의 친모, 홍씨였다. 홍씨는 상궁 한 명과 무각시 두 명만을 데리고 단출하게 서 있었다.

왕이 그제야 등 뒤의 기척에 돌아섰다. 놀라 입을 벌렸으나 말이 나오지 않는다. 십 년 만에 보는 어머니였다. 귀국한 이래 아침마다 찾아갔으나 만나주지 않던 어머니였는데 솔직히 순간 믿을 수가 없었다. 그만큼 어머니는 생각했던 것보다 훨씬 나이 들어 보였다. 그래서 왕은 원망하는 마음보다 먼저 목이 메었다. 참으로 곱던 어머니였다. 아버지 충숙왕이 그리도 어여뻐 하며 매화처럼 곱다던 얼굴은 바싹 말라 주름으로 가득 덮여 있다. 십 년 세월에 어머니는 노파가 되어 있었다.

왕이 겨우 정신을 차려 절을 올렸다. 묵묵히 아들의 절을 받은 대비가 주위를 둘러본다. 모두가 부지런히 뒷걸음질을 하여 모자의 대화가 들리지 않는 거리로 물러났다.

왕이 어린 시절 부르던 대로 불러본다. 목소리가 떨려나왔다.

"어머니."

그러나 대비의 대답하는 목소리는 너무나 담담해서 격동하는 왕을 무색하게 했다.

"주상전하께 청이 있어서 찾아왔습니다."

어머니. 왕은 속으로 또 부른다. 왜 그렇게 낯선 얼굴을 하세요. 저, 기예요. 어머니 아들.

"이 죄 많은 몸이 아들을 둘 생산하였습니다. 큰아들이 왕이 되고, 그의 패악질에 대해서 들을 때마다 그 죄를 감당할 수 없어 몇 번이나 죽으려 하였으나, 여의치 못했습니다. 전하의 친형이 무슨 짓들을 했는지 혹 아십니까?"

우리 십 년 만에 만났잖아요. 어머니. 그런데 처음 묻는 말씀이 왜 그것입니까? 속으로 외치면서도 왕은 예를 갖춰 대답한다.

"더러 들은 것이 있습니다."

"아마 백에 두세 개 들으셨을 겁니다. 제 아비의 부인, 어머니라 불러야 하는 후궁들을 겁탈하고, 남의 여인, 신하의 딸, 가리지 않고 욕을 보이고, 겁에 질려 울었다 하여 철퇴로 때려죽이며, 사냥을 나가면 짐승 대신 사람을 장난으로 맞혀 죽였습니다."

대비의 목소리는 그저 조용했는데 왕은 미칠 듯한 심정이 되어가고 있다.

"바른말을 하는 자가 있으면 반드시 죽였고, 새로 짓는 궁궐의 주춧돌 아래 어린아이 수십 명을 묻어야 한다 하여 부모들이 제 아이들을 감추느라 나라가 들썩이기도 했습니다."

어머니. 대체 왜 이러십니까.

"나의 큰아들, 전하의 형, 이 나라의 스물여덟 번째 왕이 죽었을 때 고려의 백성들은 기뻐 날뛰며 밤을 새워 노래를 불렀습니다. 저는 부처님께 절을 올리며 속으로 원망하였습니다. 어째서 이제야 데려가시냐고."

"……."

"이제 저의 작은아들이 또 왕이 되었습니다."

이제 왕은 더 이상 속으로도 어머니를 부르지 않는다.

"좀 전에 백성의 안녕에 대해 말씀하시는 것을 들었습니다. 전하의 조카이자 저의 손자인 경창군을 내어쫓고 왕이 되신 분이, 그 어린아이를 위리안치(圍籬安置)하여 굶주려 죽어가게 만드신 분이 말씀하시는 백성의 안녕이란 것. 저는 잘 모르겠습니다. 전하의 형님께서 왕이셨을 때에도 자주 그 말을 했습니다. 이 모든 것은 내가 백성의 안녕을 위해서 하는 것이다."

"하시고 싶은 말씀이 무엇입니까. 제가 무엇을 알아들어야 합니까."

왕이 메마른 목소리로 묻는다. 대비가 여전히 담담한 목소리로 답하였다.

"아침마다 찾아오시는 것. 거두어주셨으면 합니다. 전하께서 오신다는 전갈을 들을 때마다 저는 무서워 견딜 수가 없습니다. 간곡히 청을 드리니 부디 이 어미를 없는 사람으로 여겨주십시오."

대비가 두 손을 모아 고개를 숙이더니 들지 않는다. 답을 기다린다.

고개를 숙인 어머니의 머리칼은 거의 백발이었다. 왕은 한참 만에 비통한 마음을 누르고 조용히 대답하였다.

"그리하겠습니다. 가지 않겠습니다. 부르실 때까지 기다리겠습니다…… 부르시게 하겠습니다."

10장

기다리신다, 살아야겠다

그 바람에 묻어나는 그분의 향기.
그 웃음과 그 향기를 지키기 위해 나는 살아야겠다.
언제고 떠나시는 날, 내 손으로 보내드리기 위해 내가 살아야겠다.

 강화도는 이른 아침부터 활기를 띠고 움직이고 있었다.

 대몽항쟁 당시 천도하여 수도가 되었던 강화도는 아직 그 당시의 번화함이 남아 있다. 해안과 언덕에는 공경대부의 화려한 저택들이 들어서 있고, 부두와 저잣거리를 잇는 길에는 상인, 어부, 소금 굽는 이들의 집이 빼곡하게 늘어섰다. 한때는 벽란도보다 더 성황을 이루던 부둣가에 무역선과 어선들이 제법 들어차 있다. 새벽부터 짐을 나르느라 일꾼들이 분주하다.

 최영은 청기(靑旗)를 내건 주막을 찾아냈다. 경창군마마를 찾아뵙기 전에 간단하게 요기를 할 생각이었다.

 이런 것도 드실까…… 했는데 은수는 주모가 내온 해물

국을 말끔하게 비워냈다. 최영은 어쩐지 맛나게 식사를 하는 것이 꺼려진다.

식사는 잘하고 계실까. 경창군마마의 순한 눈이 떠오른다. 왕으로 계실 때도 늘 식사를 달게 못하셨다. "좀 더 드셔야 합니다" 하고 옆에서 아뢰면 그 순한 눈으로 미안한 듯 웃곤 했다.

경창군은 충혜왕의 둘째 아들이며 희비 윤씨의 소생인 서자였다. 처음 강안전에서 뵀을 때 그분의 나이 열두 살. 외가인 윤씨들이 우르르 둘러 함께 들어서고 있었다. 요란한 수를 놓은 용포 속에서 마른 몸이 더 말라 보였다.

즉위식이 있기 전부터 궁 안은 시끄러웠다. 윤씨 일가의 비호를 받은 무리들과 충혜왕의 정비였던 원나라 왕실 출신 덕녕공주 일파의 전면전이 시작되었다. 외척 윤신우는 윤왕이라 불릴 정도의 권세를 휘두르며 백성들 위에 군림하였고, 덕녕공주의 총애를 받는 배전 등은 그에 질세라 비행을 일삼았다. 높고 낮은 관료들은 나랏일에는 관심이 없이 어느 줄을 잡아야 하는지에만 골몰했고, 서로를 비방하느라 혈안이 되었다.

왕실 내부의 싸움에 피멍이 드는 것은 결국 백성들이었다. 그런 혼탁한 정국을 틈타 왜구들이 더욱 날뛰기 시작했다. 처음에는 고성, 죽말, 거제 등지로 침범해오던 왜구들은 점점 그 침략 범위를 넓혀왔다. 궁에 남았던 적월대의 대원들이 그 당시 왜구 토벌에 나섰다가 많이 죽었다.

강안전, 왕의 서재에 앉아 있던 경창군을 기억한다. 넓은 책상에는 각지에서 올라온 보고서 두루마리가 산처럼 쌓여 있어서, 그 뒤에 앉아 있는 병약하고 어린 왕은 잘 보이지도 않았다. 늘 겁먹은 얼굴이었다. 왜구를 잡으라 어명을 내리면 그 명을 받은 자가 뻔뻔스레 왕을 찾아와 "거행치 못하겠습니다"라고 아뢰기도 했다.

최영은 그저 보고만 있었다. 그때쯤에는 그림자로 지내는 것에 완전히 익숙해져 있어서 가끔은 스스로도 자신의 존재를 잊곤 했다. 더구나 경창군은 스승을 죽게 했던 충혜왕의 아들이었다. 처음부터 왕에 대한 어떤 기대도 없었다. 그저 기계적으로 왕의 호위조와 궁의 순찰조를 짜고 밤이면 직접 한두 번씩 왕의 거처를 돌며 번을 서는 자들을 감독하곤 했다.

그러던 어느 밤, 왕실 정원으로 숨어나온 경창군을 발견했다.

"어찌 혼자 나오셨습니까?"

놀라 묻는 최영을 경창군은 겁먹은 얼굴로 보기만 했다. 저 혼자 차려입었는지 비뚜름하게 묶여진 옷차림에 신발은 양쪽의 짝이 맞지 않았다. 최영은 한 무릎을 꿇어 눈높이를 맞추고 온화한 목소리로 물었다.

"가려던 곳이 있으십니까?"

처음에는 최영을 믿지 못하여 보던 경창군이 고개를 끄덕였다.

"어딘지 말씀해주시면 신이 도울 수 있습니다."

좀 더 망설이던 경창군이 작은 목소리로 털어놓았다.

"황이를 만나고 싶네."

"황이가 누구인지요?"

"내가 키우던 개야."

어려서부터 함께 자라온 개인데 궁으로 들어오면서 헤어졌다고 했다.

"데려오라고 할까요?"

경창군은 고개를 저었다.

"함께 지내는 것을 허락하지 않을 것이야. 왕이 될 사람은 그런 미물에게 정을 주면 안 된다고, 그런 약한 모습을 보이면 안 된다고……."

경창군이 울먹이는 목소리를 애써 누르며 말했다.

"황이가 보고 싶어."

보고 싶다는 것이 어떤 것인지 최영은 오래 잊고 있었다. 그 느낌이 불현듯 기억났다. 그래서였을까.

"그럼 몰래 가서 슬쩍 보고 오시겠습니까?"

하고 말했다. 경창군은 놀란 눈으로 되물었다.

"그래줄 수 있어?"

"잠시만 기다려주십시오."

최영은 부하 몇을 조용히 불러 지시를 내렸고, 어린 왕에게는 평복의 장옷을 둘러주었다. 최영이 자신의 말에 경창군을 함께 태우고, 우달치 일행은 어두운 밤을 달려 경창군이 자라온 윤씨 저택을 찾아갔다. 일행은 저택에서 좀 떨어진 곳에서 멈추었는데 최영이 경창군을 말에서 안아내리던 중이었다.

저택에서부터 무언가가 쏜살같이 달려왔다. 경창군이 마주 달려갔다. 그가 얼싸안은 것은 덩치가 커다란 누렁개였다. 개는 미친 듯이 꼬리를 흔들며 경창군을 핥아대었고, 경창군은 소리 내어 웃으며 개를 끌어안고 놓지 않았다. 최영은 어린 왕이 웃는 것을 처음 보았다.

다음 날, 사복으로 위장한 우달치 대원이 윤씨 집에서 누렁개를 훔쳐내어 우달치 병영으로 데려왔다. 이후 어린 왕은 몸을 단련하고 활 쏘는 법을 배운다는 명목으로 자주 우달치 훈련장을 찾았는데, 그때마다 늙은 누렁개가 그 옆을 지켰다.

"아무리 급해도, 좀 있다가 내 목을 자른다 해도, 난 씻어야겠어요. 잘려도 깨끗한 목으로 잘리겠다고요."

하고 선언한 은수를 위해서 주모에게 씻을 곳을 안내하게 하고, 최영도 우물가에서 간단히 씻었다. 경창군을 뵙기 전에 몸의 여기저기 말라붙은 핏자국을 닦아낼 수 있었다.

밤새 배를 따라오던 무리는 날이 밝자 종적을 감췄다. 굳이 주막의 뒤편에 떨어져 있는 우물까지 다녀오며 주위를 살폈지만 미행자는 없었다.

주모의 서방이라는 자는 경창군이 있는 곳을 알고 있었다.

"강화부에서 동쪽으로 4리쯤 가시면 됩니다."

"사시는 것을 뵌 적이 있는가?"

물었더니 우물쭈물한다. 경창군이 폐위되고 강화도로 유배를 떠나야 했을 때 전교령, 신덕린 등 사오 명만이 따른 것으로 알고 있다. 이후 그들이 순군의 추격을 받아 체포되었다는 것도 들었다. 그럼 지금은 누가 마마를 뫼시고 있는가.

"말도 마십쇼. 누구라도 마마를 뵈러 들어갔다가는 당장에 치도곤을 당할 것입니다요. 아니 그 어린 분에게 식은 밥덩이 좀 넣어주는 게 무슨 대역죄고 나라를 뒤집을 일이라고."

최영의 가슴이 서늘해진다.

"그럼 설마 수발을 드는 자가 아무도 없단 말인가."

사내는 주위를 둘러보더니 나직이 일러주었다.

"그나마 강화군수가 가끔 관비를 보내 먹거리를 챙겨준단 소리를 들었습죠."

현 강화군수가 누구더라. 기억나는 것이 없는 걸 보니 딱히 어느 파에 몸담지 않은 인물인가. 주모에게 먹을 것을 좀 챙겨달라 일렀다. 한때 왕이시던 분에게 드리기에는 참으로 거친 음식들이었지만 최영은 안장 주머니에 잘 챙겨 넣었다.

하루 사이에 은수의 승마술이 제법 늘어서 꽤 빠른 속도로 이동할 수 있었다. 주막을 떠나 한 식경이 지날 무렵 초막 하나가 저만치 보였다. 한눈에 위리안치 중인 유배소라는 걸 알 수 있었다. 가시가 많은 탱자나무 울타리가 둘러싸고 있고, 담장 밖에는 짧은 나무토막을 비스듬히 박은 녹각성이 설치되어 있다.

집 근처에 말을 매어놓으며 주변을 먼저 살핀다. 주홍은 굳이 고삐를 묶어놓지 않았다. 영민한 놈이라 주인을 떠나 멀리 가지 않을 것이다. 가까운 인가는 없어 주변은 적막했고, 미행하던 자들은 여전히 기척도 없다.

위리안치. 울 안에 갇힌 죄인은 한발도 밖으로 나설 수 없고, 외부인은 울 안의 죄인과 말도 붙일 수가 없다. 혹 외부인이 죄인과 품이나 서신을 주고받으면 중한 벌을 받아야 한다. 그 모든 것을 지킬 자가 있어야 하는데 번을 서는 자는 보이지 않았다.

초막집의 대문은 밖에서 자물쇠로 잠겨 있었으나, 자물쇠도 그것을 걸어놓은 고리도 녹이 슬어 허술했다. 누가 일부러 들어갈 자도 없고, 안에서 박차고 나올 이도 없는 까닭일 것이다.

최영은 자물쇠를 잡았다가 단숨에 당겨 고리까지 뜯어내 버렸다. 마음의 분노까지 합해진 힘에 고리가 박혀 있던 나무쪽까지 뜯어져버렸다. 대단하신 덕성부원군의 명을 받아온 것이니 누가 시비를 걸면 그 이름을 내어드리지, 하고 노한 마음으로 생각한다.

녹이 슨 경첩 때문에 대문을 밀어 열자 요란한 소리가 울렸다. 최영의 뒤를 따라 황량한 마당을 걸으며 은수는 잘 이해가 안 되고 있다. 임금님이었다던 분이 이런 곳에 산다고? 역사책에서만 읽던 귀양살이란 게 이런 거였나?

주막에서 출발할 때부터 최영은 말이 없었다. 워낙 말이 없는 사람이긴 했지만 이번엔 분위기가 좀 달랐다. 뭔가 화가 난 것처럼 보였다. 어쩐지 이런 사람이 화를 낼 때는 그만한 이유가 있겠지 싶고, 그게 뭔지는 몰라도 나 때문은 아니었으면 하고 바라면서 눈치를 보는 중이다.

최영이 초가집의 마당 가운데 서더니 옷깃을 바로 하고 안을 향해 고했다.

"경창군마마. 최영입니다."

잠시 조용한가 싶었는데 안에서 뭔가 우당탕 부딪히는 소리가 났다. 이내 방문이 활짝 열리며 하얀 얼굴의 마른 소년이 모습을 드러냈다. 소년은 최영을 보더니 맨발인 그대로 마당으로 뛰어 내려왔다. 휘청하여 엎어지려는 소년을 최영이 무릎을 꿇으며 받아안았다. 소년이 불렀다.
"영아."
몇 번이고 믿기지 않는다는 듯 보고 또 보며 부른다.
"영아. 와줬구나. 영이가 와줬어."
"그간 강녕하셨습니까."
라고 말하는 최영의 얼굴이 얼마나 따뜻하고 부드러운지 은수는 옆에서 보면서 믿어지지가 않는다. 저런 얼굴을 할 수 있는 사람이었나?
"영아. 영아……."
이전의 왕이었다는 소년은 최영의 가슴 옷자락을 부여잡은 채 울먹거리며 웃다가 그 품에 고개를 박았다. 최영이 두 팔로 그 소년을 감싸안았다. 그러면서 고개를 드는 최영의 얼굴을 은수는 슬쩍 엿본다. 방금 전까지 환하게 웃어주던 그가 점점 차갑게 굳어가며 문이 열린 실내를 살펴보고 있다. 은수도 그의 눈길을 따라 안을 보았다.

소년은 혼자였던 듯했다. 텅 빈 실내에는 누렇게 변한 요가 깔린 나무 침상 하나. 낡은 탁자와 의자. 이가 깨진 도기 그릇들이 몇 개 먼지 쌓인 선반에 얹혀져 있다. 귀퉁이가 깨진 화로도 하나 보였으나 불기는 없다. 이런 곳에서 지내고 있었던가?

은수는 소년을 다시 본다. 열서너 살? 파리하게 병색이 돌고 있다. 아까 뛰어나올 때 한쪽 다리를 저는 것도 보았다. 이 아이의 병을 고치라고?

"전하의 우달치군 대장 이름을 혹 아시는지요."
 아침 일찍부터 덕성부원군 기철이 왕께 알현을 청해왔다. 왕은 지체하지 않고 그를 서재로 불러들였는데 문안인사를 여쭌 기철이 대뜸 우달치 대장을 입에 올린다. 왕은 과한 반응을 보이지 않으려 주의하며 답한다.
 "압니다."
 "최영, 그자가 소신의 집에 와서 의선을 납치해간 것도 혹 아십니까."
 왕이 재미있다는 표정을 지어 보인다.
 "최영이라는 자가 군대라도 끌고 갔습니까? 부원군 댁의 삼엄함은 왕궁보다 한 수 위라고들 하던데 그런 댁에서 누굴 납치해요?"
 기철이 억울하다는 표정을 지어 보인다.
 "워낙에 기습이었고, 속임수가 겹겹이 뛰어나서 저희 애들이 놓쳤다 합니다."
 왕은 엄한 표정을 한다.
 "부원군 댁에 환자가 있다 하여 의선을 잠시 빌려드린 것입니다. 의선에게 무슨 일이 생긴 겁니까? 그래놓고 지금

무마를 하자는 것이에요?"

기철이 과장되게 두 손을 젓는다.

"억울합니다. 전하. 우달치의 대장이 정인이 걱정되어 찾아왔다기에 집에 들여놓고 만나게 해주었습니다."

"정인……이라 했습니까?"

왕이 충석을 돌아본다. 충석이 저도 모르게 입을 벌리고 있다가 얼른 다문다.

"최영이 제 입으로 그리 말했습니다. 의선을 정인으로 여기고 있다고 말입니다. 전하의 우달치 대장인지라 술상까지 대접하였사온데 이자가 의선을 데리고 도망을 친 것입니다. 신이 어찌 짐작이나 했겠습니까. 감히 전하의 명으로 와 있는 의선을 전하의 호위대장이라는 자가 납치를 할 줄이야……."

왕은 말없이 기철을 노려본다. 대체 무슨 수작을 하려는 것인가.

"그 뒤를 쫓았던 내 아이들이 좀 전에 소식을 전해왔습니다. 최영이 의선을 데리고 강화도로 갔다 합니다."

"강화도라……."

"폐위되신 경창군께서 계신 곳이지요. 혹시 전하께서 그 자를 그리 보내셨습니까? 의선을 모시고 가라고요?"

왕은 대답을 하지 않고 있다. 기철이 저 혼자 답을 한다.

"아니. 전하께서 그러셨을 리가 없지요. 전하께서 원하셨다면 당당히 어명을 내리면 그만인 것을. 대체 이자가 무슨 생각에 전하의 의선을 경창군께 데려간 것일까요."

왕이 충석에게 짐짓 묻는다.

"부장은 어찌 생각하는가."

충석이 딱딱한 어조로 답했다.

"아는 바도 없고, 짐작도 가지 않습니다."

왕도 더 이상 여유를 가장하지 않고 기철에게 묻는다.

"무엇을 말하고 싶은 겁니까? 말씀하세요."

"전하께서는 최영 그자와 얼마나 가까우십니까? 원에서 이곳까지 오는 동안 기껏 한 달 남짓 면을 익히셨지요?"

"그래서요?"

"최영과 경창군마마는 단순한 군신의 관계가 아니었답니다. 경창군께서 열두 살 어린 나이에 주상의 자리에 오르신 뒤로 최영은 든든한 호위무사였으며, 스승이었으며, 참으로 우애 깊은 형제와 다름없었답니다. 그렇게 삼 년을 함께 지냈습니다."

충석이 턱까지 차오르는 불안함으로 왕의 기색을 살핀다. 이제 왕은 흔들리는 표정으로 기철을 보고 있다. 그런가? 흔들리시는가? 왕이 억지로 미소 지으며 입을 연다.

"그래서 지금 부원군께서는 내 우달치 대장이 내 조카, 경창군을 다시 모시기 위하여 강화도로 달려갔다는 말이오? 내게 반역을 하기 위해서?"

기철이 몹시 걱정된다는 듯 되물었다.
"아니겠습니까?"

창문으로 들어오는 햇살에 의지해서 은수는 경창군의 귀 안을 살펴본다. 눈으로도 확인될 만한 종양이 보인다. 역시 그런가.

은수는 마음이 졸여지는데 정작 환자인 경창군은 한껏 들떠 있다.

"그럼 영이 자네가 직접 하늘나라로 들어갔단 말이지?"
"그랬습니다."

은수가 경창군을 진찰하는 동안, 최영은 경창군과 마주 앉아 묻는 말에 하나하나 다 대답해주고 있다. 미소 띤 얼굴로, 다정한 목소리로.

"하늘나라에는 다 이런 분만 사시던가?"

은수가 경창군의 귀 아래 목 부분을 꼼꼼히 살펴보면서 끼어든다.

"이런 분이라니, 어떤 분이요?"
"의선이 너무나 고와서 하는 말이오. 과연 선녀란 이런 외모를 가진 것이구나 놀라워서요."

은수가 그만 웃는다.

"어린 분이 작업 센스가 참 좋으시네요."

경창군이 따라해본다.

"센⋯⋯수?"

최영이 웃는 얼굴로 조언했다.

"무시하십시오. 알 수 없는 하늘말을 자주 쓰십니다."

은수가 경창군의 눈을 살피며 묻는다.

"가끔 물체가 두 개, 세 개로 겹쳐 보이거나 눈과 귀에 통증이 있거나 그런가요?"

"오. 과연 의선이시오. 한 번 보고 어찌 아시오?"

"가끔 귀가 안 들리기도 하고요?"

"그래요. 그럴 때도 있어요."

"두통이 심하고. 코피가 자주 나시고."

경창군이 최영의 소매를 잡아 흔든다.

"신기하네. 영아. 이분 참으로 신기해. 다 아시는구나."

최영은 같이 웃어주지 못하고 은수를 본다. 은수의 얼굴에도 웃음기가 없다. 은수가 경창군에게 청한다.

"다리 좀 살펴볼게요. 바지 걷어도 되죠?"

"그리하시오. 다 보시오."

경창군은 손수 바지를 걷어 보여준다. 은수는 경창군의 앙상하게 마른 발목부터 차근차근 만져 올라간다. 불안한 어른들과 상관없이 경창군은 즐거운 낯으로 최영에게 또 조른다.

"더 해봐. 하늘세상 이야기 더해봐."

"제가 본 것은 아주 잠시, 극히 좁은 부분뿐이었습니다."
"그래도 본 것이 있을 터이지?"
"집들이 아주 높았습니다."
"얼마나."
"고개를 젖혀 보아도 그 위를 온전히 볼 수 없을 정도로 크고 높았습니다. 땅과 하늘이 맞닿은 곳은 다 그렇게 높은 집들이 가득해서 하늘세상의 하늘은 반밖에 보이지 않았습니다."
"오호…… 그리고."
"신이 도착한 때는 한밤중이었는데, 그 밤에 온 천지에 빛이 가득했습니다. 높은 집들은 하나같이 다 빛으로 만들어진 듯 환했습니다. 사람들은 말이 없는 마차를 타고 다녔는데 그 마차들에서도 밝은 빛이 강하게 쏘아져나와 길을 비추었지요. 공중에는 빛덩이들이 사방에 떠 있고, 움직이는 그림들이 여기저기 걸려 있었습니다."

경창군이 꿈꾸는 눈빛이 된다.

"내 눈에도 보인다. 아. 참으로 아름답구나."

최영이 은수를 돌아보자 은수가 마주 보았는데 그 눈이 한참 어두웠다.

덕성부원군 기철이 돌아가자마자 충석은 갑조의 조장 주

석을 외진 곳으로 불러냈다.

"한시가 급하다. 대장께 달려가 똑바로 전해. 지금 당장, 그게 뭐든 다 중단하고 즉시 궁으로 돌아오시라고."

"대장이 경창군마마의 거처에 계신 것이 확실합니까?"

"그곳에 안 계시면 천만다행이고."

"계시다면?"

"역적 반역도로 몰릴 판이다."

"전하께서는……"

"덕성부원군의 말재간이 워낙 교묘했다. 의심하기 시작하신 듯하다."

"죽자고 달리겠습니다."

주석이 두말없이 말에 올랐다. 말의 배를 걷어차려는데 충석이 고삐를 잡아채어 한마디 더한다.

"만에 하나, 설마 대장이 그러실 리는 없지만, 어떤 일이 있어도 경창군마마를 모시고 그 집에서 단 한 발짝이라도 나서면 안 된다고. 그 즉시 끝이라고……"

"전하겠습니다."

주석이 말을 전속으로 몰아 달리기 시작했다.

기철이 집에 돌아오자 양사가 달려와 상황을 보고했다.

"전서구가 도착했습니다. 강화현령 쪽에서는 준비가 다

되었다 하고, 화수인 쪽에서도 때만 기다리고 있다 합니다."

"최영, 그자. 무예가 출중한 놈이다."

"화수인이 묵가의 자객들을 데리고 있습니다. 놓치지는 않을 것입니다."

"여인에 어린아이까지 데리고 있는 놈을 놓친다면 죽어야지."

"살려서 잡으라 하셔서 그것이 좀……."

"아이와 여인은 살리지 않아도 좋아. 그놈만 살려서 데려오면 된다지 않았는가."

두 번 세 번 복기를 시켜야 제대로 명을 이행하는 것들에게 짜증을 내며 돌아서다가, 기철의 시선이 탁자 위에 멈췄다. 거기 면포로 싸여진 것이 놓여 있었다. 기철의 시선을 살피던 양사가 얼른 고한다.

"최영의 심부름꾼 아이에게서 빼앗아온 것입니다. 그 아이가 저것을 가지러 혼자 돌아왔었습니다."

"저것이라면……."

"전의시의 약원을 하나 잡아 물었더니 의선이 하늘에서 가져온 것이라 했습니다. 저 도구로 왕비를 살려냈다고……."

기철이 탁자로 다가선다. 면포의 한끝을 잡아 후룩 펼쳤더니 안에 있던 것들이 요란한 소리를 내며 드러났다. 그리고 기철의 숨이 잠시 멎었다. 면포에 싸여 있던 것은 메스를 비롯한 수술도구들이었다. 기철이 조심스레 그것들을 쓰다듬는다. 기철의 마음이 격동되면서 저도 모르게 빙공이 발휘되어서 철로 된 도구들이 차갑게 얼어간다. 기철이 숨죽여 말했다.

"본 적이 있다."

기철의 기세가 워낙 흉흉해서 양사가 겁먹은 소리로 부른다.

"나리?"

"이것…… 거의 흡사한 것들을……."

기철이 면포로 도구들을 다시 싸서 움켜쥐더니 달려나갔다. 양사가 놀라 그 뒤를 따랐는데 기철의 속도가 어찌나 빠른지 하마터면 집 안에서 놓칠 뻔했다.

기철이 달려간 곳은 부유고(敷遺庫)였다. 저택의 북쪽 한 구석에 자리해 있는 이 별채는 기철 사형제의 스승인 네르구이가 거처하던 곳이다. 사람 키를 훌쩍 넘는 높은 담으로 둘러싸여 있고 육중한 대문은 늘 잠겨 있어서 그 안을 들여다본 자는 거의 없다. 밤이면 그 마당에 네르구이의 혼령이 떠돈다는 식의 소문도 그럴싸하게 퍼져 있어서 굳이 들어가보려는 자도 없었다.

기철은 잠긴 대문을 열 마음의 여유가 없어 그대로 몸을 날려 담을 넘었다. 양사는 허리춤에 매달고 다니는 열쇠 꾸러미 중에서 맞는 것을 찾느라 지체하였다. 잘 열리지 않는 대문을 간신히 밀어 열고 들어섰더니 마당에는 잡초들이 무성하여 돌을 깔아 만들었던 길이 거의 묻혀 있었다.

집이 아니라 고(庫)로 불리는 것은 이 집의 외형 때문이다. 네르구이의 주문에 따라 목수는 보통 집보다 두세 배는 두껍게 벽을 쌓았다. 창문은 적고 문은 철판을 덧대어 견고했다. 그 견고한 문 앞에서 기철이 초조하게 기다리고 있다가 양사의 열쇠꾸러미를 잡아채갔다.

자물쇠를 열고 문을 열어젖혔더니 오래 묵은 거미줄이 사방에 가득 드리워져 있었다. 그 거미줄을 훑어내며 양사가 부지런히 실내 곳곳에 있는 초에 불을 붙인다. 그 빛에 오래도록 사람 손을 타지 않은 실내가 드러났다. 벽을 둘러 세워져 있는 선반에는 부옇게 먼지가 앉은 병이며 단지들이 가득 들어차 있었는데, 인체의 장기며 희귀 동물의 박제, 정체를 알 수 없는 것들이 담겨져 있다. 몇 번 기철을 따라 들어온 적이 있었음에도 양사는 돌아설 때마다 눈길이 가는 것들 때문에 가슴이 철렁거리곤 한다. 그렇게 기괴한 것들과 기묘하게 부패한 냄새가 가득한 방이었다.

기철이 안쪽 깊은 곳에 있던 철제 상자를 끌어내어 열어젖히더니 그 안에서 가죽으로 된 주머니를 꺼냈다. 탁자 위에 가죽 주머니를 얹어놓고 펼친다. 군데군데 녹이 슬고 오래되어 보이는 도구들이 나타났다. 기철이 그 옆에 가져온 면포를 놓고 펼쳤다. 옆에서 건네다보던 양사가 놀라서 신음소리처럼 말했다.

"흡사합니다. 어찌 이런 일이······."

그랬다. 한쪽은 오랜 세월에 녹이 슬어 있고, 다른 한쪽은 빛이 날 만큼 새것이었으나 양쪽의 도구들 모양새는 거의 흡사했다. 날카로워 보이는 작은 칼도. 집게처럼 생긴 것도. 가위처럼 생긴 것도.

기철이 조심스레 양쪽에서 비슷하게 생긴 작은 칼을 하나씩 집어 들어 비교해본다. 그 손잡이에는 알 수 없는 글씨가 쓰여 있었는데, 그 글을 읽을 수는 없었지만 두 개의 모양새가 똑같다는 것은 알 수 있었다. 기철이 입을 열었는데 참으로 오랜만에 그의 목소리가 떨리고 있었다.

"하늘의 물건이라고······ 했다. 스승님께서 그랬어. 이것들은 하늘에서 온 것이라고. 그게 다······ 미친 늙은이의 개소리인줄 알았다."

기철이 목소리만큼이나 떨리는 손으로 물건들을 다시 보에 싸며 중얼거린다.

"그 여인이 이 물건을 가져온 것이라면······."

양사가 눈치 빠르게 보충한다.

"분명 그리 들었습니다. 하늘문을 통해서 올 때 그 물건들을 들고 왔다고."

"그게······ 하늘세상일 수 있다. 하늘세상이란 게 있을 수도 있다. 그 여인을 만나야겠다."

"그 여인이라면 죽여도 된다고 이미 명을……."
"안 된다. 그 여인만은 털끝도 다치게 하지 말라 하라."
"새로 명을 보내기는 늦었습니다. 해가 지면 바로 개시하라 하였으니……."
기철이 문 쪽으로 달려나가며 외쳤다.
"전서구를 날려. 내가 간다고 해. 그 여인을 가지러 내가 직접 갈 것이야."

기구를 이용한 촬영도, 제대로 된 조직검사도 할 수 없었지만 은수는 어느 정도 결론을 내리고 있었다. 경창군마마라는 이 소년은 횡문근 육종을 앓고 있는 듯싶다. 흉부외과의 시절 비슷한 증상의 환자를 만난 적이 있다. 근육종양이라서 다양한 위치에 나타날 수 있지만, 대부분이 머리와 목 부분에서 시작된다. 은수가 만났던 환자는 초기에 안과 치료만 받다가 암세포를 키웠고, 가슴과 등에 덩어리가 만져질 정도로 전이가 된 후에야 흉부외과를 찾아왔었다. 경창군의 귀 안에는 눈으로 보일 만큼의 종양이 있고, 절룩이는 다리에도 손으로 만져질 만한 크기의 종양이 자라고 있다. 다리까지 원격전이된 것이니 악성일 것이다.
최영을 마당 쪽으로 불러내서 설명을 했더니 그는 다만 되물었다.

"고칠 수 있지요?"

"복강 내에까지 종양이 침투했을 수 있어요. 지금 계속 전이되고 있는 거라면 수술이 급해요. 그리고 수술이 성공한다 해도 항암치료를 해야 되는데……"

"고치는 데 오래 걸린단 얘깁니까?"

"지금 상태로는 그리 오래 살릴 수가……"

"어찌하면 됩니까. 고쳐주시려면."

은수는 그렇게 되묻는 최영을 잠시 바라본다. 이 사람은 고칠 수 없다는 생각은 하지 않으려 하고 있다.

"일단 전의시로 옮기죠. 수술도구도 거기 있고, 장선생님 도움도 필요하고……"

그러자 최영은 어두운 얼굴이 되었다.

"갈 수가 없습니다. 마마께선 지금 위리안치 중이십니다."

"그게 뭔데요?"

최영의 설명에 의하면 그건 아마도 귀양살이 중에서도 가장 지독한 것인 듯했다. 유배되어 있는 자는 안치된 집의 울타리 밖으로 단 한 걸음도 나갈 수 없다는 것이다.

"한발이라도 나서면 국법을 어기는 것이 됩니다."

"어기면 어떻게 되는데요."

"죽음에 이르는 형을 받게 될 겁니다."

은수가 갑갑해서 돌아서다가 창문 너머로 작은 머리를 보았다. 자는 줄 알았던 경창군이 창문 너머로 그들의 말을 다 듣고 있었다.

은수가 도와주겠다고 했는데 최영은 굳이 모든 것을 자기 손으로 했다. 나무를 적당한 크기로 쪼개어 귀퉁이가 깨어진 화로에 넣어 불을 붙이고, 마당 한구석의 우물에서 물을 길어 물동이마다 채우고, 그릇을 씻어와 음식을 덮혔다. 경창군이 사용하던 이불도 햇볕에 널어 말리고, 그러는 동안 집의 안팎을 싸리비로 쓸어내었다.

그렇게 분주히 몸을 움직이며 최영은 당황하고 있었다. 두려움 때문이었다. 명치를 내리누르는 듯한 두려움 때문에 호흡마저 평온치가 않다. 관자놀이를 쓸었더니 진득한 식은땀이 손에 묻어난다.

무엇이 이토록 두려운가.

기어이 대만은 오지 않고 있다. 뭔가 일이 생긴 것이다. 왕의 명에 의해 구속이 되었거나 기철의 수하들에게 걸린 것이리라. 그러나 이 두려움의 이유는 그것만으로는 부족하다.

어지러운 마당을 정리하다 말고 최영은 우두커니 섰다. 오후 햇살이 기울어질 대로 기울어졌다. 곧 어둠이 깃들 것이다. 들이쉬는 숨에 습기가 섞여 있다. 곧 비가 내릴 것이다. 그리고…… 이런 두려움을 언제 느껴보았는지 기억이 났다.

매희였다. 매희를 마지막으로 만나던 밤에 이랬다. 눈을 마주치려 하지 않는 매희에게, 나를 믿으라고 말하며 도망 보내던 그날 그때, 이렇게 두려웠다. "나를 좀 봐. 내 말 듣고 있니?" 하고 몇 번이나 말하며 이렇게 숨이 차고 땀이 배었다. 그런 두려움으로 매희를 떠나보냈다. 반드시 찾아가겠다고, 기다려달라며 보냈다. 그게 마지막이었다. 매희는 믿지 않았고, 기다려주지 않았다.

덕성부원군은 경창군마마를 치료하라며 의선을 보내주었다. 치료를 못한다면 죽임을 당할 빌미가 될 것이다. 경창군마마를 포기하고 의선을 도망시키면 어찌 되나…… 하고 최영은 냉정하게 가늠해본다. 그 생각이 점점 뻗어나가 감히 생각해서는 안 되는 소망까지 품으려 해서 얼른 생각을 떨친다. 생각은 떨쳤는데 소망은 가슴 깊숙이에 똬리를 틀고 남았다.

간신히 마음의 결정을 내리고 방문을 열고 들어서려다가, 보이는 모습에 최영이 그만 문지방을 넘지 못하고 멈췄다.

침상에 나란히 앉은 은수와 경창군이 소리 내어 웃고 있었다. 은수는 아까부터 경창군에게 하늘나라 이야기를 해주고 있었는데, 하늘을 나는 마차 이야기를 해주다가 종이로 비행기라는 것을 접어 날려 보이기도 했다. 지금은 또 무슨 이야기를 했는지 둘 다 숨넘어가게 웃는다. 그러다 은수가 최영을 돌아보았다. 웃음기가 가득 남은 눈으로 "왜요?" 하고 묻는다. 최영이 어쩐지 마음이 벅차 그저 보기만 했더니 응? 뭐가요? 하는 눈을 한다.

 최영이 방에 들어서며 목소리를 가다듬어 물었다.

 "의선의 도구만 있으면 이곳에서라도 마마의 치료를 해드릴 수 있으시겠습니까?"

 잠시 망설이는 듯 보던 은수가 답했다.

 "몇 가지 약재들도 필요해요. 뭐가 필요한지 장선생님이 알아요. 장선생님이 와주면 제일 좋고."

 "가져오겠습니다. 가능하면 장어의도 모셔오고."

 은수가 그저 빤히 본다. 최영은 불안하지만 결정한 것을 말한다.

 "혼자 다녀오는 것이 빠를 것이라 혼자 갈 생각입니다."

 은수는 아직 반응이 없는데 경창군이 울먹이며 나섰다.

 "영아. 방금 오지 않았느냐. 어찌 벌써 가려고. 내가 얼마나 그리워했는데. 내가 할 말이 얼마나 많은데."

 "다녀올 것입니다. 내일 어둡기 전까지는 올 것이니······."

 "안 된다. 영아. 못 간다."

 그러는데 은수가 경창군을 달랬다.

 "다녀오라 하세요. 제가 밤새 하늘나라 이야기해드릴게요. 걸그룹이라든가 게임이라든가 재미난 이야기가 엄청 많다고요."

 최영이 조심스레 묻는다.

 "괜찮으시겠습니까?"

은수가 돌아본다.
"갔다가 올 거죠?"
"올 겁니다."
"좋아요."
은수가 최영을 보며 손가락을 하나 펴들었다.
"단, 조건이 있어요. 올 때 만두 많이 사올 것."
최영의 딱딱하게 긴장했던 마음이 슬그머니 풀어졌다.
"그러겠습니다."
은수가 경창군을 돌아보며 웃는다.
"만두 사온대요."
경창군이 겁먹은 얼굴로 묻는다.
"의선은 있을 거요?"
"그럼요. 제가 혼자 어딜 가겠어요. 여기 두 남자 놔두고."
최영이 옷깃을 바로 여미고 경창군의 앞에 섰다.
"다녀오겠습니다."
경창군이 누그러져서 허락했다.
"어서 와야 해."
"예."
최영이 고개를 숙여 절을 하고 몸을 돌린다. 문 쪽으로 두어 걸음 걷는데 뒤에서 은수의 소리가 들렸다.
"다녀오세요."
돌아보았더니 은수가 웃으며 두 손을 흔들어대고 있다.

이렇게 남루하고 외진 곳에 혼자 남기겠다 하면 불안하여 성을 내실 줄 알았는데, "좋아요"라고 하더니 "다녀오세요"라며 손을 흔든다. 옆에서 경창군이 은수를 흉내 내어 두 손을 흔든다.

 순간 깊이 눌러놓았던 소망이 울컥 치민다. 혼자 꿈을 꾸던 초가집 마당에 두 분이 함께 있는 장면이다. 얼른 다시 눌러 감추고 문을 연다. 방을 나서 문을 닫으면서 또 본다. 나란히 앉은 두 분이 웃고 계시다.

 궁을 떠난 뒤로 한숨도 쉬지 않고 말을 달려온 주석이 강에 이르렀을 때였다.

 이미 해는 서산 자락에 걸려 넘어가려 하고 있다. 그 햇살을 가늠하러 하늘을 올려다보다가 비둘기 한 무리가 날아가는 것을 보았다. 마침 낮게 떠서 날아가는 비둘기의 다리 모양새가 주석의 눈에 포착되었다. 비둘기마다 다리에 작은 대통을 매달고 있다. 전서구다.

 편한 길을 버리고 산비탈을 마다 않고 직선거리를 잡았더니 비둘기와 행로가 겹친 모양이다. 개경에서 저리 많은 전서구를 부리는 곳은 덕성부원군 댁밖에 없다. 한두 마리도 아니고 열두어 마리가 떼를 지어 날아간다. 대체 무슨 급한 지시를 전하는 것일까. 비둘기 무리는 어김없이 강화가 있는 쪽을 향하고 있다.

　마음이 다급하여 주석은 땀에 흠뻑 젖은 말을 더욱 재촉한다. 가장 빠른 배를 구해야 할 것이다.

　어두워지고 있는 마당을 가로질러 대문 쪽으로 향하던 최영이 멈춰 섰다. 반사적으로 한 손을 검 위에 올린다. 하나…… 둘…… 많다. 수를 셀 수 없는 자들이 울타리 밖의 사방에서 좁혀오고 있다.

　대문이 삐걱 소리를 내며 열리더니 화수인 모비령이 낭창하니 그 자태를 드러내며 들어섰다. 생글생글 웃으며 최영에게 묻는다.

　"어디 가시게."

　순간 최영은 튕기듯 뒤로 물러섰다. 사방에서 자기 항아리들이 던져져 들어왔다. 여기저기 부딪혀 깨지는 항아리에서 누런 액체가 사방으로 튀며 흐른다. 냄새가…… 기름이다. 기름이 탱자나무 울타리에도, 초가집의 벽이나 지붕에도 빠짐없이 뿌려지고 있다.

　그리고 모비령의 오른손에서 불덩이가 피어올랐다. 더 생각할 것 없이 최영이 안으로 달려 들어갔다.

　밖에서 항아리 깨지는 소리에 은수와 경창군도 놀라 일어서 있었다. 최영은 다짜고짜 경창군을 업으며 이른다.

"제가 잡아드릴 수가 없습니다. 두 팔과 다리로 어떻게든 저에게 매달려 있으셔야 합니다."

"무슨 일인데. 왜 그러는데, 영아?"

경창군의 겁먹은 물음에 답할 시간이 없다. 놀란 눈으로 보는 은수에게 묻는다.

"내 뒤를 바짝 붙어 따라올 수 있겠습니까?"

밖에서 또 뭔가가 깨지는 소리가 요란하게 들린다. 은수가 움찔 놀라면서도 시선은 최영을 놓치지 않고 보고 있다.

"지금부터 대문까지 일직선으로 달릴 겁니다. 무슨 일이 있어도 멈추지 말고, 뒤처지지 말고 날 따라오셔야 합니다. 준비됐으면 달리겠습니다."

은수가 뭔가 물으려다가 멈추더니 고개를 끄덕였다.

"가요."

최영이 그대로 검을 뽑으며 방문을 걷어찼다. 그리고 달리기 시작했다.

담을 넘어서 마당으로 들어서던 자객 차림의 사내들은 안에서 튀어나오는 최영에게 허를 찔린 셈이 되었지만, 이내 방향을 잡고 공격해 들어왔다.

화공을 먼저 쓸 줄 알았는데 어째서 길을 막는가.

최영은 앞에 걸리는 자들을 사정없이 베며 걸음을 옮긴다. 은수는 최영의 반보 뒤에 붙어 한 손으로는 최영의 등에 업힌 경창군을 감싸 잡고 잘 따르고 있다. 어떻게든 대문까지 이동하려 하지만 그의 길을 막는 자들이 만만치가 않아 마당 중간쯤에서 지체되고 있다. 최영은 저만치 뒤에서 은수를 노리며 공격해오는 놈의 목덜미에 단검을 던져 박으며, 앞을 막는 놈의 가슴팍에 깊이 검을 찔러넣는다. 그 검에 진기를 쏟아 검기를 늘려 그 뒤에 있는 놈까지 찌른다. 검에 박힌 놈을 발로 차내어 검을 빼면서 재차 휘둘러 앞길을 튼다.

저 앞에 대문을 가로막듯 서 있는 모비령이 불안하다. 그녀는 공격을 해올 생각은 없이 그저 웃으며 보고 있더니, 다음 순간 훌쩍 몸을 날려 밖으로 나갔다. 거의 동시에 모비령의 손에서 쏟아져나온 불덩이가 초가지붕에 박혔다. 기름까지 먹은 지붕의 짚에 화악 불길이 솟았다.

그것이 신호였다. 최영을 공격해오던 무리들이 일제히 울타리를 넘어 밖으로 튀어나갔다. 마당이 비고, 대문이 열린 채 비었다.

대문을 눈앞에 두고 최영이 잠깐 망설인다. 지금 등에는 나라의 죄인이 되어 위리안치 중이신 분이 업혀 있다. 그러나 그 망설임은 울타리 밖에서 쏟아져 들어오는 몇 대의 불화살에 중단되었다. 마당의 여기저기 흥건하게 고여 있던 기름에 순식간에 불이 붙는다. 최영은 대문을 박차고 나섰다.

은수는 비명을 지르지 않으려고, 주저앉지 않으려고 기를 쓰면서 최영의 뒤를 따른다. 누가 어떻게 칼을 쓰고 있는 건지 제대로 보이지도 않지만 앞에서 옆에서 피가 튄다. 그렇게 튄 피가 얼굴에 묻고 입술에 묻어 찝찔한 맛까지 느껴지고 있다.

이자들이 어째서 이렇게 달려드는지, 이러다 정말 죽게 될 것인지 그런 것들은 생각하지 않기로 한다. 내 뒤를 바짝 붙어 따라올 수 있겠냐고 이 남자는 물었다. 그걸 질문이라고 하냐고 따지고 싶다. 여기서 내가 따라갈 사람이 따로 있겠냐고. 그렇다고 나 혼자 남을 수 있겠냐고. 지금 이 세상 천지에 내가 믿고 따라갈 사람은 당신밖에 없는데. 그걸 꼭 물어야겠냐고.

대문을 나서는 순간 최영은 뭔가가 잘못되고 있다는 것을 알았다. 저만치 앞길을 메우며 관군들이 달려오고 있었던 것이다. 그리고 이제껏 자신을 공격해오던 자객들이 최영의 양옆으로 진을 형성하며 섰다. 마치 최영과 한 무리라는 듯이. 그들이 최영의 걸음을 막으며 기다린 것은 이 상황이었는가.

의심스러웠지만 최영은 경창군을 업은 채 앞으로 나섰다.

"나는 우달치 중랑장 최영이다. 자객이 들어 방화를 하는지라 어쩔 수 없이 마마를 모시고……."

그러나 그는 말을 끝내지 못했다. 관군의 우두머리가 우렁차게 고함을 질러댄 것이다.

"감히 누가 위리안치 중에 잠긴 대문을 부수었는가."

그 말에 대한 대답은 관군을 향해 날아가는 화살의 비였다. 최영과 한편인 양 서 있던 자객들이 관군들을 향해 화살을 쏘아대기 시작한 것이다.

"역도들이다."

관군의 우두머리가 소리를 치자,

"마마를 보호하라!"

자객 중의 누군가가 외치며 검을 빼어 관군들을 공격해 들어갔다. 숫자로 보자면 자객들이 관군에 비해 열세였으나 칼솜씨가 월등히 비상해서 관군들이 일시에 뒤로 밀리기 시작했다.

최영은 어처구니가 없어 웃음이 나올 지경이다. 화수인 모비령이 살랑살랑 다가왔다.

"어쩌실래. 역적이 돼서 관군의 오랏줄을 받을래. 아니면 우리하고 같이 갈래."

"네 주인은 원래 이리 번거로운 장난을 좋아하나?"

최영이 말을 받아주어 시간을 벌며 뒤를 돌아본다. 이제 초가집의 지붕은 전체가 불길에 휩싸이고 있다. 탱자나무 울타리 역시 불길에 휩싸이며 불티들을 바람에 휘날려댄다. 울타리 너머의 마당에는 군데군데 흥건한 기름에 불이 붙어 불구덩이들이 만들어져 있다. 곧 그들이 등지고 있는 대문에도 불이 옮겨붙을 것이다. 등에 업힌 경창군이 연기를 마셨는지 밭은기침을 해댄다. 모비령이 웃으며 재촉했다.

"얼른 결정하지. 시간을 끌수록 애꿎은 놈들이 자꾸 죽어 가잖아."

"그건 내 알 바 아니고."

최영은 냉정하게 자른다. 어차피 관군 쪽이고 자객 쪽이고 덕성부원군의 지시에 따라 움직이고 있을 것이다. 최영은 손을 뻗어 은수를 잡아 가까이 당겼다. 은수는 넋이 나간 듯 앞에서 싸우는 이들을 보고 있다가 최영이 당기는 바람에 비틀한다. 조금만 더 정신을 차리고 있어주십시오. 최영이 가까이 붙어선 은수에게 낮게 말한다.

"좀 전에 제가 말한 거. 기억하시지요?"

은수가 커다래진 눈으로 보더니 끄덕였다. 그 눈에 금방 생기가 돌아와서 최영의 마음이 가벼워진다.

요란한 호각소리와 함께 관군 쪽의 지원군들이 달려와 합세하기 시작했다. 이제 양쪽은 백중지세다. 최영이 모비령에게 물었다.

"원하는 게 뭐냐?"

"원하는 건 최영 그대. 우리 사형이 갖고 싶어하셔."

"그럼 나만 가져갈 것이지. 이분들은."

"이분들의 안전을 보장하면 우리 품으로 들어올 건가? 내가 따뜻하게 맞아줄 텐데."

최영이 입 끝으로 웃었다.

"너의 보장 같은 건 믿을 수가 없어서."

모비령이 소리 내어 웃으며 뭔가 대꾸를 하려던 순간이었다. 최영의 검이 큰 호를 그리며 불붙고 있는 탱자나무 울타리를 잘라내더니, 그 불타는 뭉텅이를 찍어 모비령에게 쏘아던졌다. 모비령이 기겁을 하며 뒤로 몸을 날린다.

 화수인 모비령의 화공은 손에 열기를 모아내기는 했으나 실제 불덩이를 만들어내지는 못했다. 열기로 불을 만들기 위해서는 인화물질이 필요했다. 손의 열기를 부싯돌 삼아 만들어내는 불인 것이다. 그러니 모비령 본인은 몸의 이곳저곳에 숨겨놓은 인화물질 때문에 실제 불에는 취약할 수밖에 없다. 모비령이 최영이 쏘아낸 불타는 뭉치를 피해 몇 장이나 물러서는 사이, 최영은 대문 두 짝을 순식간에 떼어내더니 마당 안으로 던져 넣었다.

 은수는 믿을 수가 없었다. 최영이 제 말을 기억하냐고 물었을 때 기억한다고 끄덕였다. 이런 상황에서 바짝 붙어 따라오라는 말은 잊을 수 있는 말이 아니다. 그런데 최영은 불타는 마당으로 뛰어드는 것이 아닌가. 아직 불붙지 않은 대문짝이 불덩이가 여기저기 타오르는 마당 안에 잠깐 사이의 징검다리를 만들었다지만, 엄연히 불구덩이 안이다. 이건 아니지. 이건 심하지. 그 대문짝 위에 올라선 최영이 은수를 돌아본다. 날더러 따라오라고?

 물러서고 싶은 마음으로 옆을 돌아본다. 저만치 붉은 옷의 여인과 시선이 마주쳤다. 저 여인을 기억한다. 언젠가 전의시에 찾아와서 불을 쏘아대던 엑스우먼. 다시 대문 안, 마당을 본다. 불길이 여기저기 이글거리며 피어오르고 붉은 불티와 검은 연기가 바람 따라 휘몰아치고 있는데.

그때 최영이 은수를 향해 한 손을 뻗었다. 제 손을 잡으라는 듯. 은수의 마음이 철렁했다. 그 모습을 안다. 꿈에서 그가 그랬다. 은수를 향해 손을 뻗었었다. 딱 지금처럼. 용기를 주듯 그가 미소 지었다. 꿈에서처럼.

화수인 모비령이 은수에게 달려들어 그 옷깃을 잡아채기 직전에 은수는 불이 이글거리는 마당 안으로 들어섰다.

뻗은 최영의 손을 잡았더니 그가 그 손을 잡고 달리기 시작했다. 넘실거리는 불길과, 눈과 코를 가리고 막으며 엄습하는 연기를 뚫고 뒷마당으로 달린다. 달리며 최영은 우물 옆의 물동이를 발로 걷어 올려 뒤로 차낸다. 물동이가 깨지며 쏟아진 물이 불타오르던 기름을 더 넓게 퍼뜨리며 불길을 거세게 확산시켰다. 뒤따르려던 자객들이 그 불길에 막혀 뒤로 물러난다.

달려오던 기세로 최영이 검을 휘둘러 뒷마당에서 불이 붙어오르던 탱자나무 울타리를 베고 걷어내어 길을 만들었다. 그들이 한 무더기로 그 울타리를 빠져나왔을 때까지 걸린 시간은 그야말로 일순간이었다. 달리며 최영이 불어낸 휘파람소리를 듣고 최영의 말 주홍이 불을 겁내지 않으며 가까이까지 달려왔다.

최영이 주홍의 위에 경창군을 안아올렸다. 경창군은 심하게 재채기를 하면서도 낯익은 주홍을 알아보고 매달린다. 최영이 은수를 돌아보았다. 붉은 머리칼은 헝클어지고 여기저기 그을음이 묻어 그 고운 얼굴이 얼룩져 있었지만, 그 눈은 아직 초롱거리며 최영을 보고 있다.

최영은 이제까지 달려나온 불길보다 이제 은수에게 말해야 할 것이 더 두렵다.

순간 어두운 하늘 어딘가에서 번쩍 번개가 치더니 뒤이어 우르릉 우레가 울었다. 후드득 빗방울이 떨어지기 시작한다.

"이 방향으로 곧장 갈 수 있는 만큼 달리십시오. 비가 오면 추격이 어려워질 것입니다. 되도록 멀리 가서 숨을 만한 곳을 찾거든 숨어 계십시오."

"우리만 가라고요? 왜요."

은수가 믿지 못하겠다는 듯 묻는다.

"함께 있으면 제가 제대로 싸울 수가 없습니다."

은수는 그렇게 말하는 최영을 본다. 불타는 집을 배경으로 그의 눈이 붉게 비친다. 이 사람…… 겁을 내고 있다, 라고 은수는 느낀다. 커다란 소년을 등에 업고 가로막는 사내들을 베며 달리던 사람이, 불길 속을 한 치 망설임도 없이 뚫어내던 사람이, 우리만 먼저 보내며 겁을 내고 있다. 최영이 은수의 시선을 피했다. 말의 안장에서 방패를 풀어내어 등에 메며 말한다.

"나중에 제가 찾아가겠습니다."

"어떻게요?"

"어디에 계시든 제가 찾아갈 수 있습니다."

최영이 말의 등자를 잡는다. 은수가 발을 끼기를 기다린다. 은수가 움직이지 않아서 어쩔 수 없이 은수를 돌아본다. 그 눈이 간절해진다. 그런 최영을 향해 은수가 고개를 끄덕였다.

"좋아요."

그 대답이 선뜻 믿기지 않는데 은수가 다가섰다. 등자에 발을 끼우려는가 했더니 은수가 그대로 최영의 목을 둘러안았다. 최영의 숨이 멈춘다. 은수의 따뜻하고 가냘픈 품이 커다란 최영을 감싸안고서 그의 귀에 속삭였다.

"기다릴게요."

바람에 꽃잎 한 장이 날아와 앉았다가 다시 날아가는 것처럼 은수가 떨어졌다. 은수가 저 혼자 말에 오르는 동안 최영은 꼼짝 않고 서서 보고 있었다. 꼼짝할 수가 없었다. 은수가 노련한 기수처럼 말고삐를 감아 잡더니 앞에 앉은 경창군에게 이른다.

"안장을 꼭 잡으세요."

경창군이 끄덕이며 최영을 돌아본다. 은수가 최영을 돌아본다. 미소 짓는다. 불타는 집을 돌아 달려오는 자들의 발소리가 등 뒤에서 들렸지만, 최영은 그저 은수의 미소를 보고 있다. 은수가 주홍을 걷어차고, 주홍이 달려가기 시작했다. 어둠 속으로 주홍이 모습을 감추는 것을 보고서야 최영은 돌아섰다.

모비령을 선두로 자객들이 달려오고 있다. 최영이 갈무리했던 검을 스릉 빼든다.

미안하지만 너희를 여기서 막아야겠다.

다시 번개가 치고 우레가 울더니 빗줄기가 순식간에 굵어지며 쏟아져 내리기 시작했다. 그 빗줄기를 헤치며 최영이 적들을 향해 달려간다.

마음 깊이 묻어버리려 했던 소망이 어린 새싹처럼 피어오른다. 작은 초가집의 작은 마당. 그 안에서 나를 보고 웃는 나의 그분들. 그분들을 지나쳐 나에게 불어오는 부드러운 바람. 그 바람에 묻어나는 그분의 향기. 그 웃음과 그 향기를 지키기 위해 나는 살아야겠다. 언제고 떠나시는 날, 내 손으로 보내드리기 위해 내가 살아야겠다.

최영의 손에서 뿌려지는 검기가 가장 먼저 막아서던 자를 베고, 그에게서 튀어오른 붉은 피가 회색의 굵은 빗줄기 속으로 뿌려지며 잠시 허공에 머문다.

3권에서 계속